永生的操练

——但丁《神曲》解析

残雪 著

残雪

残雪，本名邓小华，1953年生于长沙。1985年1月残雪首次发表小说，至今已有700多万字作品。残雪是在国外被翻译出版最多作品的中国作家之一。并且残雪的小说成为美国哈佛、康奈尔、哥伦比亚等大学及日本东京中央大学、日本大学、日本国学院的文学教材，作品被美国和日本等国多次收入世界优秀小说选集。2008年，残雪的七个中篇和短篇被收入日本大型丛书系列《世界文学全集》出版，残雪是唯一入选的中国作家。

2015年，残雪的长篇小说《最后的情人》获得第八届美国最佳翻译图书奖（为中国作家获此奖第一人），她同年4月入围英国《独立报》外国小说奖，残雪2016年入围美国纽斯塔特国际文学奖。2017年、2018年残雪的长篇小说《边疆》和《新世纪爱情故事》先后在美国出版后，残雪被称为世界文学中"最有创造力、最重要的作家"。此外，美国和日本文学界都称她为"小说家与文学评论家"。

高难度的实验文学之谜（总序）
——写在我的文学评论集全体亮相之际

残　雪

我从事实验文学的创作已经有三十多年，而从事这一类文学的文学批评也将近二十年了。现在，不论在国内或国际上，都已经公认残雪的创作为高难度的创作，独树一帜的创作。那么我是如何创造出这样一种独特的文学类别来的？我的创作的根源与动力又在哪里呢？我得到了一个很好的机会让我来说明这类问题，从而可以给读者提供在文学探索中深入思考的刺激。作家出版社将同时出版我历年写下的文学评论，它们一共有六本。其中四本是评论卡夫卡、但丁、博尔赫斯和卡尔维诺的作品的专集，另外两本中的一本是评论莎士比亚和歌德的作品，另一本则是收录了我历年来写下的对一些作家的作品的评论，这些作家有国内的，也有国外的。像这样全面地展示一位比较深奥的小说家在文学批评领域内所进行的实验，对于出版界和作家本人来说都是第一次。

我的文学评论同任何人都不同，国际上也已承认这一点。我所从事的小说创作和文学评论这两个门类就像兄妹一样在我的文学王国里共同生长着，它们相互渗透，相互刺激，相互领悟，它们气质不同而又互为倒影。可以说，要想进入高难度的实验文学（这不那么容易，但来者必定受到欢迎），阅读残雪写下的文学评论会是一个极好的契机。从我个人的阅读体验出发，我敢说，我的文学评论很有可能带给读者一种恍然大悟的感觉。它们所评论的完全不是经典小说的技巧，而是通过欣赏经典提供一种崭新的打开眼界的现代人的思想方法。在中国，就我读到的作品而言，这种新思想和新艺术观极为缺乏，陈腐的观念一直在阻碍着文学的发展。

很多年以前我就通过阅读发现了，在整个人类的思想界有一条地下的潜流，早年它一直在静静地流淌着，直到近代，由于多种支流的汇合，它才形成了一条河流。我所指的，就是西方顶极文学艺术这一思想资源，我认为它的深度和丰富度已经超越了经典哲学，但长期以来它对于人类思想界的重要性和它的发展前景一直被人们大大地忽视和严重地低估了。人们认为文学艺术是感性精神产品，过多的理性思维夹杂其间会破坏作品的精神纯度。而我多年的阅读鉴赏的经验告诉我，以上的看法是极大的谬误！文学艺术的确是从感性入手的，但它们是否具有高超的理性，也是那些一流作品能否成功的关键。一流文学作品中的理性的运用是一种神奇的技艺，也许同个人的天赋直接有关。它不是像哲学作品那样推理，而是让丰富的感性思维循着场外的模糊召唤挤压碰撞成某种人性的图型。那场外的召唤就是文学家的强大的理性，它不直接干预创作，但却间接地统领着整个局面。这类理性比西方经典哲学中的理性更为有力量，从古到今那些侧重于纯艺术性创造的文学作品中就充满了它。我将这种文学称为"物质的写作"，它是依仗想象力来画出理性图型的实验，也是文学与哲学合一的最高典范。我的这些评论中分析的作品都具有这一类的特征。也许有的作家只在年轻时有过这种能力，但最好的作家都能将这种能力保持下去。因为物质的写作描写的就是你的世界观，你的精神境界。而你的灵感冲动的大小同你的理想的纯度成正比。在我的评论中可以看出，理性不是"夹杂"在质料性的情感性的想象力中，而是本身就由想象力凝结而成，这是我的理论同西方理论的最大区别。所以不少中外读者认为残雪的美学观念独树一帜。

我想在此提醒一下读者，如果你读过一些残雪的小说，却从未尝试过残雪的文学评论,那么你对残雪的感受和理解很可能是不够全面的。比如国内有不少批评者认为残雪小说属于非理性写作,我在上面已经进行了反驳,那么读者你,有没有深入地思考过这个问题?残雪的评论中就充满了对这类思考的启示。那也是一位老艺术家多年来从艺术生活中获得的灵感。在我的实践中,物质就是精神,二者是一枚硬币的两个面;艺术就是思想,而且是最高级的思想。年轻的作者们,如果你不甘于做一位"本色"作家,而要扩大眼界,攀登纯艺术的高峰,我的评论也会带给你力量。因为在这些篇章中,你将读到,艺术性就是人性,也是大自然的自由本性。我们的传统文化不足以支持一种新写作,必须努力向西方学习,才有可能超越西方,这是我作为过来人的体验,也是我这些评论中透出来的信息。我们不是学得太多,而是根本没有学透,似懂非懂地就下了结论了。人们说中国的前卫文学夭折了。为什么会夭折?为什么我们,具有数千年文化底蕴、在西方人眼中深奥神秘的民族,就不能够拥有自己的前卫文学,不能产生出一小批真正的文学探险者?在当今文坛上,很少有人发出这样的自我追问。

在这些作品中,我主张一种创造性的阅读,这种阅读要比写作更为艰辛,当然相应地也会获得更高的快感。我认为这种阅读是每一位从事新写作的作者所必须进行的训练,缺了这种训练,你写下的作品难以上档次。新型阅读同通常所说的技巧无关,它所实践的是一种思维训练,它要通过一种理性遥控的机制让你的大脑的某一部分产生奇思异想,它要让美丽的黑暗的物质在魔杖的点击下变成纯净的精神,又让透明的精神转化为神奇斑斓的物质。我们的前辈艺术家大师,例如但丁、莎士比亚、歌德、卡夫卡等人,已经给我们演示过这种提升人性品格,展示自由精神的魔术了。他们的最好的作品最忌讳的就是被动的阅读。所以我认为,这类高精尖文学的阅读者,最好是自己也能写一点东西,不然你的阅读很难真正有所收获。因为这些大师的顶级作品确实是写给有作家诗人气质的读者看的。

　　高难度的阅读当然不是为了自寻烦恼，更不是为了炫技。大自然既然给予了我们这样复杂的身体和无限止的思维感觉能力，当然是期盼我们去尽力发挥它，从而通过我们展示她自身的本质——因为我们人类就是她的最高本质。每一位热爱生活追求自由的读者大概都有这样一种需要，这就是在日常生活之余要有一点时间让自己的身心升华一下，或处于奇思异想的冒险状态中去冲刺一下。在这个时候，残雪的文学评论也许最能给你带来这方面的机遇。我的这些作品虽然不是可以轻易就读懂的，但只要有足够的耐心把握了某些线索，你的内在的能动性就会被调动起来，你也会跃跃欲试地处在精神冒险的激情之中。我这样说并不是信口开河，而是多年里头经过了一些验证的。总之，高难度的阅读是为了提升我们的艺术格调，催生更多的精神产品，让我们的身心与大自然的律动保持一致，生气勃勃，每日常新。

　　最后我想再一次对那些有志进行新写作的作者们说，我认为我们不进行西方经典文学的阅读训练几乎就不可能写出有新意的作品。因为我们住在一个缺少思辨理性的文明古国里，我们散漫而不够有力，只有通过西方文化的输血我们才能建构起仅仅只属于我们自己的独特的文学。

目录

置身绝境的操练（自序）···001

地狱篇

内面风景···002
另一种终极之美···011
两界之间的表演···020
艺术造型···028
精神与肉体···037
自由意志赞···045

炼狱篇

爱的理念与艺术生存（之一）···056
爱的理念与艺术生存（之二）···066
理性和原始之力之间的复杂关系···073
深层结构图···084
两种形象的比较···091
谜底显现···101

天堂篇

进入纯精神王国···112
在认识论的领域里冲刺···120
灵肉之爱···129
天堂里的测试···139
人性之根···148

附录

自由意志的曲折表达，兼论深层幽默（2010年重读但丁）

　　——读《神曲·地狱篇》···160

《神曲》新解（2010年重读但丁）

　　——读《神曲·炼狱篇》···198

关于残雪···242

置身绝境的操练（自序）

（一）

好多年以来，在对于纯文学的探索中，有一个问题一直困惑着我，那就是：究竟是否存在一种纯粹的文学，一种独立于其他事物，有其自身的特殊规律，并遵循这规律不断发展着的文学？这样的文学，类似于高层次的音乐和绘画，也类似于哲学。在长期的文学实践和对于前辈的经典的阅读中，这个问题的答案渐渐地凸现出来了。

在我看来，纯文学是一种特殊的精神产物，它的触角伸向灵魂的内部，它所描绘的是最普遍的人性。不仅仅它所深入的精神领域和层次同我们的教科书上描述的完全相悖，而且它还确确实实地形成了隐秘的历史长河。这个发现令我无比振奋，那就如心灵深渊中的光，也像混沌紊乱的欲望王国里的脉动。无名的冲动驱使着我，我开始了解读我最喜爱的那些经典作品的工作。这种工作的艰辛和喜悦都是难以形容的。

一部伟大的纯文学作品摆在你面前，它是一座坚不可摧的城堡，一个充满了无限奥秘的生命之谜。它对于读者的态度正如卡夫卡在《审判》中所写过的："你来，它就接待你；你去，它就让你离开。"读者进来干什么呢？读者来领略艺术法则的严酷，来用这法则逼出生命的冲动，以加入这非凡的创造。那么，凭什么一名读者要闯入那城堡，闯入那谜中之谜？凭什么？？凭你的脉搏的跳动，凭你的血流的加速。弄清生命结构的各种图形，揭开谜底，对于作为读者的我是一个生死存亡的问题。

阅读诗人但丁的杰作《神曲》，是我的纯文学探索系列中关键的一环。这位伟大的诗人在古老的《圣经》故事和文学之间架起了桥梁，从而为纯文学的独立发展开辟出一片可以无限延伸的疆土。他对于精神王国的天才的深入，他的雄心所成就的事业，成了艺术史上的丰碑。《神曲》到底是什么呢？我终于明白了，它就是卡夫卡的城堡、博尔赫斯的迷宫、《浮士德》里面的魔鬼、莎士比亚的《裘利斯·凯撒》里面的罗马境界。被后来的艺术家们用陌生化、对象化的方法所分裂的灵魂的各个部分，在这位早期艺术家的笔下，更倾向于浑然一体。但矛盾并未被掩盖，反而因为双方近距离的对峙而分外紧张、恐怖，甚至杀气腾腾。这就是人性的真相，有勇气凝视这真相，将自己置身于绝境里，并且绝不停止灵魂的操练的艺术家，向人类提供了理解自身的通道。《神曲》的结构，就是艺术家的心灵结构。在从"地狱"到"炼狱"，再到"天堂"的心灵探险中，艺术家一次又一次地向读者表演着绝境里的操练有多么惊心动魄；灵魂的张力有多么大；灵魂的机制是多么的复杂又是多么的单纯；生命的卑贱与精神的高贵又是如何样共同促成了那种特殊的律动。读完这篇精神史诗，我深深感到，现代艺术的所有要素，都已经包含于其中；而它所体现出来的艺术创造中的自我意识，也不亚于近代的纯文学大师。这也是为什么随着时代的发展，这篇伟大史诗的意义反而越来越被更深入地揭示的原因。

（二）

《地狱篇》是将主体置于"死"的绝境之中，反复加以拷问的记录。

什么是真正的创造？创造就是灵魂深处的魔鬼的反叛与起义。这种人们所难以理解的反叛是很特殊的，它的特殊性在于它是一种钳制中的反叛。并且用来钳制魔鬼们的枷锁也是用特殊的材料制成的——被铐住的犯人仍然可以疯狂动作，简直就如限制不存在一般。当一个人主动为自己定罪，然后主动下地狱，成了终生犯人之际，他的艺术生涯就开始了,那是由一连串的创造构成的风景。被理性所镇压住的原欲并没有死掉,反而因为这镇压而更猛烈地燃烧。所以黑暗的地狱里狼烟四起,一派末日景象。

> ▶ 奇怪的语言,可怖的叫喊,痛苦的言词,愤怒的语调,低沉而暗哑的声音,还有掌击声,合成了一股喧嚣,无休止地在那永远漆黑的空中转动,如同旋风中的飞沙走石一样。[1]

　　一切艺术创造的动力就在这里,这惨遭镇压后的反弹之力,是无限宝贵的财富。所谓"非理性写作",便是魔鬼用地狱居住者的大无畏的口气,讲述自身所经历的灭顶之灾,当然整个讲述过程均是在上帝(最高理念)目光的监视之下进行的。上帝的在场使得讲述成了一件万分暧昧的事情——犯人究竟是要蔑视上帝,反叛到底呢,还是另有所图?单纯的反叛用不着一遍遍讲述。犯人出自本能的挣扎与亵渎,经历了上帝那无所不知的目光的洗礼之后,发生了什么样的奇妙的变化?在泯灭一切希望的地狱,犯人并不知道自己会得救,他只是用肢体运动来显示自己那不死的灵魂。他愤激、蛮横、恶作剧,不顾一切!然而答案就在肢体运动中。

> ▶ "在光天化日之下的新鲜空气中,我们愠怒,心中蕴藏着郁郁的愁云,现在我们愠怒地躺在黑色的泥潭里。"他们这样地在喉咙里咯咯作声,因为他们无法用完全的言语说话。[2]

　　这含糊不清、充满了暗示的原始语言,正是那种高级的纯文学语言。是复归又是进化。没有经历狂暴的内心革命的写作者,也不可能像罪犯这样发声。有谁会在这暗无天日的千年地牢里仍然策划着一出又一出的反抗的好戏呢？只要试探一下就清楚了，谁也无法熄灭他们心中的怒火！他们或被狂风冰雹抽打；或被浸在没顶的粪水中；或在沸腾的血河里被烧煮；或赤身裸体被火雨烤炙；或被倒插在洞穴中不能动弹，脚底还被火焰舔着；或在沥青池里沉浮，岸上还有手执钢叉的恶鬼监督……而他们对于这种种酷刑的态度，卡巴纽斯的一句豪言壮语可以作为代表："我活着是什么，死了还是什么。"[3] 卑贱的鬼魂拥有高贵的心，他绝不让上帝对他"施以痛快的报复"。哪怕自己变成了人蛇，变成了牛头怪，哪怕全身被封在火焰里不得显现，他们对于上帝的惩罚仍然只有一个回答。这样一种回答铸成了永恒的艺术造型，那也是上帝心底渴望看到的造型。被栽进地底的魔王撒旦的姿态，就是这样一个经典的造型。

当人被自己在世俗中的惨痛遭遇弄得完全失去了反抗的可能性，当邪恶与不公完全镇压了他的肉体与灵魂，使其无法动弹之时（就像乌哥利诺和儿子们被关在塔楼里活活饿死，也像为了爱情冤死在刀下的弗兰采斯加），上帝给诗人留下了一种可能性，那就是将自己经历过的一切在艺术活动中重现。于是就有了乌哥利诺那惊心动魄的叙述。艺术创造是通过重演痛苦来发泄痛苦的方式，正如乌哥利诺在啃咬仇人的头颅的演出中体验上帝那神秘的意志。诗歌中的报仇正好同世俗中的相反，那是对于仇人心理的一种至深的理解，可以说他是用这种理解性的演出，最终达到与仇恨对象的同一，并在同时提高对人性的认识。这种演出也是残酷的自我惩罚，弗兰采斯加由此重温她那被血腥玷污的初恋，乌哥利诺则复活了凡人不敢触动的酷刑记忆。他们用超人的勇气释放了灵魂的能量。纯文学就是复活那些在表层已经死掉的，潜入到了记忆深层的情感记忆。这种创造就如同一种魔力，将常识完全颠倒。

▶ 那座因我而得到"饥饿的塔楼"的名称，而其
　他的人还要被关禁在里面的监牢，有一个狭窄

的洞眼,我从那洞眼里看见了几次月圆之后,
我做了一个噩梦,它为我揭开了未来之幕。⁽⁴⁾

囚禁自身的艺术家从塔楼的洞眼里看见的,正是上帝的安排。上帝惩罚他经受最可怕的心灵和肉体的酷刑,用这酷刑致他于死命,然后又让他复活,来讲述死亡的经过。艺术家的未来是由很多绝境构成的,一次次的死亡与复活测试着生的意志。塔楼里的乌哥利诺进行的就是那种极限的操练。人的原始生存欲望是多么了不起啊!当你被一种近似于死亡的痛苦所笼罩,无论如何也无法再去生活时,一遍又一遍地重返、咀嚼那痛苦就成了你唯一的生活。这是多么残酷的精神出路,需要的又是什么样的耐受力!

(三)

经历了地狱体验之后,艺术家体内的原始冲力就渐渐地获得了一种方向感。这种方向感在炼狱中又不断加强,人的感官直觉被反复提纯,自我意识凸现出来,爱情也随之复活。在这个第二阶段的操练中,艺术家开始了自由的追求。追求的动力仍是生的渴求,只是这种渴求在渐渐变成爱的渴求。如同诗人一般有过死亡操练的人,才会情人般地爱这个世俗世界,爱人类。

浮吉尔这样回答自由通道的守门人:

▶ 我不是自己来的。一位夫人从天国下降,应她请求,我才来救助这个人,才和他作伴。……现在只愿你恩准他的来到:他追寻自由,自由是如何可贵,凡是为它舍弃生命的人都知道。⁽⁵⁾

自省的缘由是爱("一位夫人"),是不愿在精神上灭亡。那么作为主体的"我",从今以后将如何样来认识这个自由,追求这个自由呢?接下去读者就看到了较以往更为阴郁、更为震撼心灵的风景。此地实施的是密不透风的内心制裁,肢体的语言转化成倾诉,心在煎熬中哭泣,没有任何依傍,人只能在虚空中持续自力更生的运动。然而冥冥之中,强大的理性被意识到了。理性如同高悬的利剑,将已变成幽灵的人往死里赶,逼迫他们赶快生活。而生活即是用严酷的自审从体内榨出更大的激情。此地的一切全被内在化了,所有的酷刑都由自己设计,自己承受。就是在这样的氛围里,"我"接触到了一个又一个痛苦的幽灵,他们大都生前罪大恶极(不论那犯罪的主观原因是恶还是善),但无一例外都通过一种特殊的忏悔(即知罪)的刑罚达到了炼狱的境界。

▶ 人类的廉洁难得从血统的分支中往下流传:
上帝的意志就是如此,为的是我们可以向
他求这恩赐。[6]

人要获得自由意志就只能不断认识自己这罪恶的躯体。罪恶无法摒弃也不能逾越,注定要同人纠缠到死。却正是在同窒息人的罪恶的搏斗中,在永恒不变的惩罚中,人体验着上帝的意志,而这个意志,就是人的自由意志。所以每一次追求,就是一次主动行使的心灵惩罚,一次肉欲的彻底镇压。幽灵们返回世俗,将自己最见不得人的阴暗事件揭示出来,让自己觉悟到在这样的障碍面前继续生活是多么不可能,仍然心存希望是多么不现实。这样做了之后却并不陷入颓废,而是有尊严地承担着罪,不失时机地发起新一轮的灵魂战争,以此来表明:这就是他们唯一的生活,这种活法本身是希望。

炼狱山上的操练难度极高。通过这种操练,人要在一次次死亡中获得不朽。这也是一种粗暴的操练,柔弱的心灵是承受不了这样的折磨的。它的粗暴在于：要把人心撕成两半，然后用这滴血的两个部分来实现同一个意志。这又是一种阴沉的操练，因为内心的永恒的痛消除不了，人只能在操练中加强承受力。

▶ 在他们被烈火燃烧的整个期间，我想这个样
式切合他们的需要：若是要最后医好自己罪恶的
创伤，必需要用这样的治疗，这样的饮食。⁽⁷⁾

  绝不离开烈火的冶炼，让自己的躯体在冶炼中发生质变，是每个幽灵奋力追求的目标。作为主体的"我"，也是在这种接踵而来的悲痛演出中完成了心灵的洗礼。被剥夺了肉体的幽灵们的痛纯属精神上的，每一次"痛不欲生"的表演都是"死"的模拟表演。

  在浮吉尔告别"我"，"我"到达炼狱山顶乐园之前，"我"做了一个梦。这个以《旧约》中的两个女子为原型的梦实际上已是人性谜底的雏形。到处走动，编织花环，对着镜子打扮自己的利亚，是生命的蓬勃的活力与优美的化身；而默默观望，一步也不离开镜子的拉结便是使人性成形的理性精神。经历了不堪回首的跋涉之后，丑恶终于转化成美，分裂的两个部分达成了同一，自由意志从中升华出来。所以浮吉尔说：

▶ 你的意志已经自由、正直和健全，不照它的
指示行动是一种错误；我现在给你加上冠冕
来自作主宰。⁽⁸⁾

  《炼狱篇》结尾那寓言似的一幕，更为深入地展示了人性之谜，它也是整个追求过程的缩影。驶向光明的理性战车上驮的是牛头怪似的丑物，战车被丑物所毁，人心滴血。没有比这更惨烈的自审操练

了。这种交战也是精神与肉体的一次丑恶的交媾，人的伟大的决心就在"看"当中实现。俾德丽采这个导演既悲伤而又对"我"充满期待。而"我"已明白自己已经承担和将要更多承担的是什么，无论什么样的残酷打击都吓不倒"我"了。

从以感官为主的地狱到以精神为主的炼狱，也是艺术体验的两个阶段，在艺术活动中二者缺一不可。感官的敏锐和精神的强韧是创造的前提，这二者的发挥，在诗歌中都达到了天才的极致。

（四）

《天堂篇》是《神曲》中最难理解的，不仅仅因为灵魂在此阶段各部分、各层次之间的复杂关系，也因为对于认识论的直接讨论使描述显得既抽象又深奥。但只要读者能死死地执着于人性的核心体验，排开外在干扰，仍然是可以进入这位诗人的精神王国的。

> ▶ 贪欲啊，你使凡人沉沦得那么深，没有一个人
> 有力量抬起头来，不再耽迷于你的浊浪里！[9]

这一类的哀叹充满了整个《天堂篇》，说话的人都是那些化为了光体的崇高幽灵。这些哀叹暗示着精神的矛盾其实是越来越可怕的。美丽非凡的光体的急速旋转正是内部的致命矛盾所致。人即使是升到了天堂，仍然带着身后的那条黑影——一条既可以成全他又可以毁灭他的黑影。所以天堂的操练是走钢丝的操练，神不停地拷问人：是起飞还是坠落？艺术家既不起飞也不坠落，他在天堂的钢丝绳上表演不可思议的舞蹈。他的肉体是那伟大光辉的载体，这肉体只有同那光明结合才获得生命。于是又一次，灵肉统一在这奇异的舞蹈中实现了。被最高天的光辉所笼罩的艺术家再一次回望其肉体从前的居所，心中沸腾起唾弃的情感——灵和肉之间已相隔得多么遥远！世俗的欲求是

多么的没有意义!

> 如今,那弓弦的力量正在把我们送往那里,好像送往指定的地点,它射出的箭总是指向欢乐的鹄的……(10)

  精神的本质是一种向着欢乐和神圣上升的运动。在这之前那种种从肉体中榨取精神的可怕操练,全是为了这个神圣的瞬间。这个瞬间是艺术家作为人的一切,有了它,其他的一切都可以忍受了。由不同版本的矛盾构成的天体,以各自的美丽装饰着天堂,根本矛盾依然是一个。于是纯美的世界里同样隐藏着恐怖与杀机,死亡气息弥漫于空中。为了要使精神运动持续,"我"开始了对高层次矛盾的探讨。"我"探讨了光与暗、灵与肉、美德与原罪、信心与证实、绝对意志与选择、誓约与违犯等等精神结构中的矛盾。这种极境中的讨论不断给"我"以更大动力,让"我"在天堂中越升越高,直至最后到达顶点。当然这个终点也不是真的终点(真的终点等于死亡),而是一种通体明亮的博大胸怀,一种类似于获得了神启的体验。

  "我"终于成为了光体中的一个,这里的结构是:圣母使天使发光,天使又使"我"发光。在创造的喜悦中,"我"进入了神秘的圆形剧场,那个剧场是精神的发源地,爱与自由就从那里涌出。它又是一个独立不倚的必然王国,任何世俗的情感都改变不了它的秩序,侥幸心理被它彻底排除。只有那些彻底服从,并坚持自觉受难的幽灵,才会在此获得最高的幸福。而"我"经历了如此多的死亡操练之后,终于成为了这个地方的来访者。

(五)

  当我读完《神曲》的时候,精神的结构便清晰地呈现在我的脑海中了。史诗中的每一歌,都是那个结构的一次再现,而全诗则是从自发冲力到有意识的探讨,再到自觉的创造的历程。这种内在隐秘的历程离世俗如此之近又是如此之远,它叙述的是我们每一个人的故事,但凡是心力未达到一定水平的读者都进入不了这种纯粹的时间的故事。所以我们文学界几十年来的解读只是离诗人的心灵越来越远。城堡隐藏在浓雾中,从未向读者现身,人们只能偶尔看见某一段墙。我想,这种情况的持续同我们民族传统的文学观是一致的。自古以来,我们这里就不存在一种关于人本身的故事的文学,即使在新时期文学中偶尔闪现的一些亮点,也从未被文学界认真对待。不但没有人能够阐释它们,它们反而被文坛的习惯惰性所拉下水,所庸俗化,这似乎是在劫难逃的命运。在我们这样具有古老深重文化传统的社会里,纯文学是一种极难产生的东西,它不但需要作家将一种逆反的个性坚持到底,也需要作家将我们文化中缺失的那种自省日日加以操练,绝不姑息自己。

纯文学早就不是什么新东西,从前它的延续是依仗于个别天才们的一脉相承,但近一百年来,它逐渐地发展起来了,读者的辨别力也大大提高了。这种在我国刚刚起步的文学并不是没有希望。就我的体会来说,我们的读者虽然还不能完全懂得这种文学,但部分读者已经学会了识别赝品。这是一个非常可喜的进步,我相信,一批高层次的读者正在成长中。

注:
(1)《神曲》朱维基译,上海译文出版社1995年版,第17页。
(2) 同上,第49页。
(3) 同上,第93页。
(4) 同上,第230页。
(5) 同上,第248—249页。
(6) 同上,第296页。
(7) 同上,第430页。
(8) 同上,第444页。
(9) 同上,第702页。
(10) 同上,第499页。

地狱篇

内面风景
——读《神曲·地狱篇》

对于一个正常人来说,他的灵魂是很难出窍的。而要在灵魂出窍之后,还对其形式的变化以及层次与结构加以审视,加以描绘,那就更需要非凡的力量了。但丁这位文学大师便是这方面的老手。实际上,精神王国是一个没有边际的宇宙,人的探索越深入,越靠近根源,其呈现的境界就越广阔。只要感觉一下就会惊讶不已:关于这样的一件似乎不着边际的事竟写出了如此宏伟的史诗!作者的激情从何而来?他真的是在描述教科书上的历史事件吗?那些事件对于处在要拯救自己的焦急心情中的诗人来说真的是那么重要吗?不带偏见的欣赏会将读者引往更高的境界。就如魔杖一挥,眼前的诗句全都显露出深层的、同每个人息息相关的崭新意义。

在史诗的开头诗人的描绘就已经向我们暗示了他写下她的宗旨:

▶ 就在我们人生旅途的中途,我在一座昏暗的森林之中醒悟过来,因为我在里面迷失了正确的道路,唉!要说出那是一片如何荒凉、如何崎岖、如何原始的森林地是多难的一件事呀,我一想起它心中又会惊惧!那是多么辛酸,死也不过如此……[1]

当"我"将自己逼到精神的绝境,就要同死亡接轨的时候,就会发生那种绝处逢生的奇遇。因为无论如何样的颓丧,那种"向善"的理性仍然在暗中发生作用；并且新的创造，每一次都在死里逃生的当口发生。那情形就如一个即将摒弃脚下的大地而起飞的人，他的一只"后脚"依然牢牢地踩在这大地之上。此处所描写的，是"我"在黑暗的旋涡里自救的努力，也是精神要从肉体、从如噩梦般的世俗中挣脱出来而独立的前奏。荒凉、崎岖、原始的森林就是那黑沉沉的肉体与世俗生活，精神如不能不断蜕变、新生，恐怖的原始森林就要将她窒息、扼杀。人在进行这种搏斗之时，理性是隐藏的，只有感觉的弦绷得紧紧的，所以才说"我在里面迷失了正确的道路"。而完成蜕化、找到方向的过程就"好像一个人从海里逃到了岸上"。

　　一个人不是想自由就自由得了的，确切地说自由是一场恐怖电影，你自己在那影片中充当主角。在这场由自力更生而从内部发动的、前所未有的精神突围中，"我"一开始就遇到了三个可怕而暧昧的敌人——一头豹、一头狮子、一只母狼。这三种动物的意志一开始很难把握，它们咄咄逼人的样子似乎是要将"我"逼回世俗王国，又似乎是要吃掉"我"，它们也真的在这样做。然而结果出乎意料：它们逼出了伟大的浮吉尔——"我"身上的理性之对象化。这样的转折就值得读者深思了。可以说，三只野兽共同构成了人性的底蕴、根基，它们张牙舞爪的形象正是肉体自发冲力的形象。这个肉体，也就是生命，她的意志是如同谜一样深奥的。表面上她阻止着精神的独立，结果却正相反，她促使了崇高理性的诞生。然而这是一种令"我"感到陌生的新理性——"他似乎因长久的沉默而声音微弱。"[2] "我"在当时并不知道这个人是"我"的理性，"我"是在盲目的恐怖挣扎中撞上他的。于是从一开篇，"我"就将这个人性当中最深处所的矛盾——原始冲动与理性的矛盾提了出来，这二者之间的微妙关系是极难理解的，任何机械的二分法的解释都会失败。说到底，"我"之所以能进行成功的突围，主要还要归功于这三只兽的异质的活力。

自发的冲动就这样在精神底线之处引出了新理性。但这种理性同我们通常理解的理性完全不同，可以说她是对于习惯势力的反动。伟大的古诗人浮吉尔，他在那一层又一层的黑暗地狱里指给"我"看的，绝不是有某种明显的教益的事，或可以同上界的世俗相比，并从中发现规律的事。毋宁说他向"我"展示的，全都是从未有过的，用上界的道理解释不通，而又显然是受某种特殊机制控制的事。在那一个又一个的谜中之谜里面，他从不给出答案，似乎只是出于责任带领"我"不断向下深入到那些不见天日、无比凄惨、希望死灭的处所。在那个"永劫的处所"一切事物的真相都要待旅行完毕之后才会逐渐地凸现出来，而浮吉尔，只要求"我"充分地感受。

　　浮吉尔对"我"所起的作用很像创作中的理性对于主体所起的作用。他绝不跳出来指导具体事物，也不做任何解释，他只要求"我"一点，那就是无论多么恐怖，多么难以忍受也要继续自己的旅程，每时每刻睁大了眼睛去看，为什么呢？因为"我"的感觉是一切的关键，感觉发挥得越勇敢、越狂放，越能触及真理的内核。浮吉尔和"我"合在一起构成了自愿下地狱者的自由意志。那么人的理性又是从何而来呢？下面这几句话谈到了其起源：

▶ 天上有一位崇高的圣女，她那么为那我差遣
  你去解除的障碍而悲悯，她破除了那天上严
  厉的戒律。(3)

　　也就是说人的崇高理性起源于同情心，严厉的戒律并不会真正伤害人，反而促使生命力继续爆发。当"我"已同整个世俗决裂，来到那狂暴的河流上同死亡搏斗之时，是对世俗、对人的深深的同情心挽救了"我"的生命，所以"我"才没有选择死亡，而是振作起来去探索那人性之谜。浮吉尔还告诉"我"，"我"的幸福就在即将到来的恐

怖探索之中。如果说人生在世最大的幸福是自由，我们接下去就要发现自由的真相了。

▶ 从我，是进入悲惨之城的道路；从我，是进入永恒的痛苦的道路；从我，是走进永劫的人群的道路；正义感动了我的"至高的造物主"；"神圣的权力"，"至尊的智慧"，以及"本初的爱"把我造成。在我之前，没有创造的东西，只有永恒的事物；而我永存：你们走进这里的，把一切希望捐弃吧。⁽⁴⁾

这便是诗人要追求的自由，即下地狱的自由。进入了这张可怕的大门的人被断掉了一切希望，从此只能站在同死亡接壤的疆界上不断进行那种凭空的创造，而永恒，则成了创造中的感悟与信念。那么这真理之城中的人性，又是什么样的一个状况呢？

▶ 这里喟叹，哀哭，和深层的号泣响彻了无星的天空：这在开初时使得我流泪。奇怪的语言，可怖的叫喊，痛苦的言词，愤怒的语调，低沉而暗哑的声音，还有掌击声，合成了一股喧嚣，无休无止地，在那永远漆黑的空中转动，如同旋风中的飞沙走石一样。⁽⁵⁾

灵魂法庭的内部紧张得要爆炸，在这里正进行着人性的初级阶段的审判。在这个地狱阶段，所有的鬼魂还未达到高度的自觉的意识，但每一个鬼魂都处在那种洋溢到每个隐蔽角落的理性氛围之中，对自己的行为充分地承担着责任。他们的共同特征是不抱任何希望，既不希望上天堂，也不希望身上被加的刑罚有所减轻。他们的抱怨与反抗只是出于天性。也许只有这种绝望的体验本身才是真正的希望所在。地狱中的理性也是冷酷到了不可思议的地步，摆渡者开隆绝不饶恕任何鬼魂，他逼迫他们彻底顺从（当然这种出于理性的意志也是模棱两可，隐藏得极深的。后面还要提到）。

理性审判的目的，当然是为了让人充分体验"死"（也可说是充分体验"活"）。地狱鬼魂们的死因此被称为"第二次死亡"，其内涵就是死亡表演。如果鬼魂们是真正的死人，表演也就不存在了。在这里进行表演的鬼魂们，他们身上那种原始的活力，他们对于理性制裁的那种既极端蔑视，又彻底顺从的奇怪的态度，无疑深深地吸引着作为主体存在的"我"。由于"我"无法成为鬼魂中的一员，所以看得越多，地狱对"我"的吸引力越大。身临其境的游历充分调动起内部的同情心，也"使恐惧变成了愿望"。这样看起来，鬼魂的表演也是"我"的表演，是"我"从同情心出发所参与的那种非理性的勇敢发挥。

无论哪一层，在地狱中起作用的均是两种力量：以琉西斐为王的统治者和众鬼魂。统治者表面都铁面无私，绝不为同情心所动；众鬼魂既臣服又充满了亵渎与反抗，难以捉摸。琉西斐的早年生活是很耐人寻味的，他原是一名天使，因反对上帝才被赶出天庭，栽到了最深的地底。却原来今日严谨的、一丝不苟的理性执法者是从前那个具有不可征服的原始之力的个体，也许正是上帝（最高理性）使这种力量转化成了人类的财富，而并没有真正征服它，彻底消除它。成为地狱之王之后，他的工作就是领导一批像开隆这样的鬼魂，以一种高度智慧的方式来治理此地。琉西斐的身世隐喻着肉体与精神这一对矛盾的微妙转化，因为自身就由矛盾转化而来，他的治理地狱的方式也就别具一格。

在地狱里看到的所有的鬼魂全都将自己在上界的矛盾带到了下面，这些无比愤怒的、吵吵嚷嚷的幽魂所念念不忘的，仍然是自己作为世俗之人时的那些浮浅的情感。他们不仅仅相互攻击,有时还攻击琉西斐的统治系统,钻这个系统的空子,但在他们的心底,他们正如地狱大门上所写的,是灭掉了一切希望,并深信自己身上所加的惩罚是公正的。尽管他们尽力反抗,疯狂抱怨,挖空心思搞鬼,但这一切并不真正是为了逃避惩罚——因为谁都清楚惩罚是逃不脱的。那么他们为了什么更深的理由要这样搞呢?再看琉西斐体系的统治术。第二十二歌"恶鬼的趣剧"是这种统治术的集中说明。十个巡逻在滚烫沸腾的沥青池边的恶鬼,监视着池里那些受煎熬的幽魂,绝对不允许他们上岸来缓解自身的痛苦。但却有一个居心叵测的家伙留在水边,于是他被巡逻者用铁钩钩住了脑袋。按照执法者的逻辑,这人罪该万死。但情况的发展出乎意料。于有意无意之间,巡逻的恶鬼并没有杀他,还让他充分表演。他滔滔地谈论自己的罪行,也不忘大肆攻击他人。最后他要了个花招,自己跳回了沥青池的深处,让巡逻者再也抓不到他。这一招还使得逞强的恶鬼们跌进沸腾的沥青之中,丧失了战斗力。上述闹剧凸现出深藏不露的统治者的意志。琉西斐所渴望看到的,正是这种两强相争,你死我活的场面,他的统治术就是将他与上帝之间的矛盾在地狱重演的手段。在这个无望的深渊里,每一个鬼魂,必须念念不忘他在尘世的那些乌七八糟的事,因为那是唯一的生命纽带,可以支持他们度过漫漫长夜的煎熬;他们也必须尽力反抗地狱的法制,在反抗中臣服,这是地狱的规则所真正要求于他们的。可以想象,当执法者被沥青烫伤时,幽魂们会怎样在极乐中窃笑啊!就是琉西斐,恐怕也会微笑起来吧。琉西斐的法则,就是灵魂的法则,艺术的法则。这个法则的功能,就是不停地将主体带往无出路的迷惑境界,让其在大一统之中恶斗,一刻也不得松懈。

▶(浮吉尔对"我"说:)"我们已经到了我对
  你说过的地方,你要在那里看到悲惨的幽

魂,他们已失去了理智的幸福。"于是把他的手放在我的手上,脸上露着使我欣慰的高兴的颜色,他把我引到幽冥的事物中去。⁽⁶⁾

浮吉尔为之高兴的、他即将引"我"去看的"失去了理智的幸福"的地方,到底是怎么回事呢?读完《地狱篇》才会恍然大悟。原来他要引导"我"放弃旧的理性判断,像鬼魂们一样进入茫然挣扎、自发突破的境界,以其同人性之根接近,达到新的创造。然而那过程又是多么的迷惑与恐怖啊!有时竟超出了富于同情心的"我"内心承受的极限,"我"只好以昏厥过去来中止体验。

人沉浸在日常世俗之中时,是不会随时感觉到分裂存在于内部的,那样的话,人便活不成了。为了活下去,人就把这种分裂的活动移到了以地狱为象征的灵魂世界里。在地狱中,日常生活里的遮蔽与缓解是不存在的,一切矛盾都在你死我活中紧张地对峙着,每时每刻一触即发。第二十八歌中描述的灵魂的惨状,让我们看到人性的分裂可以达到何种的程度。有一个幽魂被从下颚撕裂到肛门,两腿之间悬着肚肠,他亲自用手打开胸膛对"我"说:"请看我怎样撕裂自己的!请看谟罕默德多么残缺不全呀!"[7]那就像是在炫耀,以此来使自虐的快感持续。实际上,每一个鬼魂都是既被迫又主动地进行自戕的,他们不一定知道这样做的后果是什么,仅仅就只是为了那种难以理解的快感。还有一个最彻底的分裂者,竟然将自己的头割下来提在手里走。这人是一个最阴险的挑拨离间者。这就是说,哪怕是人心深处最阴险的念头,也是可以被人自觉反省的。压得越厉害,反得越彻底。当人身上那咆哮的兽性完全战胜了他的精神之后,地狱中精神的起义与制裁也就达到了极致。将脑袋与身体完全切断的形式正是只有人才能达到的绝妙形式,"他们是二而一,一而二的"。

这一歌里还描述了灵魂分裂中的一个耐人寻味的现象:

▶ 一个"恶鬼"就在我们背后,他把我们分
割得这样残酷,当我们顺着这阴惨的道路
绕了一圈时,他的刀锋要重新加在我们每
人的身上;因为不论哪个人再走在他的前面
时他的伤口就已愈合了。⁽⁸⁾

此处谈到的是灵魂的巨大的弹性和自愈的能力。

而在第二十五歌中,强调的则是灵魂的那种灵活的包容与统一性,这种不破的统一使得人性成了类似牛头怪一样的东西。灵魂的变形是分裂的发展。俗话常说的"毒蛇心肠""狼子野心"等等,在此处都成了中性的指认,当然前提是这个人必须像《神曲》中的鬼一样具有自我意识,否则就成了野兽了。人兽交织、融合的情形极其令人肉麻,那是善与恶、理性与冲动、生命力与意志力的最高的交媾。经历了恐怖片似的变形之后,人性就达到了混沌的统一,那统一体中既有狰狞的兽性,也有铁钳一般的高贵理性。

▶ 他的舌头,先前是完整而能说话的,也自行裂
开了;那另一个呢,分裂的舌头重新合起……[9]

可以预料,从长着这样的舌头的口中吐出的语言,必定是高级的精神同原始的兽性的交合体——一种最为理想的艺术语言。

再看表演变形的这些个体,可以说全是一些最桀骜不驯的人。即使已被打入阴沉的地狱,他们仍然一如既往地向最高理性——上帝挑战。

▶ 那盗贼举起双手,用手指做出侮辱的姿
势,叫道:"你受着吧,上帝,因为我是对准

你的!"⁽¹⁰⁾

  这些邪恶的艺术型的鬼魂,只要身上的创造力不消失,作恶也不会停止。当然他们在作恶的每时每刻又同时感到上帝的钳制。他们即使是被烧成了灰烬,马上又能像凤凰一样再生。很可能上帝最满意的就是这些具有无限张力的、生气勃勃的子民。

注:

(1)《神曲》朱维基译,上海译文出版社1995年版,第1页。
(2) 同上,第4页。
(3) 同上,第13页。
(4) 同上,第16页。
(5) 同上,第17页。
(6) 同上,第17页。
(7) 同上,第192页。
(8) 同上,第192页。
(9) 同上,第174页。
(10) 同上,第168页。

另一种终极之美
——读《神曲·地狱篇》

当"我"被三只猛兽逼得无路可走,只好绝望地哭泣时,浮吉尔说:"你必须走另一条路。"[1] 所谓"另一条路"其实是无路之路,它是人凭着蛮力和勇气在空虚中打开的通道,也是人执着于远古的模糊记忆而树立的信心。沉迷在世俗中的个人是无法主宰自己的欲望的,已有的那一点脆弱的理智在同猛兽一般的肉欲的搏斗中注定要失败。要想精神不死,唯一的出路就是进行超脱性的创造,在创造中让欲望释放。但人的超脱一点也不是远离现实的,它是以世俗情绪的痛苦折磨为底色的,只不过这种体验在地狱中已完全摒弃了功利的性质而已。在这里,人们为痛苦而痛苦,为后悔而后悔,为愤怒而愤怒,为爱而爱,反复咀嚼,不断重演那些纯粹的情感,其结果是提高了精神生活的档次。要理解这些鬼魂,就必须有一种精神至上的博大胸怀,而这种胸怀,属于那些具有创造力的个体。

在上帝眼中,人与人之间的差别是很小很小的;在地狱里,每个鬼魂的外形都几乎是一模一样,难以辨别,并且人人都要受惩罚。在这种不加区分的专制的一体化之中,精神如何样得以展示自身呢?唯一的方式便是借助于世俗情感的特殊性,在黑暗中进行那种不屈不挠的、自发的运动。即,反复谈论世俗中的悲情、愤懑、失落的爱等等,用这种凭空谈论的营养,使精神之树长青。当浮吉尔随口说出"另一条路"的寓言时,"我"是不可能预料到后来发生的一切的。"我"只知道一点,那就是我不想死,我要活。"我"在被逼上这条无路之路之前,就已经充分吸取了前辈哲人们的理想主义精神,所以"我"才具备了理解地狱鬼魂的表演,并参与这种表演的基本素质。

既念念不忘世俗,又决绝地超然于其上,这是一种何等难以维持的矛盾姿态啊。当然这只是对"我"来说的艰难,作为自发冲动的鬼魂们,他们的一举一动都是不假思索的、十分潇洒的。

整部《神曲》所描述的这种艺术化的生存境界,是同宗教境界并列的、具有同样高度的境界,诗人的世界观里浓浓地弥漫着宗教意识,并且他的描述,也常常以宗教题材作为背景,尽管如此,读者仍然可以明显地感到,诗人追求的理想同宗教的理想并不完全一致。但宗教精神始终是这种创造的主要资源之一,尤其是古老的《圣经·旧约》里那些朴素的故事,同这部史诗可说是十分接近。作为"另一条路"的精神旅程,它同宗教旅程的区分在哪里呢?细细地体会这些个案就会明白。

地狱的第二圈里聚集着那些因爱情和贪欲而散失了理性的人。在这个"完全无光"的地方,被审判官迈诺斯的尾巴卷下去的鬼魂们处在这样的状况中:

▶ 地狱的暴风雨,无时休止,把那些阴魂疾扫而前;席卷他们,鞭打他们,以使他们苦恼。当他们来到灭亡面前时,那里就有尖叫声,呻吟声,哀哭声;那里他们就咒骂神的权力。(2)

惩罚是不加区分的,因为审判的法庭设在人心内部。无论是荒淫无耻的皇后、妖艳的女王,还是忠贞不渝最终遭到杀害的情侣,在此地都是受到完全相同的对待。就是在这里,"我"在迷惑中第一次看到了,单纯美好的爱情同样也要受到最严厉的惩罚,并不比那些淫荡行为轻。人一来到地狱,马上就看见了自己的罪,一切不言自明。但人已经活过了,还要活下去,怎么办呢?一种充满智慧的生存方式开始了。弗兰采斯加对"我"所说的那一番话其实是典型的艺术化的忏悔。

由于爱与罪同在,所以爱人的忏悔便成了一边自省一边辩护,而且辩护往往压倒了自省,就像藏着复仇的意愿似的。从热情温柔的弗兰采斯加的口中竟说出"该隐狱在等待那个残害我们生命的人"这种话来,这就可见世俗对她心灵的伤害有多大。"我"听了女人的话之后,对人性产生了深深的绝望(爱与仇杀离得这么近)。"我"那善感的心是如此的为这对纯洁的恋人鸣不平,自然而然地,"我"就同罪人产生了共鸣。爆发的怜悯强烈而巨大,以致"我"当场昏倒。

弗兰采斯加同她爱人之间的恋情那么美丽动人,即使到了地狱里,她那颗心仍然要为尘世生活中的幸福而发抖。可惜上帝的安排总是让看上去美丽无辜的恋情包藏罪恶与杀机,软弱的人摆不脱这种安排,只能到地狱去赎罪——在分裂中去爱。温柔的女人的赎罪的方式具有鲜明的个性,就像她活着是为了爱一样,成为了幽灵的她仍然大声地向上帝发出诘问,极力陈述爱的合理性,在审判中一刻也不停止重温旧梦,因为只有那一件事,是她精神不死的理由。当"我"看到人性陷入这样可怕的境地,"我"又怎能不因焦虑和绝望而晕倒呢?

弗兰采斯加的这种忏悔其实也是所有的地狱幽灵忏悔的模式,只是程度各有不同而已。这些幽灵,虽然处在地狱理性的统治之下,但只要一被问及他们在尘世的事,无不尽力为自己辩护,在辩护中做一番精彩表演。因为那些事迹就是他们生命的形态,无论高尚也好,卑鄙也好,都是非常值得回忆的,是他们在地狱里发展自身精神世界的唯一资源。也就为了这一点,幽灵们才非辩护不可,要不然的话,她或他不是完全没有理由活在这世上吗?既然活着,生命本身就是理由。同样,既然生命与罪同在,审判也将永存。被地狱的无休无止的暴风鞭打的弗兰采斯加的受难形象,充满了宗教情怀而又并非宗教,这样的形象只能属于艺术的领域。

人将自己在世俗中的矛盾转移到地狱之后，那种长久积存的恶在地狱中斗得更厉害、更露骨，也更无所顾忌了。在这个原始地带，在混沌的黑暗中，所有的人都是要斗到最后一刻的，安息只属于精神上已死的人。由命运女神所掌握的黄金，这贪婪欲望的对象化之物，在世俗生活里是维持精神生存的营养，即使到了地狱，对于它的想象（虚荣、权位、成功等等）仍然是精神扭斗的不竭的力之源泉。"他们这样互相击撞要持续到永远。"[3] 请看对命运女神的描绘：

▶ 她不受人类智慧的阻碍，及时地从人到人，从一族到一族，转移那浮世的财物；因此一个人繁昌之下，另一个人便凋落全凭她的像丰草中的蛇一样藏匿着的判决。[4]

此处的"财物"是不带褒贬的。就如同黄金本身是美丽的一样，人的欲望无论多么贪婪，作为精神生活的基础也是十分可贵的，不应压制，只应设法转移的。于是命运女神就担负起了转移人的欲望的职责，并通过此种活动让人意识到，一切欲望的本质是"空"，只有渴求的本能是永恒的。人一旦具有了这种意识，也就会从物质的追求上升到精神的追求；但这个精神追求过程本身又并不是"空"的东西，她的内涵充斥着虚荣与物欲。可以看出，诗人一点也不排斥物欲，而是直接就将物欲作为根基。他所排斥的，只是那种黑蒙蒙的、动物性的追求。一个没有多少物质欲望，甚至对他人都没有多少感觉的人，是不可能成为真正的艺术追求者的；同样，一个仅有物质欲望，而缺乏对这种欲望的认识的人，也不可能追求艺术境界。一切从人性本身出发，因势利导，时刻不忘记那"像丰草中的蛇一样藏匿着的判决"，这就是地狱矛盾发挥的方式。

▶ 他们这样地在喉咙里咯咯作声，因为他们无
法用完全的言语说话。⁽⁵⁾

　　这是在尘世中愤怒的人成为鬼魂后的形象。贪婪转化成财富的想象之后，他们躺在腐臭的泥潭里用梦幻的语言继续发泄，这种语言被记录下来就是高级的艺术。大量的关于污秽，关于丑恶的地狱描述，表达的并不是否定，而是一种坚韧的承担。所以"我"从来不避开地狱的恶臭，而是尽力使自己习惯，使之成为自己的一部分。只有真正的诗人才会将自己的内心化为如此严酷的地狱。

　　地狱里充满了复仇，同世俗社会中的复仇相比，这种特殊的复仇具有相反的意义。所谓的"正义"在这里已失去了发挥的对象。请看复仇女神的表现：

▶ 她们各自用爪撕扯自己的胸膛；用手掌打击
自己，又那么高声叫喊，使我吓得紧紧地贴
在那诗人的身边。⁽⁶⁾

　　凶恶的女神们的复仇首先是针对自身的，毫不留情的铁石心肠显露着自戕的决心。当然这只是表演，一种最虔诚的假戏真做。所以浮吉尔才不让"我"看见米杜萨，免得"我"因此真的丧命。血淋淋的复仇的目的何在？人为什么要无限止地惩罚自己？请看第三十三歌里面乌哥利诺的例子。
　　乌哥利诺的幽魂恶狠狠地咬啮着仇人的头颅，此举令"我"不能理解。于是乌哥利诺通过他的叙述重返往事，进行了一次艺术复仇似的表演。多年前，乌哥利诺伯爵和他的四个儿子被罗吉挨利大主教的

人关在塔楼里。然后相继被活活饿死。乌哥利诺伯爵的灵魂在地狱详细地向"我"叙述了儿子们经历的那毛骨悚然的过程。当一种痛苦的情感无论如何也得不到宣泄的时候,艺术复仇就是宣泄这种情感的方法,进行这种复仇的人像乌哥利诺一样,通过"说"来一次次重演当时的情景。在表演中重新受难,在受难中超脱,这就是这种特殊复仇的目的。试想,如果乌哥利诺不能进行复仇表演,或根本没人倾听他说的话,有过那种可怕经历的他,精神上不是只有死路一条吗?无论何种其他体验,又怎能遮挡得了幼子一个接一个在自己面前活活饿死的画面?所以唯一的出路便是一次次重返当时的情景,用这种以毒攻毒、折磨肉体的方法来维持精神的不死。人在进行表演时,所伤害的不是现实中的仇人,而是自己。同宗教意境相比,这种复仇表演虽然不宽恕,虽然满怀怨毒,虽然残害着自己的心灵,但对人性来说,它是一种十分有益的操练,既宣泄了情感,又提高了境界。

▶ 假使我的言语能成为一粒种子,为我啃嚼的
  叛贼结出不名誉的果子,你将看到我一面说
  话一面哭泣。(7)

就像但丁的《神曲》绝对不是为了伤及他的仇人一样,地狱中的乌哥利诺的诅咒也绝对伤不到他的对手。复仇的结果导致了爱和人性的升华,人在讲述中丰富着精神的层次。当鬼魂乌哥利诺反复重演恐怖剧(令人想到博尔赫斯的《爱玛·宗兹》)时,人性就被磨炼得更加强韧了。

第十三歌描述了充满寓言的自杀者的树林。树通过死亡意识(哈比鸟)给自己施加的痛苦来释放体内的痛;也就是在丑恶的哈比鸟对其树叶的啄食中一次次体验死亡,以释放恐惧。这种强制性的囚禁,

这种暴力的撕裂，却又是树内的幽魂所唯一要坚持的形式，为了在极度的痛感中获得满足。那么以这种自杀性方式生存的灵魂，他们如何看待自己的肉体呢？

▶ 像其他幽灵一样，我们将寻找我们的肉体，但是目的不在回到肉体里去：因为一个人不应该复得自己丢掉的东西。我们要把我们的肉体拖到这里，它们将要悬在悲号的树林里。每具尸体悬在受苦的幽魂的多刺的树上。[8]

　　灵魂要维持死亡意识就要到上界尘世中去获取营养，但绝不能回归肉体。所以灵魂就采取了折磨肉体，同肉体分裂的方式来维系同肉体的关系，这同《浮士德》里面玛加蕾特对自己肉体的苦行僧似的压制性审判是完全不同的。地狱里的幽魂不但不轻视肉体，而且在这种撕裂的奇观中展示了精神的源头。人的精神发展过程既是同欲望过不去的过程，也是为欲望找出路的过程，在一次次突破更新中，生命永远是首要的。

　　上界下来的幽灵在树林里被死亡意识（黑色的母猎狗）追击而飞奔，口里高喊："现在来吧，来吧，死哟！"[9]那喊声是引诱又是挑衅，还有迫不及待的味道。结果是他并没有死，只是导致了囚禁和分裂——一种特殊的、异想天开的存活方式。

▶ 我是那座城市的居民，他把自己第一个护神调换了"施洗者"，因此他要永远用战争使它悲痛。[10]

　　施洗者约翰的职能在此处变成了兴风作浪，他弄得人心无宁日，他让陈旧的理性退避，让绞刑架似的生命体验给精神的拓展开路。

诗人在第十四歌《蔑视上帝者》当中着重描述了宗教与艺术境界的异同。在地狱的火雨的煎熬中，鬼魂卡巴纽斯以高傲的姿态对待加在他身上的惩罚。

▶ 我活着是什么，死了还是什么。纵然朱彼忒累乏了他的铁匠，在我的末日他在盛怒之下从铁匠那里取雷电劈穿了我；纵然他在吉倍洛山的黑铁厂，累乏了一个个其他的铁匠，正如他曾在夫尔格拉的战斗里那样叫喊着："帮忙，帮忙，好伏尔根！"而且用他的全力把雷电向我打来，然而他还不能够因此对我施以痛快的报复。(11)

他用何等的气魄来反叛上帝的惩罚！浮吉尔说"他的诽谤是与他的胸襟十分相称的装饰"(12)。这句话中包含了由衷的欣赏。卡巴纽斯一点也不想减轻惩罚（他一动不动地、蔑视地躺在火雨中），不如说他有意地用暴怒来加深自己的痛苦。为了什么呢？当然是为了更好地体验上帝的意志。

"我"看过了卡巴纽斯之后，就跟随浮吉尔同那座伟大的雕像见面了。那位山中的"老人"向"我"展示的是人性的真谛。纯金铸成他高贵的头颅，臂膀和胸用纹银铸造，再以下用黄铜和钢铁做成，只有那踩在世俗之上的右脚是陶土做的。除了象征理性的高贵的头颅，身体的其他部分全都是分裂的，同情的眼泪不断从那些裂开的隙缝里落下来，汇成红色的小溪。这条小溪"熄灭了它上面的一切火焰"。在分裂当中诞生的同情心就这样战胜仇恨，达到了博爱。瞻仰过人性老人的崇高形象之后，卡巴纽斯的姿态也可以理解了。他的受难并不是那种内心平静的、驯顺的受难，他的受难是一种在分裂中充满了内心暴力的受难，虽难以理解，但更符合人性。人类需要通过内心暴力来重演苦难以形成自我意识，从而达到同宗教相类似的升华。卡巴纽斯的表演同《圣经·旧约》中那位英勇的约伯的表演非常一致。

注：

（1）《神曲》朱维基译，上海译文出版社1995年版，第5页。
（2）同上，第32页。
（3）同上，第46页。
（4）同上，第47页。
（5）同上，第49页。
（6）同上，第58页。
（7）同上，第229页。
（8）同上，第87—88页。
（9）同上，第88页。
（10）同上，第89页。
（11）同上，第93页。
（12）同上，第94页。

两界之间的表演
——读《神曲·地狱篇》

人为着美好崇高的理想脱离世俗,化为幽灵,一心追求自我完善之际,给人的精神提供动力的,仍然是世俗中的"事件"。人从那些事件中产生同情心,或悲哀或鼓舞,又在同情心的鞭策之下,继续自我完善的事业。一个人,不论他追求什么样的超脱和空灵,也不论他否定自己的肉体有多么彻底,他终究摆脱不了肉体。所以地狱里面那些伟大的、敢于自审的幽灵,没有一位不是终日为上面世俗的事件忧心忡忡,见到一个异类立刻向其打听上界的事物,并且极度关心自己在世俗中的名声。这看起来像是一个极大的矛盾,或某种程度的"伪善",但是人的人性,乃至人格,就正是这样一个矛盾。当恶劣的世俗要吞没人的精神之际,人便到地狱中去寻求发展;当人的精神在地狱中待久了逐渐苍白之时,人又到世俗中去获取新鲜血液。因为精神的本质就是对人的同情和爱,所以人要像鸟类爱护自己的羽毛一样爱护自己的荣誉。这个荣誉,是他一生中不断通过否定自我"做"出来的成果,所以即使到了地狱,他仍在用努力申辩的方式"做",并希望上界来的人将他的努力传达到世俗中去。

> ▶ 请问,礼仪和英勇是否像先前那样地在我们的城里见到,还是简直在那里绝迹了呢?因为最近与我们在一起受苦,现在与我们的同伴在那边同行的菩西尔用他的言语使我们受到极大的苦痛。[1]

第十六歌中的这个幽灵急煎煎地向"我"讲出他的心病。当"我"答复了他时,他们大家便由衷地感叹道:

▶ 你毫不费力就能给人满意的答复,你这样要说什么就说什么是多么幸福啊!⁽²⁾

可见地狱幽灵们的痛苦在于找不到与现实的结合点,不得不在虚无中煎熬;而他们的幸福则在于同世俗的沟通。"我"作为使者给了他们暂时的满足。离开他们,"我"和浮吉尔就到达了那条同情心汇成的眼泪之河,血染的河咆哮着,"我"产生了创造的冲动,于是"我"同浮吉尔共同完成了一次无中生有的创造,从虚空中召来了奇迹般的猛兽。如果注意到前面关于同情心的描绘,后面的创造冲动也就是自然而然的了。

▶ 我所期待的不久就会上来;而你心中所幻想的,不久一定会出现在你的眼前。⁽³⁾

"近似于虚伪的真理"属于勇敢的寻找者,寻找的动力则是对世俗生活的终极关怀。没有这种关怀,就不会有创造的冲动。

那么人,在从尘世获得了动力之后,他又是如何运用这种活力来继续他的精神生活的呢?请看第七歌里灵魂世界里内斗的图像。

▶ 如同卡利布提斯之上的波浪向着迎面而来的波浪冲成粉碎:这里的幽灵必得作相互逆对的舞蹈。……他们相互击撞……又用责骂的言语互相叫喊。⁽⁴⁾

世俗的欲望就是这样转化成了地狱中的搏斗。可以说，地狱里的生活比世俗生活更为混浊，各类欲望纠缠在一块相互撞击，永不停息。又由于理性的专制使得每一个幽灵面目模糊，他们如果想要突出自己的话，就只能打倒对方，在争夺中取胜。所以地狱里的秩序比世俗更为无常，更难揣测，而安息，只属于精神上已死的人。已知欲望的底蕴是"空"，却还要争个你死我活，将世俗中的矛盾转到内心来斗，这正是艺术家的方式。这些醉心于世俗虚荣的个体，以前在光天化日之下，"心中蕴藏着郁郁的仇云"，现在则躺在黑色的泥潭里，愠怒地用原始的语言"咯咯作声"。

地狱的图像清晰地表明：艺术家的生活方式，绝对不是化解内心矛盾，达到和解的方式，而是活到老，斗到老，跟世俗斗，也跟自己斗。如同博尔赫斯的阿莱夫只能住在城市的地窖里，不能融入乡村的平和一样，地狱的幽灵也永远消除不了心中的怒火。选择地狱，就是选择永恒的扭斗，谁坚持不下去了，谁的艺术生涯也就到头了。当艺术家对外界的反应不再那么敏感、激烈，而是有些淡漠；当他的好奇心已不再那么强烈，感觉不到求知的饥渴的时候，创造的冲动便已悄悄从他身上退潮了。他也不会再像这些鬼魂，那么急煎煎地，抓住一个外来者便打听上界的新闻，并且要弄个水落石出；那么样长久地在黑暗中消化着外来的信息，耿耿于怀，怒不可遏。将外部矛盾化为内部的创造冲动，也为生命力的释放找到了新的领域，追求灵魂的完善成了第一位。

艺术意义上的灵魂不朽同宗教意义上的灵魂不朽又有所不同，人的希望并不在于来世的得救，却在于从当下的生存体验中得救。那一片坟茔中的法利那太的幽灵，以他的姿态，为"我"展示了这种绝望中的希望。法利那太在地狱中的生存，仍然是世俗中那些恩怨计较的延续,区别只在一点:这种计较已是不抱希望的计较,因为肉体已留在上界了。但不抱希望又不等于要削弱计较的深度与强度,却反而是更不顾一切,更走火入魔了。因此地狱的生存获得了表演的性质。

▶ 他把胸膛和脸孔昂挺起来,似乎对地狱表示
极大的轻蔑……(5)

法利那太不相信来世,他有力量承担心灵分裂的痛苦,他在地狱中不停地分析自己的世俗生活,像拉锯一样在两难中深入解剖自身。他既不能完全沉溺于世俗,也不能出世。由于他的这种生存姿态,他却意外地获得了一种预见将来的能力:

▶ 我们就像远视的人,只能看见远处的事物:
"至尊的主宰"依然给我们这么多光明;当
事物靠近或在眼前时,我们的眼力就完全
无用;除了他人带给我们的消息,关于你们
人间的情况我们毫无所知。因此你可以明
白:从"未来"之门,将要被关闭的那时候
起,我们的一切知识都将死灭。(6)

可见在他的寓言般的视角中,他又是彻底排除当下的世俗的。"未来之门"就是进入作者的艺术的门,主体从世俗而来,到了这里却要完全换一副眼睛,这种转化实在神奇。不言而喻,人也将随世俗、肉体的消失而失去这种预见力。既体认世俗作为灵魂的载体,又排除世俗对于视角的干扰,在这个矛盾冲撞中的诞生物便是纯艺术。在法利那太旁边,归多的父亲那空灵高贵的目光所眼巴巴地渴望的,仍然是那温情脉脉的世俗,虽然在艺术的原则下他绝对不能"看见"。

▶ 当我带着我的母亲给我的骨和肉的形体时，我的行为不是狮子的，而是狐狸的行为。什么狡猾阴险的手段我都熟悉，并且把它们使用得那么巧妙，我的名声传到了天涯地角。（7）

第二十七歌中具有魔王与教士的双重人格，无比贪欲又始终不放弃禁欲努力的归多，他的一生，包括成为幽灵后的日子，是一首极其悲壮的人性之歌。他死后被囚禁在火焰里，发出的声音是被他谋害的那些人的复合的声音，那种羞愧与哀痛是无法形容的。他已落到了这种地步，"我"却还对他说：

▶ 不要比有人对待你那样更冷酷，你的名声才好保持于人世而不坠。（8）

声名狼藉的归多死后为什么还要如此关心自己的世俗名声呢？这是一件十分微妙的事。这又应验了那个原则，即，只要还没有放弃努力，就有可能得救；只要精神还未死亡，肉体就有可能向善。归多的关于他的世俗生活的长长的辩护并未撇清自己（这不是他的目的），只是加深了内心的折磨。他一面忏悔一面又冀求，这种方式是内耗的、永远没有结果的，只有强盛的生命力可以促使它不断持续下去。掌握着两把天国之门的钥匙的艺术家，既像混世魔王，又像清醒的审判者，其"逻辑家"似的生活态度令人深思。假使他一直坚持做束绳僧，不犯罪，不介入世俗，他的"名声"也许会要好得多。但那样一种名声却是一种虚名，也不是他真正要追求的名声。那么这个恶行累累的人，他追求的到底是一种什么样的名声呢？他已经通过他的长篇叙述说出来了。这是一个不屈不挠地同自己的罪恶斗,每犯新罪必痛悔的、伤痕累累的人的形象。他要将内心的斗争昭示于众,让人看到他的顽强,他的坚韧,他的永不放弃,这便是唯一的、他要追求的名声。这个名声一定会因他的努力而在世俗中显现。"我"所说的"你的名声才好保持于人世而不坠",指的也是这种名声,而不是那种虚假的溢美之词。"黑天使"为了让他保持人格的完整,拒绝让他升天,将他打入地狱,继续他的二重生活,就是以这种特殊方式来成全他。

第二十九歌里的景象同第二十七歌也很相似,只是更为阴沉黑暗。底层"恶囊"里的人成日在瘟疫中呻吟,腐烂的肢体发出恶臭。这种地方的人除了被毁灭之后再"从蚂蚁的卵里重新生长出来"这种希望之外,不会有别的希望。这是一种全盘否定的灵魂结构。这种密不透风的窒息似乎还不够,幽灵们还出于本能不断自我折磨,每个人都为止奇痒像刮鱼鳞一样从身上抓下那些痂皮。尽管处在生不如死的境地中,一旦涉及有关世俗名声的事,他们便立即振作起来,极为关心地来听取来自上面的信息。

"我"深知这些幽灵的心思,便对他们说:

▶ 为了使你们死后的名声不致从上界人的心中丧失,而可以多年存在下去,告诉我你们是谁,属于哪个民族;不要让你们丑恶的和令人作呕的刑罚把你们吓得不敢向我吐露姓名。[9]

他们的恶名正是他们为之永远痛苦、忏悔的心病,他们通过公开忏悔让世人知道,有着如此腐败不可救药的躯体的他们,仍然在地狱里抗争,继续自我批判的事业,一刻也不曾放弃。反过来说,当他们在地狱中往自己腐败的身上施加刑罚时，也只有提及世俗的名声，可以使他们为之一振，获得新的力量的源泉。这些在尘世行使炼金术（或曰艺术家的生活方式）的幽灵们，被打发到黑沉沉的"恶囊"里受惩罚。只有到了这种地方，他们的想象力才彻底放开，将见不得人的炼金术真正变成了模仿心灵世界（自然）的纯艺术，将他们在上界喜好挥霍精力的习惯变成了异想天开、勇于进取的创造力。

在这场灵魂的变故中，"死而后生"是其规律。幽灵们所做的，是让怜悯心死灭，亲手彻底毁掉已无价值可言的肉体，然后再"从蚂蚁的卵里重新生长出来"，以更强盛的生命力来再一次重新清算肉体在人间的罪孽。也许他们清算的时候内心并不那么自觉，但可以感到有种强力在迫使他们采取决绝的态度。

清算肉体的罪孽的方式除了自我折磨、相互咬啮、不断蜕变之外，还有一种无法诉诸行动的复仇，它是以极端条件下的加倍想象来实施的。第三十歌中受别人唆使伪造了金币而遭致灭顶之灾的亚当谟师傅，在地狱里四肢被绑、寸步难移。在这样的处境里，如果他还要将世俗的情绪在地狱中继续发泄的话，唯一可做的事就是想象了。于是他在复仇的焦渴中反复地想象清泉，在身体的无能中不停地诅咒仇人，并设想报仇的情景。他的这项事业使他心中的烈火烧得更旺，所以他的形象显得还是那么有生气，丝毫没有萎靡的迹象。其他那些犯同样的罪，浑身发臭的囚犯也毫不示弱，每个人都将生前的恩仇记得清清楚楚，谁也没有和解的意愿，而是要永远记仇。

当"我"看到地狱里这相持不下的丑陋景象时，真是百感交集。一方面，"我"为自己也为人类羞愧，觉得自己沉溺于这类世俗的争斗真是可耻，这类争斗似乎使超脱成为了不可能的事；另一方面，"我"又为自己的俗气的"爱好"辩护，因为同情心已在暗中深入到了骨髓。最后浮吉尔教导"我"说：

▶ 不用这样羞愧已能洗刷比你所犯的更大的过失:因此抛去你的一切烦恼吧!万一"命运"女神又把你带到人们在作像这一类的斗嘴的地方,你要想到我是永远在你的身边:爱听斗嘴的愿望是一种庸俗的愿望。⁽¹⁰⁾

浮吉尔的心愿是矛盾的,这种矛盾是精神与肉体的永恒对立之体现。他到底是真谴责还是假谴责?也许他没说出来的话是:沉溺于世俗之恶时,只要不忘理想的存在就不会真正堕落。人出于本能要关怀肉体的需要;人同样出于本能却要将这需要转化成精神的渴求。所以两方面缺一不可,只有如此,生命之树才会长青。所以浮吉尔的谴责是必要的,"我"也不会因为他的谴责就放弃对世俗事物的兴趣,而会在他的反复无常的态度中去领略他的真实意图。

注:

(1)《神曲》朱维基译,上海译文出版社1995年版,第108页。
(2) 同上,第108页。
(3) 同上,第110页。
(4) 同上,第45页。
(5) 同上,第65页。
(6) 同上,第68页。
(7) 同上,第187页。
(8) 同上,第185页。
(9) 同上,第202页。
(10) 同上,第211—212页。

艺术造型
——读《神曲·地狱篇》

一个世俗中的人化为幽灵,进入到人类灵魂的最深处去游历,从根本的意义上来说,这是一种艺术创造的过程。既然是艺术创造,就涉及到艺术造型的问题。可以说,《神曲》中的每一歌,都是一种艺术造型,一种灵魂的姿态。如果一个人彻底地看透了世俗生活的虚无性,而又不甘屈服于这种虚无性,偏要将虚无变成意义,他就会不顾一切地去尝试另外一种可能的生活,当他奋力挺进之时,他会发现,这种生活具有无限的可以变幻的造型。诗人但丁就是这样通过分身术,将艺术生存的内幕一层又一层地向读者揭示的。上帝赐予艺术家恩惠,让他在活着的时候经历地狱、炼狱与天堂,同时也就赋予了他表演的权利,而表演就是造型。在这种特殊的经历中,艺术家通过那些各不相同的造型的完成,将对灵魂的探讨、认识不断向前推进。

作为主体的"我"是通过向陌生化了的对象的发问来开始艺术造型的。对象正是"我"的自我,但这个自我是个谜,必须要由"我"的提问来促使他层层展示。所以"我"每遇到一个精灵都会充满渴望地问:"你是谁?"这个问题包含了无限的诗情画意,像是天使的提问,为的是将抽象纯净化了的理念重新同世俗的血肉连在一起,让那些已被强制性一体化了的、无法辨认的幽灵重新获得人性,因为幽灵本来就是靠上界的营养维持生存的。而由提问所展开的过程,正是艺术造型的过程。

在第三十三歌中,生前被关在"饥饿的塔楼"里面的乌哥利诺的幽灵,用令人毛骨悚然的语调,叙述了人如何样向艺术生存的极限突进的故事。乌哥利诺内心世俗仇恨的烈火压倒了一切,以致生命对于他的意义就只在于报仇,他死不瞑目。于是在冥府里,用牙齿啃咬着仇人的头颅,这样一种常人难以置信的画面凸现了出来。恨与爱的矛盾冲突达到了极点,但仍被超级的强力统一于这个造型之中,诗人也通过这个造型向世人道出了无论处于什么样的可怕境地,精神仍要生存的决心,在艺术的境界中,仇人也是自己的一部分,和仇人斗就是和自己斗。经历了世俗的惨烈而又找不到出路的乌哥利诺,将矛盾带到冥府之后,用加倍的严酷向自己的心灵施惩罚,他在这种艺术表演中获得的新的痛苦和快感,其实也是对于世俗悲痛的解脱。追索到底,他对仇人的恨正是由对儿子们的深爱转化而来,登峰造极的同情心在此成了艺术的底蕴,促使人不断爆发,就好像自我惩罚越冷酷、越残暴,越能获取快感似的。这样的艺术,怯懦的心灵与她无缘,不具备反省力量的心灵更与她无缘。

▶ 你一定要我重温绝大的悲痛,我甚至在未说之前,只要一想起,就会使我肝肠欲裂。但是假使我的言语会成为一粒种子,为我所啃嚼的叛贼结出不名誉的果子,你将看到我一面说话一面哭泣。[1]

往事不能重返,但可以通过艺术创造再现往事。"一面说话一面哭泣"的艺术形象,以其令人心灵战栗的感染力,长久地留在读者的心中。而同时,作者心中的深爱和大恨都通过创造得到了升华。

在第十三歌里,在世俗中受尽苦难的幽灵们以奇异的造型获得了艺术的生命。自杀者的树林是一片无人探索过的原始之林。死亡之鸟在一棵棵饱含毒汁的树上筑巢。当人到达此地时,就会听到无边无际的哀鸣。却原来所有的树都是人变的,自杀者以这种形式继续着他们在冥府的生存。这种桎梏似的造型的内涵是极其深邃的。

以幽灵彼尔·台尔·维尼为例，诗人将他的一生描绘成艺术家的一生。他掌握着"刑罚"和"仁慈"两把钥匙（也就是自我审判和爱），他"对那光荣的职务怀着极大的忠心"。然而这样的人是不为世俗所容的。于是很自然地，他的凡心就死了（自杀）。因为他心中的虔诚，他又并没真的死，死去的只是属于尘世的躯体，而灵魂依然存活。灵魂在阴间以什么样的形式存活呢？诗人为读者生动地描绘了树的生存方式。

▶ 命运把他抛在那里，他就在那里发芽，就像
　一粒小麦一样；先长成一棵树苗，然后长成
　一棵野树；哈比鸟以他的树叶为食料，给他
　痛苦，又给痛苦以一个出口。(2)

被束缚在树的造型内的灵魂就这样以死亡意识为养料，继续着痛苦的体验，同时他本身也为死亡意识（哈比鸟）提供营养，促进其发展。但是这还不够，精神要长存，就要到世俗中去获取更新自身的体验。所以灵魂必须找寻他那依然在尘世中的肉体，目的不是退回到肉体里去，而是将肉体拖到树林里，悬挂在多刺的树上看它受苦。这便是彼尔·台尔·维尼的艺术生活。束缚是永恒的，解脱（哈比鸟的啄食）的操练永不停止。树的绝妙的造型可以使死亡的体验达到顶点。

听完彼尔·台尔·维尼的倾诉之后，"我"又看到了灵魂转化过程中惊心动魄的一幕。两个赤裸裸的被树枝刺得浑身流血的幽灵在死亡意识的追击之下死命地飞奔，但终究逃不脱命运的钳制，被撕成了一片一片的，然后肢体被衔走了。这是每一个分裂的灵魂的惨烈图像，在这种恐怖时分，一切自怜全是徒然的，谁也救不了谁，也减轻不了痛。人唯一可做的，就是从伤口含血喷出他悲哀的语言，这一切都是因为人"把自己第一个护神调换了'施洗者'，因此他要永远用

战争使它悲痛……"⁽³⁾也就是说，心灵的守护者成了兴风作浪者，从此人便心无宁日，操练不息。

请想象一下那样一片幽暗的树林，卷曲而多节的树干，内含毒汁的枯枝，以及树枝上那些怪鸟的鸟巢。我们灵魂深处的这幅图像从来就在那里，只是无人知晓而已。是诗人在神旨的启发之下通过创造再现了这内面的风景，而风景，又只能存在于创造性的造型之中。这一切都很难解释，只能感悟。

第二十六歌里的恶谋士攸利西斯，其实是一名艺术之谜的英勇的探索者。攸利西斯的灵魂被囚禁在火焰里面，日夜不停地烧灼煎熬着他，但他却渴望着说话。于是他向"我"叙述了他那勇敢追求的一生。他说，那时候，一切世俗的挂牵——

▶ 都征服不了我心中所怀的要去获得关于世
   界，关于人类的罪恶和美德的经验的那种热
   忱；我就乘着仅有的一条船……⁽⁴⁾

他遵循心的召唤开始了他一去不回头的探险。终于，他和他的弟兄们来到了生命的极限之处，那也是艺术和哲学的最高境界，即"太阳背后的无人之境"。他们以饱满的生命力向死亡发起冲击，就在他们看见目标，达到极乐之时，死亡的体验降临了。攸利西斯用他那不知满足的生命塑造的，是向极限挑战的追求者的形象，作为世俗中的人，他不断地犯罪，但他从未放弃过认识人性的努力，并且为这个不顾一切的认识献出了生命。

被火所囚的灵魂的造型也充分展示了人性中的矛盾，善与恶在内心的搏斗就是火的煎熬，人一刻不停止追求，火的烧灼也一刻不停止。所以攸利西斯的悲痛是永恒不破的。在那幽深的地狱沟底，无数的火焰像萤火虫一样闪闪烁烁,每一朵火苗,都是一个特异的造型,一个悲壮的故事,它们的基调全都来自严酷的内心的自省,没有自省,任何追求都是不可能的,因为认识人性之谜的动力是内心的爱。

▶ ……你们不是生来去过野兽的生活,而是要
  去追求美德和知识的。(5)

攸利西斯在生死关头对同伴这样说。人正是为了脱离野兽的生活,获得人的尊严,才献身于这样一桩事业的。作为个人,他们的人品也许并不高尚,但只要还在塑造的努力之中,他们的事业就有希望。

人的勇敢承担罪恶,不畏痛苦牺牲的形象在第二十三歌中表现得极为感人。永恒的负罪感和寂寞的自审使得人穿上了灌铅的大袍。当"我"和浮吉尔在自我意识的追赶之下到达这些忏悔者当中的时候——

▶ 他们以极其缓慢的脚步环行,哭泣着,神色
  显得疲乏而颓丧。(6)

这些人生前因伪善而作恶,死后却在冥界进行永不停止的自愿忏悔,穿着沉重的袈裟在狭路上缓行,全身心沉浸在对自身罪恶的回忆之中。人一意识到罪,承担就开始了,理性的桎梏从此与他同在。很可能他们的眼泪虽然悲哀,却是幸福的眼泪,而那狭窄的小路,正是漫长的通往人性的通道。当人被那沉重的铅衣压得痛苦难当时,他体内的兽性就正在转化为高贵的精神。穿铅衣的人是需要强大的精神平衡的力量的,所以"秤锤把天平压得咯咯作声"。

比穿铅衣的造型更走极端的,是被木桩呈十字形钉在地上的人的

形象。那人因为想出了"为了全民使一人受苦刑是最为得策"这个真理，便不得不以身试法，被赤身裸体钉在了地上，任万人践踏。此处描述的是人的义务感，人意识到了义务，也就是意识到了十字架，他为了人民而被人民永远放逐。当然这种十字架的刑罚仍同宗教有区别，所以：

▶ 当他看到我时，他全身扭动，连连吸气，吹
　动着他的胡子……(7)

反抗的表演姿态一目了然。反抗不是为了消除惩罚，却是为了让惩罚更酷烈，一直到惨不忍睹的地步。第二十三歌中的罪人形象是初级阶段的自我意识中让人刻骨铭心的形象，自愿受难的心灵是有希望得救的心灵，而不管他们在世俗中犯过什么样的罪。冥府中的寂寞的追求，的确让读者心中燃起了理想的火花。

如我们所知，纯艺术的一个最明显的特征就是她的寓言性。预见将来就是退回原始状态，所以在第二十歌中，一种奇怪的造型出现了。鬼魂们的泪水浸透了深渊，每个幽魂的脸孔向着背腰扭过去，退着往前走。这种姿态令人想起纯文学的分界线的问题。但丁的文学不允许世俗的解释，读者的目光受到专制的限制，必须转向那灵魂的领域，作为主体的"我"一开始对这种情况很不适应，产生了浅薄的伤感情绪，为人的被扭曲的痛苦姿态伤感。但是浮吉尔立刻批评了"我"，他说：

▶ 你也变得像那些蠢人一样了么？在这里怜悯完
　全死灭时，才显得是怜悯。有什么人比一个对
　上帝的判决表示悲痛的人更不虔敬呢？(8)

在这种艺术境界里，伤感是受到排斥的，因为人的痛苦是自己追

求得来的，人就是要在这种痛苦中去感悟上帝的判决，而将这种灵魂的寻根运动持续下去。

▶ 他并不停止向下一直跑到那抓住每个罪人的迈诺斯那边去。注意看他怎样把肩背变成胸膛：因为他要向前看得太远，现在他向后看和退着走。(9)

主体必须有种超脱的胸怀，明澈的目光，才有可能理解自我受难的意义，接着浮吉尔就说起了孟都的艺术历程。

女寓言家孟都在父亲死后就开始了她的精神流浪，她最后在恶臭的沼泽地包围着的地带（无人去过，无路可通的原始地带）建立起了艺术的家园。她一生都是退着往前走的，这种姿态必然要达到这个原始地带。于是她在那里头进行艺术的实践（超人的巫术），并为了她的艺术，断绝了一切人世的来往。那个地方因为四周的沼泽而"形势坚固"，像一个死亡的领地。孟都死后，一些人聚集在那里，在孟都的尸骨之上建立起死亡之城，并将它命名为孟都亚。这个故事如同孟都那"生毛的皮肤都在背后"的躯体一样，是一个寓言。从事人性探索的人只有经历了沼泽的可怕体验之后，才能到达死亡之城。在死亡之城内不断进行残忍的自我解剖，便会一步步接近真理的源头。孟都的寓言姿态所显示的，正是艺术和人性的底蕴。这样一个残忍的女巫，旁人对她的怜悯显然是多余的、不恰当的，只不过说明了怜悯者的无知。

第十八歌里描写的是自虐者的群像。在这个积满粪水的"恶囊"里头，生前弄虚作假、阿谀引诱的人在此受到惩罚，这种惩罚既是强制性的，又是出自内心被接受的。被惩罚者由于生前的贪婪获得加倍的痛苦，这种痛苦的自虐的性质也是很明显的。当幽灵被问及世俗的

罪孽时,满心羞愧的维内提珂回答说:

▶ 我不愿意说它;但是你那清楚的言语使我怀
念以往的世界,所以我不得不说。⁽¹⁰⁾

他因欺诈而在此处受罚,然而那不光彩的世俗的记忆,仍然是他维持精神活力的营养,他将一遍又一遍地复活那可耻而又令人缅怀的记忆!幽灵的矛盾是解决不了的,无论在尘世、在阴间。唯其如此,他们才具有令人惊叹的活力。与维内提珂·卡嘉尼密珂形成对照的是另外一个生命力更加奔放的幽灵哲孙。他生前可说是恶行累累,什么都干得出来;所以他死了以后也还是保持着堂皇的外貌,什么都敢承担,并且不因自身的痛苦而流泪。因此浮吉尔出自内心称他为"伟大的灵魂"。凡进入了地狱的幽灵都是值得称赞的,这个可敬的地方,它会将生前的欺诈变成无穷无尽的、自虐似的鞭打,将对物质的贪婪转化为精神的饥饿。所以一个粪水中的幽灵恼怒地向"我"咆哮道:

▶ 为什么你看我比看其他污秽的人更仔细呢?⁽¹¹⁾

他责备"我"为什么要用世俗的眼光来对他的处境大惊小怪,暗示"我"这是人的普遍的处境,没必要加以怜悯。实际上,这种待遇还是上帝给予他们的特殊的恩惠呢。让精神长存,这不是每个人都能享受的待遇。就是那个生前靠卖淫为生、从不讲真话的妓女塞绮斯,此时对于上帝加在她身上的惩罚也是心存感激的吧。

第十九歌里面,犯了重罪的罪犯被倒插在洞穴里,露在外头的双足被火烧灼。这个幽灵是买卖圣职的教皇。在人间,他具有没有任何畏惧的邪恶,所以才在地狱受到这种酷刑。煎熬中的幽灵自愿受罚，完全不求赦免，只专注于当下的体验（抱怨和叫屈不是为了赦免，只是为了加强体验）。他清楚地知道自己在尘世追求了"虚"的东西，而现在他要在幽冥的世界里追求"实"的东西。现在的追求令他痛苦不堪，他一边躁动、发作，一边领悟最高的意志。当"我"用激将法来进一步促使他将体验达到极致时，啃噬他的愤怒和良心自省正是浮吉尔盼望看到的矛盾艺术效果，所以浮吉尔——

▶ 显出那么满意的神色听着我说出来的真实的
言语的声音。因此他用两只手臂抱住了我。[12]

这个艺术造型将灵魂的两面性完美地结合在一起，就如阴和阳；同时也透现出艺术家对生存处境的全面的体认，因为他早已看透，粉饰和美化到头来全是无济于事的。后来的文学大师博尔赫斯在这个方面深受但丁的影响，大约属于"英雄所见略同"吧。

注：

（1）《神曲》朱维基译，上海译文出版社1995年版，第229页。
（2）同上，第87页。
（3）同上，第89页。
（4）同上，第180页。
（5）同上，第181页。
（6）同上，第156页。
（7）同上，第159页。
（8）同上，第134页。
（9）同上，第134页。
（10）同上，第121页。
（11）同上，第124页。
（12）同上，第132页。

精神与肉体
——读《神曲·地狱篇》

▶ 如有强大的精神力,把各种原素在体内凑在一起,没有天使能够拆开这合二而一的双重体……⁽¹⁾

▶ ……我们将找寻我们的肉体,但是目的不在回到肉体里去:因为一个人不应该复得自己丢掉的东西。我们要把我们的肉体拖到这里,它们将要悬在悲号的树林里,每具尸体悬在受苦的幽魂的多刺的树上。⁽²⁾

  人的肉体与精神之间那种微妙关系,在这部诗篇中探索得如此之深,可说是经典文学中的奇观。每一节、每一章,诉说的全是二者之间的恩恩怨怨,是关于这势不两立的对立面如何样争斗,又如何样在尴尬中达成妥协的故事。由于精神的被禁锢,诗人对于肉体仇恨到了极点,以致要用一次次的死亡来消灭它。但下贱的肉体每次被消灭之后,又能如凤凰一般再生,成为新生的对立面,重新行使其禁锢的功能。如果没有肉体的下贱与顽固,精神会变成什么东西呢?一股烟还是一股气?这黑暗的永久居住之地,这奇特的演变模式,就是人类永生的希望。

  被蛮横地去掉肉体、打入深渊的幽灵们,正是被专制的理性剥夺了"生"的权利的艺术自我的肖像,他们那无一例外的积极生存的方式,就是讲述自己同上面那个肉体之间的恩怨,讲述自己那永不放弃的努力。谁也不能让他们闭嘴，因为讲述的权利是上天给予的。激情从何而来？莫非他们最恨的，就是他们最爱的？莫非"先死"是为了"后生"？莫非决绝的剥离是为了达成新型的统一？多少个世纪过去了，在精神的追求越来越崇高之际，肉体悄悄地发生了什么相应的变化呢？很显然，那种变化绝不能用诸如世俗中的"优雅"这类词来形容，不如说，那是一种比诗人描述的画面更为恐怖、暧昧、难解的景象。也许正是至深的对于肉体的爱使得人不停地折磨这个肉体，为的是让它焕发出人类特有的活力，完全迥异于其他自然物的活力。否则，人的高贵的精神就会失去她的寄居地。那些个异想天开的刑罚的操练，那些个屠宰场一般的野蛮的展示，除了给人带来惨痛之外，不也同时给人带来回肠荡气的解放感吗？精致而残忍的复仇演化出新的生存模式，旧的桎梏刚一解脱，新的囚禁又到来。

具有真正的空灵境界的诗人，将烧煮地狱沥青的火称之为"神的艺术"——一种人间觅不到的圣火。这些沥青的作用是用来煮熬肉体的。被"一个也不饶过"的执法的恶鬼抛进沥青池的幽灵们，他们的邪恶的肉体在那下面进行着黑暗的舞蹈，一边挣扎咒骂，一边感受酷刑的力量，并时刻不忘伺机突破。这是单靠激情达不到的自审，在剿灭了一切自怜和伤感的刑罚面前，一定有某种神力在起作用。是因为有了她，幽灵们才能在下意识里发挥表演的激情，在向制裁挑战的同时将刑罚的残酷性更加充分展示。所以在精神的自由表演中，肉体是提供激情的大本营，这种激情在神圣的召唤之下升华为崇高的理念，理念又进一步引导激情，使其更为焕发，同她来一争高低。沥青下被烧煮的幽灵们除了自动放弃之外什么都干得出来。反正是一死，倒不如见机行事，能捞多少是多少，既像设陷阱的阴谋家，又像乱咬的恶狗。争斗在一张一弛中紧张地进行，双方暂时的胜利和失败绝不意味对峙的终结，矛盾只是越来越深化、复杂了而已。

在追求自由的事业中，精神和肉体是同一桩阴谋中的两个不可分的合伙人，也是一个东西的两个面。精神的工作是解放人，让人超脱；肉体的工作则是设陷阱、搞欺骗，让人陷在欲望的深渊里。只有两方面的互动才构成追求。没有制裁人就突破不了禁锢，没有反叛理念就会消失。这个机制运作起来确实神秘：

> ……我还没有见过骑兵或步兵，或以陆地和星辰的标志定方向的船只，依着这么不可思议的号角声行动。[3]

这号角声来自恶鬼的臀部，肉体的最下贱的部分。想想看，从那种地方居然吹出了自由的号角，并由此开始了一场壮观的追求的表演！作为"小神"的人，是因为保留了远古时代的蛮力，才有充足的底气吹出这种从未有过的号角声吧。他们的船只航行在广大无边的宇宙中，遵循体内接收到的神秘召唤来定航向。这样的躯体，虽用世俗眼光来看丑陋无比，却成了启蒙之光的诞生地。

为了促使精神发展，肉体常需要惨烈的蜕化、变形。这类图像正是内部多种欲望交织、渗透、对抗，以及融合的演示。只是由于有了精神的干预，原始的欲望才变得如此复杂得令人眼花缭乱的。那些个可怕的欲望之蛇，是积累了几千年的生存技巧使它们变得这样灵活、残忍、剧毒，而又能击中要害。因为它们的工作，是催生新的灵魂，所以施起刑罚来必须绝对严厉。蛇用它那丑恶的行为进行着最高尚的事业，它在精神的引领之下改造了肉体，也改造了人性本身。既然精神非要在肉体中寄居，她就不能停止对肉体的改造，她必须将肉体变得适合于自身居住。而这种改造，又只能通过启动肉体内部的机制来进行，于是就有了这种伟大的变形。可以说，是人的精神将欲望制约起来，让它变成了凶恶、剧毒的蛇，而这些蛇，如鲁迅先生所说的："不以啮人，自啮其身。"在那种变形的过程中，既有无法区分的纠缠，又有互生互长的蜕变，还有本质的交媾，最后达到的，均是那种牛头怪一般的统一体。世俗的眼光一般难以认同这种形象，但这个牛头怪的形象却是伟大的诗人们多少个世纪以来用既悲痛又自豪的心情歌颂的对象。人要作为有理性的动物来释放欲望就逃不脱变形的命运，人通过这种复杂的演变既保留了欲望又战胜了欲望，并为欲望的进一步释放开拓了前景。

另一种变形是将罪恶集于一身（如在火焰中用自己杀死的那些人的声音说话的归多），在理性的观照之下继续痛苦生存。

▶ 那火焰无限悲痛地离去了，扭动着并摇摆着
　　它的尖角。(4)

地狱的幽灵虽然还不能确切地知道自己的罪，但那种绝对的、无条件的精神对肉体的制裁却已是他们自愿进入的模式。因为有罪，所以必须用火焰的桎梏禁锢起来，与这桎梏合为一体，永世不得脱离。精神的力量就在于此，她可以让人在犯罪的同时下意识地反省自己，以其"向善"的威慑力来干预人的生活，使人的灵魂永不安宁。想想莎士比亚"麦克白"的例子就会明白这是种什么情形。同"麦克白"相似的让肉体承担痛苦的最极端的例子，是被呈十字形钉在地上，让千人踩万人踏的大祭司该亚法。承担在初始也许是无意识的（源于他的某种感觉），到后来却成了生存的前提。当他愤怒挣扎之际，就会看见天堂。

在精神的世纪历程中，灵肉分离一直在朝着纵深和微妙的方面发展着，艺术家们由此得以以千姿百态的版本来歌颂这种情形，从

这个意义上来说，《神曲》的作者是出自内心的大喜悦而写下了这些诗篇。目睹了肉体的惨状，从灵魂的最深处体认了这种现实之后，自然会为人的自强不息，为人的永生的姿态感到欢欣鼓舞。诗人的这种乐观从内心生发出来，属于他自己，也属于全人类。在这些各式各样的版本中，这些地狱幽灵有一个共同特点，那就是他们都已放弃了由于外力而得救的希望，甚至也不相信通过自己的努力会达到某种终极的得救。但无一例外地，他们全都死死执着于当下的"事件"。这些事件同过去紧密相联，实际上也是未来的预言——一个关于获救的可能性的预言。就是在那些属于肉体的事件中，他们下意识地创造了精神升华的画面，或者说创造了"无限时间的无限分岔"。肉体转化为精神的这种过程实在妙不可言。

因此，阴森的地狱是每一个有可能获救的人为自己设置的灵魂审判的法庭，是人为了要发展美好的精神而自愿让肉体加倍受难的处所。在此地，人的欲望除了一个出口没有任何出口可以发泄，而这一个出口，又必须由人在茫然挣扎中去无意识地撞开，否则等待人的便是死亡。如果一个人不是对人性的前途怀着异常坚定的信念，如果一个人不是对精神理想的追求到了着迷的程度，这种生死关头的即兴创造就不可能达到。反过来说，如果一个人不具有如此蓬勃的野性的生命力，如果这种生命力不受到地狱似的非人所能想象的压制，他也不可能有如此令人大开眼界的反弹。这个反弹所展示出来的新境界是前所未有的，她也是人类永远取之不尽的宝藏。所以每一个真正的诗人之所以能尽情地发挥创造性，是因为在神启之下进行了那种残酷的对于肉体的刑罚。

> ▶ "自然"在放弃了创造像这样的动物之后，就使战神失去了这些刽子手，当然她在这点上做得十分对……[5]

以上是提到深渊里的原始巨人所说的话。从此处也可以看出诗人对于人性的信心。凶恶的巨人被强大的锁链绑缚着，不再具有外部的杀伤力，恶以这种方式被强行转化成了善。原始的力量并不因捆绑而丧失，反而受到激发，这激发正是来自强大的理性。巨人冲破理性的瞬间就是创造的瞬间，同时也是新理性诞生的瞬间，如此这般无休无止。实际上，捆绑的形式是镇压也是挑起新的动乱，之后又来建立新的钳制机构。也许只是具有坚定信念的人，才敢于拿自己的本能开刀，进行这种近乎巫术的实验。他也许在世俗中是一个胆小谨慎的人，他的艺术却将他变成了一个英勇的暴徒。

琉西斐（撒旦）的转化也是十分微妙的。从前他具有美丽的野性，可以想象这种野性有时也是凶残丑恶的；他被变成丑物打入地狱之后，却获得了人间最美的向善的本性，只有上帝心中明白这种转化的含义。

▶ 他用六只眼睛哭泣，眼泪和血沫，顺着三个
下巴流下。⁽⁶⁾

一边咬啮咀嚼着罪恶的肉体，一边用滴血的心为之悲哀，这种冷酷的热情成了整个地狱的基调。为了实现上帝的、也是他自身的意志，琉西斐在黑暗的地心用行动破译着古老的原始之谜。于是就从地心的这个处所，施洗的小溪穿过蚀穿的石洞向前流去，净化灵魂的必要性被意识到了。更强的理性或自我意识加入进来，自发的创造行动从此在一种更高的观照之下被进一步激发，而不是被规范。换句话说，理性越强，则原始冲力越大，越不可阻挡。创造进入了高一级的、更为艰难的阶段。

回过头来再看诗人在序曲里说的那句话，就可以初步把握它的意

思了。

▶ 唉！要说出那是一片如何荒凉、如何崎岖、如何原始的森林地是多难的一件事呀，我一想起它心中又会惊惧！⁽⁷⁾

精神若要穿越肉体的原始森林，除了一次又一次地同死亡晤面之外没有第二条路。即使是从那"关口"死里逃生之后，肉体还会转化成欲望的猛兽，横在追求者的路上，要窒息精神的发展。于是死又一次来临。这个过程中，以"负面"面貌出现的肉体，决定着精神的层次。也就是说，母狼、豹和狮子越贪婪凶残，精神创造的世界就越高级复杂，并且独立不倚。当人不断意识到自己的肉体的本性之时，精神的境界也在随之提高。人在发展精神世界所面临的障碍其实就是自己为自己所设立的高度。人往往到一定的时候会产生"上不去了"的感觉，那是肉体的资源已用尽了，而这个肉体，也是某种程度上可以被精神改造的——所谓"解放生命力"。

诗人但丁在写《神曲》之前的准备就是这样一场生死搏斗。为超越肉体的黑暗之林，他经历了无法诉诸笔墨的恐怖，但他依仗灵魂中多年积累起来的"美德"，终于战胜肉体，达到天堂境界。他在歌颂精神之空灵美妙之际，也间接地歌颂了肉体的强悍和野性。这大约也是史诗被称为"喜剧"的由来。

当人感到了肉体的强力禁锢，同时也感到以往的世俗欲望毫无意义之际，他就要开拓一种新的发挥欲望的模式，而在开拓之际他仍要借助于肉体的冲力，否则他就不能冲破桎梏。那么冲力又来自哪里呢？当然不会从虚空中来，它仍然来自世俗欲望，只不过这种欲望已不是现有的要否定的欲望，而是经过转型，具有更为高级的形式了。肉体在发挥功能之际就是这样被转型、被改造的。也许界限并不明显,而是新与旧"像熔蜡一样"混合着,从中诞生出怪物似的新生者。

理解《神曲》就是理解我们自己的精神和肉体的关系。要进入这个世界,单靠理性和常识是做不到的,读者同样要经历但丁所经历过的那些绝望、苦恼和恐惧,只是程度上也许轻一些(这一点因人而异)。理解这样的史诗属于精神操练中的高难动作,没有以往训练出来的基本功是不可能去尝试的。这个基本功同学识等等关系不大,它是一种审视灵魂,进行自我批判的习惯。但这个审视和批判同样不是理性或常识性的,不如说它是困惑中的创造性爆发与超越。人在或大或小的爆发中自觉或不太自觉地抛弃旧的自我,向那未知的领域发起冲锋,让欲望在新天地里得到新的发挥,也催生新的理性。所以这类阅读和创作的依据不是机械地遵循文学的某些现成规律去"解释",而是从心灵出发,执着于那些奇妙的语感,在迷惑中让感觉大展身手,在隐约感到的新理性的光照之下逐渐探索出这个未知世界的规律。

注:
(1)《歌德文集·第一卷》绿原译,人民文学出版社 1999 年版,第 446—447 页。
(2)《神曲》朱维基译,上海译文出版社 1995 年版,第 87 页。
(3) 同上,第 147 页。
(4) 同上,第 189 页。
(5) 同上,第 215 页。
(6) 同上,第 239 页。
(7) 同上,第 7 页。

自由意志赞
——读《神曲·地狱篇》

《神曲》是艺术家追求自由的过程的真实记录,这个过程也是人由发自本能的自审(地狱),到有理性的自审(炼狱),再到纯精神的分析(天堂)的过程。追求的动机则是美德(一种有点神秘的理念)的感召。自由意志本身是一个矛盾,一方面她要无羁绊地上升,一方面她又在对苦行的渴求中将自身限制在地狱体验里,这两方面的力就构成了追求的律动的模式。在以"我"为主体的追求者身上,自由意志又是怎样体现的呢?或者说,"我"是如何样一步步实现自由的呢?

在《地狱篇》里作为诗人的但丁的自由意志是通过一分为三的分身法来实现的。浮吉尔是诗人的理性与智慧,"我"的本质;俾德丽采则是诗人的理念,"我"的更深一层的本质。随着探索的深入,浮吉尔会将接力棒交给俾德丽采,由这位女神来引领"我"登上精神的极境。当"我"在原始的冲力的支配之下,闯到了这片与世隔绝的地带时,是浮吉尔用他那温和而又强大的理性之力,为"我"身上沸腾的野性指明了发泄的方向。这个方向就是浮吉尔所说的"另一条路"。另一条路是同世俗永别的路,另一条路又是同世俗的投影纠缠到死的路。浮吉尔的工作,就是不断地将地狱的悲惨体验加在"我"的身上,让我在绝望中一次次奋力突破。

▶ ……我将做你的导者,领你经过一处永劫的地方,在那里你将听到绝望的呼叫,将看到古代的鬼魂在痛苦之中,他们每一个都祈求

第二次的死……[1]

之后浮吉尔对"我"的肉体的折磨（伤心流泪、头昏眼花，直至昏厥过去）使"我"闯过一个个极境，"我"的精神也随之不断升华。当"我"不知不觉地贴近死亡体验之时，境界也越来越纯。然而"我"究竟为什么会踏上跟随浮吉尔的旅程呢？以"我"显得有些优柔寡断甚至有些软弱的性情，怎么会产生出如此大的信心和决心呢？文本中已经说过，是出于爱和同情，出于高尚的理念追求。只有美德（爱）可以使人无畏，在美德的感召下，人才可以战胜来自世俗价值观的怀疑，在信念中去追求幸福；生的意志也只有在美德中得到体现，离开了同情心，人只是行尸走肉。这就是为什么"我"竟能战胜肉体的恐惧，不顾一切地去追求永生的原因。生的意志越强，同情心就越深（即使这种同情以曲折的形式表现也如此）。所以"我"，在通向自由的一层又一层的地狱里，所体验的全是"别人"的苦难，"我"自己却似乎处在相对安全的位置上。正好是这些"别人"（自我的对象化）在协助"我"完成体内原始之力的转化。一颗博大的心包含的是全人类的悲欢。艺术创造中这种分裂的奇观，需要读者用心体会，才会感到其间的层次。

有了美德之后，便会产生俾德丽采似的无畏。

▶ "既然你想深究这一点，我要简略地对你讲，"她回答说，"我为什么不怕来到此地。凡是具有伤害力的东西，才是可怕的；其他的就不，那些东西并不可怕。"[2]

俾德丽采这里谈到的"那些东西"，是指人身上泛滥的恶（比如三只猛兽，比如凶恶的幽灵），换句话说也就是指人的原始生命力。

人一旦意识到恶，那恶就受到了钳制，并且会在理性的引导下转化为善。代表着最高理性的俾德丽采以善或美德的面貌出现，而真正的善是无所畏惧的，她可以同任何令人胆寒的恶抗衡而不受伤害："你们的不幸接触不到我；这里熊熊的火焰也烧不到我。"(3) 万物之中只有人才具有美德，但这个美德不是用来限制人的自由的，反而是促成人达到真正的自由体验的根本。当人痛斥自己那无意义的世俗生活，将自己逼得无路可走之际，是对美德的向往导致他进行那致命的一跃。在这一跃的瞬间，新天地就出现了，人的生命于是背离恶的轨道，不断以善的形式展现其辉煌，世俗生活也重新获得了丰富的意义。所以说俾德丽采高高在上，是"我"旅程中的福星。"我"则是俾德丽采的实体，她必须从"我"的实实在在的人生体验中吸取她生存的营养，否则她将苍白而消失。当"我"在昏沉的地狱中进行自我搏斗时，俾德丽采这颗福星的光芒就更为明亮耀眼了。俾德丽采从哪里来？当然是从"我"的心灵深处走出来的，"我"原来就有她，现在才看见她。看见了她，"我"才大胆地选择了艰险荒凉的地狱之路，为的是回"家"，也是为了向天堂跋涉。俾德丽采通过浮吉尔让"我"看透肉体的虚无，使"我"变得意志坚定，在不归路上探索到底。斩断肉体的羁绊却原来是为了创造一种新的灵肉结构，让肉体更好地发挥能量，真正成为人达到自由的桥梁。深谙这其中奥秘的浮吉尔，既心怀矛盾，又胸有成竹，显露出实验者的真实心情。

与美德相对立的人性中的卑贱是人性中的基础，它永远与美德同在。就为此，美德便意味着痛苦。俾德丽采从那高高的处所将她心中永恒的痛传给了"我"，正如上帝将自身永恒的痛传给撒旦（琉西斐）一样，"我"在发挥这痛苦中，便实现了俾德丽采的心愿。

▶"哦天国的遗弃者！卑贱的种族！"他在那

可憎的门槛上开始说,"你们心中为什么怀着这种骄横?'天意'的归趋绝不能阻止,并且还要时常增加你们的痛苦,为什么你们要对他违抗?与'命运'抵触又有何益?假使你们记得,你们的塞比罗为了这样做,仍然忍受着下颚和喉咙剥了皮的痛苦。"(4)

这正是天国的意志与卑贱原始的撒旦之力交锋的写照。天国意志以毫不妥协的姿态横扫障碍,撒旦却要忍着被剥皮的痛苦负隅顽抗。明知是上天规定的命运,仍然要以自动找死一般的愚顽去挑衅,这里面也许隐藏着极深的大智慧?还是剥皮的酷刑原本就是撒旦所追求的体验?当"我"跟随浮吉尔进到死亡之城内部时,问题的答案就全清楚了。天国的意志是属于人类的自由意志,她在对"恶"的否定与全面体认中实现自身。她将一切"恶"转化为善,将人生的价值拔高,也为自身注入活力。充满了烦恼和苦刑的场所,正是自由意志得以实现的场所。人"自找"的刑罚在实施中带有浮吉尔所说的这种特点:

▶ ……一件事物愈是完整,它所感到的欢乐和痛苦也愈多。虽然这些受诅咒的人绝不会达到真正的完整,但看起来后来总要比以往更接近它些。(5)

只有那些在心底将尘世的享乐的性质看穿了的人,才会来追求这种令人喘不过气来的、阴森森的自由(或曰"完整")。这并不是说,要将尘世的享乐全抛弃,过一种禁欲的生活;而是说人要在发挥本能之际建立起另一种生活,使它与世俗生活两相对照,相互渗透与干预,这样的人才是有理性的人。就是这种内心自省的机制产生了自由的体验，否则人只是肉体或精神的俘虏，并没有什么自由。

第十七歌中那次"奇妙的向下飞行"是一次真正的自由体验。被浮吉尔从悬崖下的虚空中召上来的怪物，是肩负着带领"我"去体验自由的任务的。

▶ 看那尖尾巴的凶猛的野兽，他穿越山岭，突
破城墙和剑林，看那糟蹋全世界的怪物。⁽⁶⁾

这个怪物却有着正人君子的面孔。一次创造是由生命力的奋起来达到的，怪物基利恩模样丑陋，浑身洋溢着恶，所以能冲破理性的樊篱，进行奇妙的飞行；这同一个怪物却又有着向善的本性，这就使得它的飞行成了有目的的飞行，即，在毫无参照物的情况下从虚空中接受关于方向感的信息。

人在进行这种飞行的时候有两种恐惧：一种是四面悬空，一切景象都消失的、死一般的恐惧；还有一种是来自下方的恶的旋涡中升起的可怕吼声的威胁导致的恐惧。在飞翔中人既怕死又怕活，为他导航的其实是原始的冲力，这个冲力在理性的监护之下，能够背负世俗的沉渣（"想想你所负的异常的重量"⁽⁷⁾），一往无前地在虚空中遨游。飞翔的目的在此排除了任何功利，只是为飞翔而飞翔，为体验而体验，这正符合了最高意志希望达到的境界。

当然绝对的自由是达不到的，所以怪物基利恩在停落下来之后满心沮丧，它"显得轻蔑和沉郁"，然后它就摆脱我们飞走了。"我"和浮吉尔，我们这两个人类的儿子，却在它的背上经历了仅仅只能属于人的自由。基利恩是不知满足的，它对人成不了鸟而感到遗憾，但鸟的自由并不是真正的自由，只有人的恐惧和理性钳制才使自由成为了可能。所以它尽管鄙视，下一次的追求仍然只能如此进行。

第三十一歌里面的巨人们是自由飞翔的力的根源。这种可怕的力威胁着人，又让人成就伟大的事业。当巨人们落到地狱之后，他们就被结实的锁链绑了起来，严厉的镇压使他们那雕像似的反叛姿态成了永恒。能进行自由飞翔的力是一种能毁灭一切的力，将破坏与毁灭转化为创造，所需的是铁链的束缚。这些嘴里发出含糊原始语言的家伙，无论上界世事沧桑如何变迁，他们始终作为人性的根基存在于深渊里的浓雾中。

更深一层的结构在第三十二歌里展示出来。青黑色的幽灵被封锁在冰冻的湖内。人在如此残忍的地方是如何样发挥激情的呢？这些幽魂心如坚冰，却并不麻木。他们这样发出内心的热力：一边从眼皮间涌出泪水，一边又被严寒冻住眼泪。这种情景真是难以想象。冷的热情来自对人性的深深的绝望，加倍的严惩却完好地保存了兴风作浪的冲力。所以一旦遇到外界的激发，理性观照下的表达就如恶的滔滔洪水一样汹涌，从那里头也涌出自由的快感，这种快感正是由世俗的嫉妒心转化而来。

▶ 就是你把我的头发都拔掉，我也不告诉你我
  是谁；也不把头给你看，纵然你敲打我的
  头一千次。[8]

他以抵制交流的形式来变相交流，以攻讦"他人"的形式来揭示自我，以咬啮"同伴"的形式来"抉心自食"。如果我们敢于正视自己灵魂深处的情景，就会悟出此处演示的画面就来自我们内部。幽灵们这样做是为了什么呢？仍然是为了自由的体验。当他们在冰封之下断绝了一切希望，严寒以死相威胁之时，他们那种不顾一切的发挥，那种超级的热力，正好构成了自由的意境。那是精神抗争的画面，无依

无傍的挣扎就等于虚空中的致命飞翔。不然的话，在这种境地中，人还有什么必要怀着复仇之心，并时刻不忘将其演习？

人的生命实在是奇妙，从这个生命中产生的自由意志，其深奥的底蕴永远是艺术家们说不完的话题。嵌在地球中心的琉西斐终于在"我"面前现形了。这个铁石心肠的怪物，如今残忍地用巨大的嘴巴咬嚼着罪犯，他身上这种丑恶的人性却是由美丽的野性转化而来！想当初，他是天堂里最美丽的天使，但那个时候他还不具备真正的人性。是对自由，对渴望成为"人"的不顾一切的追求导致他反对造物主，落得了今日可悲的下场。这个"下场"，就是自由体验本身。被倒插在地心的琉西斐，是整个地狱机制的核心。当人不满于自身的现状，当人想飞越世俗的鸿沟，领略彼岸的风光之际，琉西斐会告诉人自由到底是一种什么样的感觉，以及为什么他要成为黑暗处所的永久的囚徒，而不做天堂里优雅的无邪的安琪儿。浮吉尔说："我们已经看到了全部。"[9]这个"全部"，就是琉西斐追求自由的遭遇和属于他的永劫的地狱的真相。琉西斐那洋溢着野性之力的粗糙的身体，是地狱机制得以运作的保证，上帝同他开的这个永久性的玩笑成全了他的追求模式。是上帝给了他强悍的生命力，使他能达到生命的极限之处，将两极相通的奥秘揭开。琉西斐的体验虽然还不那么自觉，但这是一种充满了创造性的体验，每一轮都是从未有过的新事物，人在地狱中明白了，此处唯一的存活方式就是用自己的身体做实验。于是人在摆脱了一切的、赤裸裸的状态中，反复折磨自己的灵魂，以灵魂的各部分之间的千奇百怪的扭斗形式，来重演上界的生活，并毫不留情地作出专制的判决。而使这一切得以进行的动力，是人身上那永不消失的野性。这也是为什么上帝要将美丽的琉西斐变成一个吓人的丑物的原因，只有通过这种转化他才可能追求到真正的自由和美。"我"在同琉西斐的身体接触，将他多毛的、野蛮的身体当梯子，走出万恶的地狱之际,"我"同他的深层的沟通便于不知不觉中实现了。这时眼前豁然一亮,我们见到了美丽的星辰。在这之前,"我"曾气急败坏地这样哀叹:

▶ 唉,热那亚人!丧尽了道德并充满着一切腐败的人们呀,为什么你们不从大地上消除?⁽¹⁰⁾

懂得了琉西斐的悲痛也就懂得了地狱机制的合理性。人一天要作为人存在,地狱机制就不能取消,反而要更加异想天开,以更加精致无比、残忍无比的形式来完善自己。这是上帝安排的天堂之路,早在他驱逐琉西斐之际,这个宏伟的构架就已在他心中了。而琉西斐,他必须和上帝较量到底,以他的邪恶之力成全上帝的意志,否则那意志便不存在。他怀着切齿的复仇之心占据着这块黑暗广大的领地,带着冷酷的快意将刑罚不断地实施,当他这样做时,来自天堂的光便会穿过幽深的洞穴照在他身上。

具有罕见的明丽之心的诗人,其内心的严酷震撼着我们。谜一样的生命要焕发出她的辉煌,原来要经过如此复杂的机制的运作,如此你死我活的搏斗。这种博大精深的纯精神产物,像一颗缀在王冠上的最亮的明珠,它的永不暗淡的光芒至今仍能穿透我们的灵魂深处。

人是在追求自由、战胜死亡之际才进入地狱的。这时他才逐渐发现真相:这唯一的、通向坟墓的无路之路,也是到达天堂的必经之路。

注：

（1）《神曲》朱维基译，上海译文出版社1995年版，第7页。
（2） 同上，第13页。
（3） 同上，第13页。
（4） 同上，第60页。
（5） 同上，第43页。
（6） 同上，第112页。
（7） 同上，第116页。
（8） 同上，第226页。
（9） 同上，第240页。
（10） 同上，第236页。

炼狱篇

爱的理念与艺术生存（之一）
——读《神曲·炼狱篇》

当人经历了最深奥最难以把握的探讨过程，与人性之根遭遇，从而悟出人性是一个永恒的矛盾之后，人生从此就变成了艺术的追求。这种追求在地狱中是粗犷而盲目的冲撞，进入炼狱中便转化成了较为冷静的、用强力钳制的自我折磨。剿灭了一切残存的希望的人要在此地将自己变成希望，废弃了的歌喉要唱出最美的赞歌。理性初现，沉默已久的爱的理念也开始露面：

> ……我却居住在你的玛喜亚所在的那一环里，
> 她那双贞洁的眼睛，神圣的心啊，还在求你
> 承认她：为了她的爱，请你垂怜我们吧。[1]

以上是浮吉尔在向高贵的自由通道守门人提到人间的爱。而守门人的回答则是：

> ……假使一位夫人，感动你又指示你，就不
> 用谄媚：你用她的名义向我请求就够了。[2]

这位守门的老者提到的却是爱的理念，他已经用这个爱代替了世俗之爱。因为在炼狱中，世俗之爱已不再直接发生作用了。这里的模式是：浮吉尔要进入自由通道就必须提起玛喜亚的爱；守门人必须否定这种爱，并在否定的同时将世俗之爱提升为理念的博爱（一位夫人的爱），从而让追求者的自由意志得以实现。

就像火焰克服引力向上升腾一样，人的本性在理性的作用之下永远是向善的，善体现为爱的理念。又由于人性矛盾的先验性，爱便只能在否定中得到发展。所以炼狱幽灵的基本生活，是由他们对世俗、对肉体的否定性的自审构成。一切痛彻肺腑的忏悔，再现往事的"说"，都是为了那心中永不泯灭却又无法现身的爱。

人性的矛盾是由于人的进化。精神的发展使得人的原始本能一律受到强力制约，并通过这种艺术型的制约使本能在更高的阶段重现。所以说人性本善如同"火焰上升"。这样，爱的理念就成了最符合人性的理念，她深深地植根于矛盾的核心，又高高地超越了尘世。只要人忠于自己合理本性，他就应该过一种类似艺术家的生活，即，时刻在危机感和焦虑感中自审、自虐、自我否定，通过否定来丰富爱的理念，让永远向善的精神得到发扬光大。

进行着这种艰苦的追求的人，又只能从爱的理念中去获取动力。所以幽灵们一踏上不归的旅途，就要唱爱的颂歌，歌声为他们驱邪、壮胆，使他们能够勇往直前。

▶ 你可否用那曲歌安慰我一下，我的带着形骸在此旅行的灵魂，真感到无比的苦恼和悲哀啊。(3)

"我"通过对此地的观察，洞悉了自由意志的运作机制，于是主动提出进行这个唤醒爱的灵感的实验，其实质也就是主动进行艺术生存。爱得越深、越热烈，对自身的否定就越彻底，刑罚也越残酷。这些幽灵全是深通人性辩证法的大师。即使已被消灭了肉体，他们仍在炼狱中进行肉体惩罚的表演。

在第三歌中，"我"的攀登实验是于不知不觉中完成的。当"我"

来到无比陡峭的绝壁前面,哪怕有翅膀也难以飞越之时,浮吉尔就替"我"求助于那些伟大的幽灵。这时幽灵曼夫累德向他们叙述了他本人那令人毛骨悚然的命运。他所叙述的其实是象征他的内心经历的寓言。这寓言展示了一种什么都不放过的自审机制;这寓言还告诉人,即使在漆黑一团之中希望也可以存在,而怀着希望就会找到获救的途径;这寓言也向"我"展示了如何样达到爱的理念的方法,即,严惩肉体以唤醒善的本能,"我"同曼夫累德一起经历了他的悲痛之后,绝壁的入口也就找到了。这就是艺术中"创造奇迹"的模式,永恒的爱则是激励人进行这种创造的根本。

▶ 只要希望还有一丝儿绿意,灵魂不会因他们的咒
诅沉沦得"永恒的爱"不再为他们开放花朵。[4]

那野蛮的教皇,那阴险的、穷追不放的牧师,是他们同上帝一道促成了曼夫累德的新生,因为脱胎换骨的酷刑是唯一可行的方式。看来炼狱的痛苦一点也不弱于地狱的痛苦,也许还由于人的自觉与清醒而更难以忍受,当然同时信仰的支撑也更强大了。来自爱的清泉是从永恒的湖中流出的,有多大的苦难,就有多强的耐受力。

找到绝壁的入口之后,就要用"崇高欲望"作为翅膀,进行高难度的表演了。这种表演并无匠人的技巧可言,拼死爆发就是主要状态。在这种爆发中,新的视野和新的方位感都会出现,费尽思索也解不开的真理之谜,会在创造中看见谜底。这个时候,关于探索者前方的风景,浮吉尔是如此形容的:

▶ 因此等你感到那么轻松愉快,往上攀登成为
毫不费力的事,就像趁着船顺流而下那么平
易,那时你将到达这段行程的终点:那里你

才能希望解除你的疲劳。⁽⁵⁾

鲁迅先生在"过客"一文中所说的"坟",就类似这种描述。奋斗到死是追求者最高的幸福,崇高爱欲的归宿就在此。在攀爬中洗罪的姿态则是艺术救赎的姿态,胸中怀有大爱的实验者用他的表演将人性的希望充分呈现。

由于在炼狱中被抹去了个性,幽灵们要强调自身的特殊性,他们就只好通过"说"来达到这一点。既诉说自身的煎熬,也说出自己的坚定信念,对美的向往。每一个幽灵的故事,都是一首或凄美、或悲壮、或热烈、或冷峻的创造之歌,反反复复地证实着他们心中的境界的存在,证实着矛盾的永恒性,以及他们承担这矛盾的英雄气魄。还有谁能像他们那样,将令他们死不瞑目的冤屈一遍又一遍地说,将那听了让人起鸡皮疙瘩的酷刑的细节描绘了又描绘?这里面呈现的滔滔热情,不正是来自那永恒的爱的灵泉吗?

▶ 上帝的天使带走我,地狱来的叫道:"你这从天国来的,为何夺我的东西?你从这里带走他那不朽的部分,只一小滴眼泪使他脱离了我;我要另样对待那另一部分。"⁽⁶⁾

以上呈现的这种地狱——天堂的二重生存既作践人又锻炼人,不甘灭亡的人性只能用这种方式净化自身。

▶ 大自然不但在那里用彩色涂绘,而且在那里把千种的芬芳,合成了一股无名的、说不出的香气。在那里,我看到了山谷里面那些从外面看不到的灵魂们,坐在花草上,唱着"欢呼你圣母"。[7]

此处描绘的是创造者灵魂深处的美丽风景。精力充沛的帝王们在尘世中度过了罪恶的生活,现在他们进入了这个风景美不胜收的、黑暗的非理性王国,沉浸在那种博爱的狂想里。幽谷的非理性之美来自理性对人性中的恶的镇压,昔日放任自流的帝王们在这个爱的故乡中得到了完全的净化。生前的死敌成了相互理解、同情的好友;恶魔、暴君忏悔着邪恶的过去。只有将人生艺术化,是他们唯一的救赎,如今他们就处在救赎之中。接着从圣母怀抱而来的天使就降临了,天使是来协助人进行艺术创造的,创造的方法就是灵魂同世俗的沟通。于是"我"开始同幽谷中的伟大的阴魂交流。这种交流是在爱的气氛中进行的,在交流的过程中欲望之蛇来到现场,天使们又将它逼回原地。蛇的表演同人的表演形成对应的景观,爱在创造中转化了人性之恶,理性钳制下的非理性也转化成艺术动力。

有了艺术的动力之后,还得借助神的推动人才会登上艺术的高峰。这个神就是爱神琉喜霞,她会在非理性的梦中让人超升。潜伏的自我意识在神力的护送之下上升到真理的所在地。人一踏上那可以照见自我的台阶,就被在额头上刻上七个"P"字,以唤起罪感。接着天使用神圣的钥匙打开坚固而粗暴的真理之门,爱的赞歌传了出来。

回顾整个的创造过程,艺术创造的冲动无时不与爱的渴望相连。很难设想一个不爱自己也不爱人类的、彻底厌世的人,会这样乐此不疲地自己同自己作对,永不放弃同尘世的沟通。正是永生的俾德丽采的眼波,源源不断地向"我"体内注入创造的活力,"我"才能每天奋起进行剿灭旧的自我的操练。离开这甘泉,"我"便会萎缩、封闭、僵化,丧失创造的能力。对于爱的理念缺乏虔诚的人,也不可能像"我"一样,从一个高度升到另一个高度,永不停歇。可以说,艺术就是爱,只要还在爱就是生活在艺术之中。如果一个人从根本上对这个世界厌倦了,被颓废所压垮了,他的艺术生涯也就完结了。

创造者,不论自己的躯体已变得多么可怕,他对于理念的虔诚是无条件的。请看"我"对于这一点的感叹:

▶ 难道你们不知道我们是蛹虫,生下来只是要成为天使般的蝴蝶,没有防护地飞到天上去受审判?为什么你们的心灵飞往高处,既然你们至多是不健全的昆虫,就像那还没有完整形体的幼蛹?⁽⁸⁾

这样义无反顾地迎向死亡,当然不是因为厌弃了尘世,而是心中那沸腾的爱的渴望使之。由于爱,即使折磨到了极限也得忍到底,生命的张力因此变得无止境。那不断加大难度的飞翔,就是对于内心虔诚的测试。

心中怀着激情与坚定信念的人,不会惧怕凝视灵魂深处的景象。他反而要以视死如归的气魄,将人性的残忍一一展示,从中获取灵感与信心,也获取精神上的慰藉。第十二歌中地面上那些惊心动魄的画面,便是人性为了自身的生存与发展而向纯理念突进的尝试。"我"重温这些画面便是进入自己那混沌的、矛盾纠结的潜意识。那个王国里到处是野蛮的杀戮,非理性冲动造成的灾难触目惊心。但一想到这一切全是为了心中的博爱得以实现,于是一切就成了最大的安慰:

▶ 你们这些夏娃的子女啊,骄傲起来吧,挺起脖子前进吧,不要低下头来观看你们所走过的邪恶的道路!⁽⁹⁾

"我"看过了狂妄的宁禄那惨败的尝试；布赖利阿斯被雷电击毙的尸体；十四个女子全被杀死的奈俄伯；半身成了蜘蛛的阿拉克尼……他们的事迹都是"我"的灵魂的寓言，让我懂得，如要追求，如不放弃理念，就只好一千次、一万次地对自己的欲望进行这类惨烈的剿灭，使之转向，新生。这种深入灵魂的探讨没有吓退"我"，"我"果然如浮吉尔说的那样获得了"安慰"与力量，并在天使的帮助下进入了更高的境界。在那个地方，爱的赞歌又一次响起，"唱得那么美妙，无法用言语说出"。

还有一种最可怕的刑罚是用铁丝缝住眼皮。受刑者才比亚生前怀着最为阴暗的见不得人的恶念，然而到了炼狱，心中激荡的相反的热情却令她采取了这种自我惩罚。所以"我"说幽灵们"一定会见到天国之光"，称他们为"为上升而压制自己的精灵"。幽灵们用铁丝缝住眼皮是为了挡住世俗之光，他们在这样做了之后，天国之光便不断地降临到他们的心中。所以当"我"进入他们的境界之时，不断听到空中有人用出自天国之爱的语言对"我"讲话，这些语言令悲惨的酷刑之地充满了感激的氛围。

在旅途中长久地凝视了人性深处的恶之后，人就会更深入地认识爱的本质。天国的事物有着同世俗相反的特征：

▶ ……它发现多少热忱，自己就给多少热忱，因此不论爱扩展得如何广远，永恒的"至善"总在上面增加；天上相互了解的人越多，能加以珍爱的越多，那里的爱也越多，就像镜子互相反射光芒一样。[10]

简言之，在精神的领域里，爱是核心，是一切。沐浴着爱的光芒的人们，无不生活在艺术追求的境界之中。给予得越多，人的灵魂就越博爱。当然人无法摆脱肉体,做彻底的圣人,但恰好是这一点使得人可以追求高高在上的理念。所以人不必为自己的肉身自卑,因为这肉身给了我们追求的可能性。

第十六和第十七歌里进一步谈到了爱的本质。

灵魂刚刚诞生之际以近乎中性的冲动的形式呈现,它自然而然地倾向于使它快乐的那种发挥。这个时候,"若是没有向导或马勒扭转它的爱好／它就会沉迷在那里,不断追逐"[11]。于是人就要设置法律来规范自己的欲望了。法律将欲望导向合乎人性的爱,将那些不符合人性的错误的发挥抑制。所以人性从一开始,便是法与欲望之间斗争的产物,真正的爱只能从这个矛盾中升华出来。歌中提到的所谓"自然的爱"其实是通过斗争产生的最符合人性的爱。也就是说,克己、美德、压抑全都是人作为人的合理天性,人要发展,要保存种族,就不能让精神死亡。所以人,必须将精神的事业当作绝对的理念的事业(利末人的后代不可有产业),只有如此,人类之爱才可以实现。否则便是信仰被玷污,人民相互残杀,人性彻底堕落。诗人在这里告诉我们,出自欲望的自由意志要通过我们自身的不懈努力来一步步实现,和"天意"并无关系。脑子里既要绷紧法律(理性)这根弦,又要不断重温美的境界。一个人如能做到这两点,便是有美德、有爱心的人,也是生活在艺术境界中的人。

第十七歌中进一步讨论的,其实是人类之爱同原始欲望的区分的问题。人身上的原始欲望是产生精神的基础也是创造的动力。但原始欲望并不是爱,它必须纳入精神的范畴才会转化成爱和美德。如放任,它就有可能变成恶,让人退回野兽的境地。

▶ 如今且说,既然爱绝不能掉转脸去,把它的
　主体的幸福置于不顾,一切万物都没有憎恨

自己的危险；而且我们不能想象一个造物，脱离至高的造物主而单独存在，因此一切情感中断无恨上帝之心。⁽¹²⁾

爱自己和爱上帝（或者说爱人类的理念）是人的天性。这种天性完全不同于动物的天性，它是长期自觉的精神追求的结果，它的保存和发展也只能通过追求实现。而所谓追求，就是反省，就是将不符合人性的欲望改造得符合人性，简言之，就是在广泛的意义上当艺术家。这样看来，任何一个人，从人性的角度出发都应该是某种程度上的艺术家。忌妒、贪欲等都不是合理的人性，而是病态，是人身上反人类的对立面。在达到人性的荒凉的旅途中，为人指路的只能是人的自我意识，这个以天使形象显现的意识总在暗中护送着人，使人能在最终实现追求。天使来自马利亚的怀抱，它来到人间，促使人通过艰难的自我审判领悟马利亚的精神——克己、怜悯、慈爱。

爱要通过理性的批判和选择来实现，这种选择的能力就是天赋的自由意志。人具有了自由意志并不是说人就一劳永逸了，恰好相反，这个自由弄得人一刻都不得懈怠，每一轮出自爱的冲动到来，人就被追着赶着去履行他的责任——进行创造。作为艺术工作者，这种生存尤其显得艰难。那些鬼魂们一边凭直觉朝某个方向奔跑，一边痛悔、哭喊，耳边还有各种来自爱的催促，提醒他们必须义无反顾。

注：

（1）《神曲》朱维基译，上海译文出版社1995年版，第249页。
（2）同上，第249—250页。
（3）同上，第257页。
（4）同上，第265页。
（5）同上，第271页。

(6) 同上,第279页。
(7) 同上,第293—294页。
(8) 同上,第317页。
(9) 同上,第330页。
(10) 同上,第352页。
(11) 同上,第360页。
(12) 同上,第368页。

爱的理念与艺术生存（之二）
——读《神曲·炼狱篇》

在理性的观照之下人通过反复的自我批判的操练，一个阶段一个阶段地加深了对人性的认识，这时人便进入到了纯艺术的领域。这是灵界的高处，此地的那种律动的规律与世俗无关，获得了自由意志的幽灵们在这里永远只专注于自身的修炼和超度。也就是说，这个空灵的王国只受制于灵魂自身的运动。

纯艺术的王国有一些同世俗相反的特征，这些不同的特征在不同的场合演出着爱的理念的变奏。以上提到的那种特殊的律动即是一例。在那个排除了世俗杂质的纯净的山顶，仅仅只由于精神的看不见的作用力，整座大山都被撼动了。自由意志所显示的，是从世俗之爱出发，经过净化超升，重新焕发出来的，有强烈趋向的爱，那是一种从内部凝聚的、在苦行中爆发的、具有普遍感召力的崇高渴望，是被强力钳制的生命力的巨大反弹。人就是由于爱生命，爱世俗，才如此残酷地惩罚人性之恶。所以天国的博爱一点也不是一件容易的事。

灵界的饥饿之树就是诗人之树，纯精神之树。这种树很像艺术家的作品，它是彻底排除了物质效应的，它给人带来的是精神上的满足，而精神的满足就是精神的饥饿。艺术家与读者观众一齐通过这种绝食般的饥饿来实现精神的乌托邦，从而达到全人类的博爱。沉浸在这种绝食般的饥饿境界中的人，是摆脱了肉体中恶势力的纠缠，向往美德的人，他们的耳边会有天国的音乐回荡，他们那消瘦的身体会发出灵光。所以纯艺术的创作与欣赏也是既苦又甜的自虐，全人类一直在通过这样的方式发展精神的王国。真正的艺术属于具有爱心的饥饿者，饥饿的人越多，程度越强烈，人类越有救。

寄居在灵界的精灵们，这些没有重量的影子出自肉体的精华，居然是自由意志的表演者，他们不仅能够表演，还具有在虚无中成形、结构的力量；他们以自己的身体演绎着爱的理念，在烈火中精炼，以饥饿当粮食，并用不断再生的方式击退虚无感的挑战。只有那些心中怀有真正的爱的人，才会将自己的肉欲全部抽空，将生命通通化为纯精神。不论这些幽灵在生前是多么作恶多端，他们在经过地狱来到此处之后，身上体现的博爱始终印证着天国的理想。

▶ 我想这个样式切合他们的需要：若是要最后
  医好自己罪恶的创伤，必需要用这样的治
  疗，这样的饮食。⁽¹⁾

洗掉了罪恶而相互之间变得友好起来的幽灵们，心中念念不忘的都是自己在世俗中犯下的罪。所以他们在踏着烈火前行时，一边叫喊、责骂自己，一边高唱爱的颂歌。又因为失去了实体，他们变为了一些生命的痕，这些个痕随时可以隐身与显现。当他们渴望同世俗交流，以便又一次刷新罪恶感之时，他们就从烈火中走出来同人对话；当罪恶感被唤起而羞愧难当，盼望立即否定世俗时，他们就隐身于烈火之中。这一现一隐的表演都是内在的尖锐矛盾所致：通过沟通而存在；通过隐身而超拔。

在第二十七歌中"我"终于临近了地上乐园。然而在这个烈火的关口，浮吉尔敦促"我"进行死亡模拟表演，即，心理上冒着被烧死的危险跨进烈火，用赴死的决心来检验自己对于俾德丽采的深爱。"我"在开始时犹豫不决，毕竟肉体生命是最宝贵的，失去了不会再有。浮吉尔就告诉我，这只是表演，假戏真做。"我"看着灼人的烈火半信半疑，浮吉尔则不停地谈论俾德丽采。终于，对于俾德丽采

（"我"心中爱的理念）的热爱战胜了对于世俗生活的迷恋，"我"毅然踏进了烈火。赴死的决心给"我"带来了什么呢？带来了灵魂探索的更进一步的深入。"我"进入了一个无比奇妙的创造梦境，在那里看见了灵魂深处那纯美的画面——利亚和拉结的画面。这美丽的两姐妹仍然是我身上那个古老矛盾的象征，但在"我"临终的眼里，残酷的对峙化为了爱的抒情："她爱默默观望，我爱到处走动。"灵魂的扭斗升华成美得无法形容的女神之舞。人的精神生活并不是只有斗争，还有那刻骨铭心的对自我以及深层自我的化身——人类理念的爱，那神秘的镜子深处无限延伸的景色让多少代艺术家进入忘我的痴狂。

第二十八歌描绘的则是地上乐园——精神王国高处的风景。这个地方又是人性独立的处所。描述进展到此地，诗人胸中为人类多灾多难的精神史而百感交集：

▶ 在古时候，那些歌唱黄金时代及其幸福景象的诗人们，说不定在巴那萨斯山上梦想过这个地方。(2)

这个近似虚无的乐园，又是世俗的镜像。它虚幻、高洁，无限丰富而又具有永恒的能量。"我"似乎是寻根寻到了虚无处，但这里的景物告诉"我"，它们都是在同世俗的交媾中演变出来的。人不能用世俗解释它，但又必须将它看作"地上"乐园。人在进入这个乐园之后，得忘记自己的世俗身份，让自我陌生化，这样才能看清这个乐园的结构图。

▶ "这里的流水和森林里的音乐，"我说，"在我心里推翻了一个新的信念……"(3)

精神的结构独立于世俗又源于世俗。两条精神之河（里西河与攸诺河）的功能都是使人摆脱肉欲，使人超拔，用崭新的标准塑造新人性。

然而在这超脱的地上乐园里，"我"想不到的事发生了，"我"通过这件事更看清了艺术境界内部的残酷性。

首先是"我"在这乐园里同俾德丽采相遇，她狠狠地斥责了"我"那荒谬的世俗生活，她的斥责令"我"痛不欲生。彻底忏悔之后"我"就饮了忘川水，洗净了罪恶。这时"我"便直面俾德丽采美丽的容颜了。当"我"全身心沉浸在这博爱之光里头之时，"我"的艺术生涯便化为了一个寓言。俾德丽采让"我"清清楚楚地目睹了"我"自己，也是全人类的生存寓言：

灵魂的战车由鹰狮兽拉着，本来是要驶向太阳，驶向天国，但这战车却出乎意料地遭到邪恶的袭击，变成了人的十字架。人的好世界永远失去了，战车被毁，崇高的心灵之树也被剥去树皮，击落了叶子和花朵，淫欲战胜了正义。只有俾德丽采在悲伤地守卫着那战车。但这还不够，自审还在变得更加惨烈，淫乱的怪物们坐在车上，将战车的残骸全部占据，进行了更为丑恶的表演。

▶ 你要知道，那被龙尾击碎的车辆，先前有，
如今没有；愿那犯这过失的人，要相信上帝
报仇时不怕人吃小块面包。[4]

灵魂已被残暴地撕裂，好的世界不再存在了，背负十字架的人仍要准备着不断迎接上帝的惩罚，这就是俾德丽采告诉我的关于这个寓言的含义。而她，一直在叹息，流泪，用她那博大的爱心守护着误入迷途的人性。"我"受到了巨大的震动，但"我"还不能完全领悟俾德丽采的话里的深奥含义。而俾德丽采也不急于要"我"马上理解，她

仅仅要求"我"记住所看到的形象。也许这个有关人的命运的寓言是没法用语言来说透的，它只能由人自己不断用行动来演绎。是人的本质注定了人只能有这样的追求模式。俾德丽采不是要"我"在命运面前退缩，而是在揭示了真相之后，希望"我"能以她的不变的爱作为支撑，勇敢地向更加莫测而险恶的命运挑战。到了此阶段，"善"已成了一种本能。而在浮吉尔伴"我"前行的阶段，"我"还在进行理性分析，还在储备能量，所以尚未具有如此巨大的上升的冲力。但即将到来的新阶段是神秘的，这种新的本能也很神秘，人不能凭理性理清它们的内涵，人只要怀着不变的爱情去做，就会开辟新天地，精神的结构也会不断展现它的丰富画面。于是俾德丽采的话语变得朦胧晦涩起来，因为"我"已接近天堂——这个人性的新阶段了。为了让"我"做好更高飞升的准备，她叫"我"去攸诺河里获取新的爱的动力。

由盲目转向自觉的炼狱篇里，人的痛苦也从肉体成分居多的折磨转化为精神成分至上的折磨。同人间烟火味较浓的地狱相比，幽灵们是大大升华了，他们的谈话充满了睿智的理性分析和预言者的高瞻远瞩；人人都使用那种沉痛的语调，不仅仅为自己，也为成为了自己一部分的他人的恶行忏悔和痛苦。而谈到自身目前的处境，他们的基调也不再是悲愤与蔑视，而是满心的感恩。现在每个人的当务之急是深入罪恶全盘反省，自觉受苦、抓住希望。这种变化是由于境界的大大上升，由于每个人心灵里都已沐浴到了来自天国的博爱的光辉。

在此地作为主体的"我"在炼狱中的表现也显得有些奇怪。当"我"痛悔往事之际，"我"居然会难过得"昏了过去"！这种痛楚的强度用世俗的眼光来看是不可思议的，但这就是灵魂内面的形象。俾德丽采在炼狱里向"我"提出严厉的诘问，那些问题的确是生死攸关的问题，只要"我"的精神想要求生，"我"就躲不开这些问题。但"我"的不可改变的过去已铸成了"我"的无出路的今天，"我"眼前一片漆黑,不肯放弃世俗生活的"我"被她逼得那么苦,肉体与精神的搏斗两败俱伤,忍耐超过了极限,于是"我"昏过去了。从这里也可以看出,爱是怎样一件紧张、残酷的事。一个想过艺术生活的现代人,必须具备这种极具韧性与顽强的爱的能力,即,将绝望的处境当作新生的前奏,时时加以操练,严肃地对待生命的每一刻。

现在矛盾是更为加剧了,焦虑的幽灵们唯恐自身的努力没有发挥到极限,像被鼓点所催促一般。而"我"则不时要克服精神上的恐惧,以身试法。进入烈火的尝试类似于求生的破釜沉舟的行动,而这种行动是直接在爱的敦促(不停地谈论俾德丽采)之下的主动的死亡体验,就是在这种极限体验中,爱直接降临"我"身,同"我"融为一体。

炼狱的忏悔已由野蛮、桀骜的冲撞式的体验转化为了一种高贵的、有尊严感的自觉的煎熬。一切都因进一步的内在化而增加了虔诚度,真理已隔得那么近,只要人一开口,便是对于自身外壳的突破。那些为自己的肉身哭泣的幽灵,每个人的耳边都不断回响着天国的福音。信念与希望也凸现出来了。由于怀着不变的信念,并坚持自身的追求,自己就变成了希望。即,只要还在努力操练,前方的光就不会灭。这同地狱的情形完全不同了,这里每个人都坚信自己最终会得救,就连无可救药的懒汉贝拉加,也在盼着某个人奇迹般地出现,为他祷告,以使他超升。又由于信念的明晰化,狂暴的内心便渐渐趋于平静,这是一种深深郁闷的平静,幽灵们要从那深得望不见底的内心去打捞生存的依据,这项工作的艰苦性比地狱又进了一步。那些自审者朴素而庄重,总在聆听内心的声音,并时刻为自己的不够纯洁而深深痛苦。这样的艺术形象是人在这个世界上独有的形象,这个形象的发展过程就是人性铸成的过程。人只会越来越高贵,越来越有尊严感。诗人用自我对象化、层次化的方式,颂扬着人性的伟大,爱的光荣。

注：

（1）《神曲》朱维基译，上海译文出版社1995年版，第430页。
（2）同上，第452页。
（3）同上，第449页。
（4）同上，第487—488页。

理性和原始之力之间的复杂关系
——读《神曲·炼狱篇》

▶ 因此人无从知道对于第一原则的认识和悟解来自何处,也无从知道,对于至善的渴求来自何处,这两者存在于你内心,正好像,酿蜜的本能存在于蜜蜂里面,这种原始意志其本身不容褒贬。可是,为了使这意志与一切意志,融洽无间,你生来就有理性的力量,……俾德丽采把这个崇高的力量,称为"自由意志"……[1]

炼狱是理性萌生和发展的阶段。脱离了黑暗无边的盲目的地狱,人的朦胧的信仰渐渐变得清晰起来,自觉的、别具一格的反省开始了。这种依仗原始之力的冲动而完成的反省由于自觉性的提高而更带悲剧色彩,其间的每一阶段,都充满了崇高的理性和野蛮的原始之力之间的矛盾。在诗的境界里,矛盾的双方在相互制约中互动,在相互依仗中突破,就这样将对人性反省的事业不断推向新的阶段。

从表面看,炼狱是为升华做准备的冷静批判的阶段,人在此地剿灭了一切残存的希望和欲望,只将眼光凝视着东方的蓝宝石般的天空。进到炼狱里面,才知道这里的机制和法令并不是那么回事。在这个世界里,高贵的理性只是起着一种观照的作用,而反省事业的实现,仍然是由心灵的创造力来达到的。这种反省就如同那位上帝的天使演示给人看的那样,是空虚中的自力更生的运动。所以"我"见到的那些个幽灵,他们虽已抛弃了肉体,却仍然对世俗生活怀着无限的温情，因为那是"力"的源泉。他们并不像教徒那样一味痛悔自己的罪孽，而是在"说"的冲动中重现自己的世俗生活，这种重现已经是自觉性很高的创造，因为一切都已经在理性的观照之下。每一个幽灵，如果不是由于无比强烈的冲动，如果不是被这个永恒的矛盾折磨得要发狂，就不会开始这种突破性的"说"的运动。对于炼狱山的攀登便是在这种特殊的反省中一个阶段一个阶段完成的，又由于有了理性的观照，"说什么"的问题便成为了人的自由意志的选择。

由自发性反省上升为自觉反省之后，人便永远处在力求成为神的追求中。这种达不到终极目标的追求当然只能是痛苦的追求，过程中理性寻求生命之痛就如猎人追寻猎物。这是神的睿智的安排，也是人性本身使然：

▶ 不肯把造化给我们看的"神力"，还在创造像我
   们一样的物体，宜于忍受盛暑和严寒的磨难。[2]

处在永恒苦恼中的人，他总是面对"无比陡峭"的绝壁，"两腿再怎样矫捷都难以攀登"。面对绝境人所能做的只能是飞跃，是将世俗虚无化，并在虚无中进行创造。这种特殊的自省运动会给人带来新的希望。

▶ 这座山在下面说不定有点震动，但在这上面
   从来没有由于隐在地球里的风而震动，我不
   知何故。[3]

理性之山岿然不动。然而只是不会"由于隐在地球里的风而震动"，该震动时它还是会震动的，比如当人在苦行中洗净了罪孽之时。人在自由意志的支配之下行使苦行，每一轮的苦行又导致灵魂新一轮上升，这一种内在的律动是最为符合人性的。在苦行中重演世俗生

活,既突破理性的钳制又处在理性观照之下,由此产生的力可以撼动山岳。诗人史泰喜斯深谙这其中的奥秘,这也是每一位真正的诗人不断用实践证实着的规律,为攀登理想的巅峰,已经摒弃了世俗的诗人选择了这种表演,在表演中突出世俗和肉体是多么的不可忍受,人是多么的渴望解脱。随着表演的深入,灵魂的境界于不知不觉中升华。但真正的解脱是不可能在活着时到达的,人只是不断产生"解脱感"。这一张一弛的突破运动,曾诞生出许多伟大的诗篇。一个诗人,如果他的理性不够强大,他就难以将这种运动进行到极致,也难以见到终极之美,所以撼动山岳的力来自生命也来自理性。忏悔苦行的结果是爱的产生,将人的原始冲动变成爱,这是艺术的功能。

　　虽然最高理性排斥具体的世俗肉欲之爱,但永恒之爱又正是由这些肉欲之爱转化而来。肉欲之爱与理性在矛盾中相互搏斗又相互促进,推动爱欲的提升。所以理性只是相对来说不动的,理性的真正实现其实是依仗于欲望不断对它的颠覆,否则理性便不成其为理性,只不过是种陈腐常规。反过来说,人正是依仗于理性来分辨自身的欲望是否导向永恒之爱。例如作为自由通道的守门人的伽图,便是这种忠于自由、忠于自己的冲动的典范,他身上所体现的理性精神,闪耀着启蒙的光芒。

　　那么人的追求究竟是盲目的还是清晰的呢?创造的境界是什么样的呢?应该说人处在盲目与清晰之间,创造的境界是种朦胧境界。在第二歌中是这样描述创造过程的:"我"在生命的海洋旁同那船上的天使相遇;天使用翅膀划动空气向"我"演示如何样创造(空虚中的自力更生);天使然后将幽灵们抛在陌生的海岸边,幽灵们进入实验的人生,并通过"我"重温了人间的爱;幽灵卡塞拉向"我"表白了那种排除肉体的爱,然后向"我"唱起了召唤灵感的歌;"我"心中创造激情高涨,浮吉尔和众幽灵也如此;然后老人猛喝一声,理性的鞭策使人们茫然奋力乱跑,却又都在冥冥之中将那神圣的山当作目标。这个过程再现了艺术之朦胧，并将理性与冲动在创造中的作用作了生动描绘。从生命汪洋大海中升起的理念之山，永恒地召唤着生命一次又一次奋起。

▶ 在我们背后，那炎炎的红日，它的光线被我的身体挡住，就在我前面投下了我的影子。⁽⁴⁾

这里说的是诗人在攀登中的情形。在理性光照之下，肉体转化为自我投影，人在对自我投影的分析中进入认识论，并体验认识方面的永恒的苦恼，即，人可以感到纯精神境界，但不能掌握它。所以人，在创造中从头至尾被朦胧的雾所笼罩；而追求清晰又是人的本性，于是一轮又一轮的突破没有止境……在分析自我之际，人的法宝是重返世俗的悲惨，在漆黑一团中体验真理之光。这样做时，他用不着去河里洗罪，他的"洗罪"就是听凭体内召唤努力向上攀爬，在蒙受圣光时投下阴影，通过肉体与光的交媾完成灵魂净化。从创作上来讲，就是排除理性分析，让生命力奔突，创造性地表演出世俗中的精神生活。

在炼狱中，幽灵们同在地狱一样，同样遭受着虚无感的折磨，同样无时无刻不盼望着来自世俗的信息。区别只在于，理性的控制、观照的力在此更为强大了。而此地的幽灵的冤屈，大都是死不瞑目的冤屈，因此只要不死，人就要同理性较量，说出所谓"真情"。但真情到底是什么呢？真情是能够确定下来的东西吗？显然不是。唯其不是，人才要说，一边说一边超度灵魂。第五歌中那三个高贵的灵魂就是这样做的。那就像一种相向的运动：灵魂要向肉体找寄托；肉体要向灵魂皈依。三个灵魂的境遇都同样凄惨，却又同样抱着誓死申诉的决心。强大的理性以毋庸置疑的"死"为先决条件挡在攀登的路上（因为幽灵已丧失了肉体），申诉的冲动则以拼"死"一搏的激愤发出声音。这是失去了肉体的"肉"的申诉,抽去了世俗意义的世俗表演,那双始终"观照"的眼睛无处不在。

在第六歌中,当"我"问浮吉尔,为什么明知祈祷改变不了天命还要祈祷时,浮吉尔的回答的大意是:天命不变,祈祷也要做。并说这是一个艰深的问题,只有俾德丽采可以解答。然而接下去作者在此处借"我"的口抒发了一大通激情,就像一个"另类"的祷告。"我"在这里抒发的并不是什么爱国激情,"我"抒发的是心灵的激情,这个心灵,就如同意大利的暴风雨,"我"唯有这样不断鞭挞、审问自己,才有获救的希望。这正是那高深的认识论所要求于"我"的,也是俾德丽采的心愿。"我"怒斥了人性的卑劣,肉体的不可救药之后,这新一轮的向"天命"的冲刺又把"我"带到了更高境界。此处的抒情就是对以上问题的答案的演示。

在激情的冲动中"我"体会到罪永远是要受惩罚的,同时祈求降恩的行动也是永远不会停止的。批判、否定、痛悔,这是人性的义务,这义务又是在创造中得以履行的。艺术家的创造凭着一腔原始之力撞开地狱之门,又凭着一腔正气在炼狱里重返世俗,进行从未有过的灵魂清理。这样的形象,正如诗人史泰喜斯对于诗人浮吉尔的形容:

▶ 你好像是一个夜间行路的人,把灯提在背后,不使自己受益,却使追随他的人们变得聪明……(5)

诗人的前方永远是黑暗,永远需要冲锋陷阵,他在这样做时带给同胞的是光、理性之光,这光来自于生命的运动。当原始之力仅仅在艺术领域里发挥时,她给人的启示是同自身相反的东西:节制与饥饿。这就是理性之光的意义。人读了神圣的诗篇精神上变得更加饥饿,肉体上更懂得节制,同时也就为创造做好了准备。整个过程体现为诗人之树的意象，那是激起饥饿的树，也是给人精神食粮的树，而食粮的名字就叫"饥饿"。感到饥饿的程度越强烈，饥饿的读者的数量（不仅是平面计算，也包括立体的、历史性的计算）越多，艺术的辐射力也越大。所谓永恒的诗篇就是无论在什么时代都能挑起人的创造渴求的诗篇。

人在什么样的情况之下应暂停攀登呢？幽灵索得罗说，那是在太阳落山，黑夜来临之际。也就是由光激起的生命力落潮之时。这种黎明前的困惑对于创造是必要的调整。在等待新理性降临的彷徨中，生命沉入到底层的帝王世界。虽然人的视力看不透幽谷的黑暗，但那种非人间的美已沁入人心。在这种地方的游历便是生命获得能量的方式。在这个最最黑暗的处所，帝王们坐在奇花异草上唱着爱的颂歌。这些强有力的帝王，正是原始之力的象征，他们生前作恶多端，现在却在艺术境界之中用同一种力去体验上帝的意志。而"我"，在自己灵魂的深处看见了这些庄严的帝王，"我"便知道了"我"绝不会无所作为，"我"必须从帝王们身上吸取"我"进行创造的力量。所以"我"加入了爱的颂歌，歌颂不可战胜的生命力。

在第八歌中又一次演绎了创造的模式。

▶ 读者，这里要用锐利的目光看那真理，如今
　把它掩起的面幕真是稀薄，要往里面窥探确
　实是容易。[6]

紧接这个暗示出现的是天使与蛇的寓言。确实，艺术的创造就是天使与蛇之间的搏斗，在搏斗中自身的邪恶转化为崇高的爱，自由的意志，照亮旅途的蜡烛里的蜡。所以即使"上帝把他的本意深深隐起，没有浅滩通向那里"，"我"也能从自己身上感到上帝的本意。由幽灵们解释完这个寓言之后，"我"就开始了自由的飞翔。这是一种什么样

的自由呢？第九歌中是这样描写的：

▶ 自由是在黑夜的梦中实现的。"我"看到一只鹰，"像闪电那样可怖地飞扑下来，把我抓起，带到那火的天体。"(7)

这个噩梦令"我""脸色发白"，"因恐惧而全身发冷"。然而这种可怕的感觉就是自由本身，"我"已在梦里借神力到达了幸福的地点。这个神，就是永恒的女神、爱神，也是潜意识里蕴藏的向善之力。正如浮吉尔告诉"我"的，"我"现在要做的，就只是竭尽全力表演了。于是"我"在上升运动中自我意识逐步增强，终于与真理之门的卫士见面了。在这里，每一个叩访者都是从未有过的第一个；在这里，守卫者的光辉使人无法仰视。

真理之门的台阶无比坚硬，它的红色红得那么惨烈，它还可以照见自我。在守卫者为"我"唤起罪恶感之后，"我"进入了真理之门，开门的钥匙灵敏而高贵，开门的前提是攀登者无条件的虔诚。那张门的结构之坚固沉重，发出的声响之粗暴都是震撼心灵的。与这个声音相和的却是赞美上帝的美妙的歌声，那灵魂之音，是对真理的最高领悟。这两种声音就是理性与感性、逻辑与诗的美妙组合，是上帝赋予人性的特点。它的升华的实现，是通过阴沉恐怖的自由飞翔来达到的。

由此可见，梦和潜意识对于创造是多么的关键。能够随时发动起潜意识而进入梦境的诗人，是随时能体验到自由的人，这样的人既幸福又阴沉。

那么人在自由飞翔之时，蛇到哪里去了呢？这深藏的罪恶的欲望，如今在受到理性监控的潜意识的森林里兴风作浪。正是这种由恶转化而来的爱的躁动，导致了"我"的上升的飞翔，从而将前面的那个寓言进行了新的改写。一位诗人，只要他还在创作，这种改写就不会停止。不论那转换是多么的难堪和羞愧、恐怖和残忍,"爱"永远是他的动力,"赎罪"永远是他的追求方式。在没有退路的自由的旅途中,人的信念其实是由天使和蛇二者构成的,缺了哪一方都不成。在此处,宗教意识强烈的但丁已用艺术不知不觉地改写了他的寓言,大约是因为不得不忠实于自己的冲动吧。

第二十三歌中描绘的是人在矛盾中进行创造的形象。饥饿的鬼魂之所以变成这种皮包骨头的恐怖形象,正是由于他们体内过于旺盛的生命力以及随之而来的对于生的欲望的严酷镇压。永恒的意志吸走了能量,人的外表才变得如此消瘦。而这个意志,既镇压欲望,又滋养着生命之树。所以只要肉体的活力在不停地转化为精神,鬼魂就总是那么消瘦,而且越来越瘦。禁欲的饥饿是完成这种转化的方式。可以说,所有精神领域内的创造者都是一个禁欲者,创造这一行为就包含着禁欲。当然欲望也是绝不会消失的,它通过曲折的渠道变成了精神产物。转化的过程是既苦又甜的自审与自虐,创造的境界让人绝望又令人神往,即使到了具有相当自我意识的炼狱,这种情况也不会改变。当一件艺术品唤起人体内的"饥饿"感时,这个人就正在自觉地将体内的能量转化为精神,艺术的功能也就在此。这种转化发生得越多,人性就越美好。所以美好的艺术品并不激起人的性欲和食欲,相反它是排斥这二者的。它激起的是人的幻想力,让人在不明的渴望(饥饿)中力图再现对象的意境。所谓永恒的意志就是人的理性,这个意志又是由从欲望转化而来的"爱"来滋养的,二者互为本质。人要保持生命的活力,就得不断运用这个意志来禁欲,也就是不断将肉欲转化为精神。

人在忍受了巨大的禁欲的苦难之后,会发生某一阶段的精神升华,那个时候,"所有的悬崖都为之震动"。为了这升华的瞬间带给人的幸福,人不再像地狱阶段那样只是单纯地忍受苦难了,人现在要主动寻求苦难,积极地将制裁加于自身,直至极限。第十至第十一歌里的那一队阴魂便是这种自我制裁的典范。这些义无反顾的赎罪者，看不见的苦刑使他们的身体悲惨地弯到了地上，一边走一边可怜巴巴地"捶胸"。对于这些人的不自量力，"我"这样感叹道：

▶ 难道你们不知道我们是蛹虫生下来只是要成为天使般的蝴蝶，没有防护地飞到天上去受审判？⁽⁸⁾

然而成为蝴蝶的感觉是多么美啊，为了那种美感，即使是忍耐力到了极限也要继续忍耐。再怎么痛苦，大不了也就一死。已经看到了广阔的蓝天的他们怎么还能变回去呢？炼狱的制裁具有神奇的转化功能，它能使骄傲者变成谦卑者，追名逐利者变成真正的超脱者，这一切都是通过爱的祷告来完成的。于是生存的模式形成了这种格局：在世俗中犯罪，在艺术境界中赎罪。一切先前有过的，在炼狱里全都获得了相反的意义。这种来自自由意志的选择让人一点点蜕化成蝴蝶。祷告有两种，一种是天堂式的祷告，它是冲着世俗的罪而来的，它恳求理性出面，将人从肉欲中解救；另一种是寻求精神寄托，它祝愿理性迅速上升，并给肉体指明方向。幽魂们和浮吉尔的祷告就是这种相对的爱的交流。

第十二歌中描写了脱离了地狱的"我"自觉反省的情形。浮吉尔一面叫"我"从罪感中摆脱，挺直身体继续攀登，一面又还是要"我"把眼睛往下看，让地面的那些图案作为"我"前进中的"安慰"。浮吉尔的矛盾意志总是这样意味深长。实际上，"我"看到的是自己灵魂深处的图像。浮吉尔将前人经历过的可怕历程揭示给"我"，使"我"心里有底，使"我"进一步悟出今后自己无论遭受什么样的苦难也是可以承受的。这就是所谓"安慰"的含义。于是"我"又一次主动地从地上"看"出了肉体与精神间相互厮杀的可怕场面。那些画面描绘着人的视死如归的伟大（布赖利阿斯）；人的为进化而杀戮的残忍（朱彼忒、阿坡罗）；人向纯理念突进的狂妄（宁禄）；人对于痛苦的耐受力（奈俄卑）；人的自戕的勇气（扫罗）；人使自己变形的疯狂（阿拉克尼）；人为命运钳制的悲惨（阿尔克美昂和他母亲）；人的灵魂的复仇之恐怖（托密丽斯）等等。"我"通过这种主动的"看"而洞悉了人性之谜，但"我"有浮吉尔作为支撑，所以不会为自身的邪恶所战胜。"我"反而要战胜邪恶，打消犹豫，勇敢地向上迈进。因为作为人类，"我"是生来要翱翔于天空的。于是"我"就借助那"可靠时代"凿成的石级（从生命核心涌出的力和形式感）一步步去同理想晤面。

▶ 唉！这里的入口和地狱里的入口是多么不同
呀！这里我们在歌声中走进，在那下面我们
在哭声中走进。⁽⁹⁾

　　区分因此更明白了。地狱是出自本能的忏悔；炼狱赞美理性，向人性深处挺进。由于这一阶段的提升，人就从单纯的负罪感转化为追求受苦的幸福感，于是所有的受苦都带有某种甜蜜的味道了。从此，"你的双足将服从善良的意志……变为一种愉快"。因为这种"愉快的"受苦，罪也于不觉中一点点消失。第二十四歌里面那些兴高采烈的节制食欲者所表现出来的就是这种情绪。尽管幽灵们因节食而形象可怕，"用牙齿咀嚼空气"，但他们内心的欢乐无法形容。他们那枯槁的外貌是由于他们将肉体的累赘限制到了极限的结果，这种强力的钳制因而产生了精神之爱，产生了真正的艺术。形象地说，艺术就是对于饕餮者的饥饿治疗法，在节食方面越极端，节食的境界越美，越纯净。这些具有强烈食欲的个体，正是艺术实验的好材料。因为深谙这其间的奥妙，他们才会有那么幸福的表情。那路边的精神之树，正是从夏娃偷吃果实的原始之树长出来的，就是在远古的那个瞬间，处于混沌之中的精神与肉体开始分野，理性同原始欲望之间的对峙开始形成永恒的格局，人性内部的搏斗从此再也不能平息。

在地狱中一半盲目一半自愿经受过的那些酷刑，到了炼狱中就变成了有意识的自虐行为。第十三歌里，在那通往内心的"沉闷的青黑色的小路"上，唯有爱是人前进的动力，而理性之光，则为肉体导航。人在前进途中会不断听到关于自我牺牲的暗示，在崇高美感的激励之下，人必将到达灵魂的核心。那种地方的风景是可怕的。那些阴沉的鬼魂坐在荒坡的断崖下，眼皮被用铁丝缝起，正在苦苦地从眼缝里挤出泪水。他们就这样在自虐中渴望着天堂，可说是每一刻都执着于那同一个意境，绝不偏离一步。所以"我"说幽灵们是"为了上升而压制自己的精灵"。而"我"作为来自世俗的使者，可以挑起他们进行新一轮的自我批判，以缩短同真理的距离，炼狱的酷刑之所以有感激之情，是因为人的视野已大大扩展了，命运的鼓点直接从那核心传来，既紧迫，又令人振奋。

注：

（1）《神曲》朱维基译，上海译文出版社 1995 年版，第 372—373 页。
（2）同上，第 260—261 页。
（3）同上，第 397 页。
（4）同上，第 260 页。
（5）同上，第 404 页。
（6）同上，第 299 页。
（7）同上，第 307 页。
（8）同上，第 317 页。
（9）同上，第 332 页。

深层结构图
——读《神曲·炼狱篇》

在第二十五歌中，诗人生动形象地描绘了一幅灵魂结构图，这幅画面是作者通过多年的探索与创造而感悟出来的。

当"我"看到幽灵们消瘦的体形而感到不解时，诗人史泰喜斯为"我"描述了人的灵魂从起源、诞生，到独立、发展的全过程。在过程中，灵和肉紧密相依，一个是另一个的镜子，二者构成正反两面。比如说，幽灵的精神食粮正好是肉体的饥饿（节制），人越饥饿，精神上越满足，所以幽灵的满足以饥饿的形式表现出来。灵魂是从神秘的真理之乡产生，这个神秘的地方却是由肉体的精华转化而来。经历了精炼的灵魂发展出隶属于它的"肉体"的器官，变成一股"力"，然后开始独立发生作用，并有了自我意识。那就像太阳的热力同葡萄汁相结合产生酒的过程。真正的超脱发生在灵魂摆脱肉体之际，出了窍的灵魂从此以后可以更为自由地表演，并无师自通地看到自己的"行程"。

▶ 等到在那边的空间里安定下来时，它把自己
　成形的力量向四边辐射，在形状和数量上与
　活的身体相同……(1)

看不见摸不着的灵魂却有结构的力量，这个力，就是理性之力与野性之力的结合，它能够将"空气"（虚无）印出自己的形状来，这被印出的形状就是灵魂的形态。它具有肉体的一切表征，可又完全不同于肉体，因为它属于超脱了的精神。所以"我"看到的幽灵全都具

有世俗的喜怒哀乐，可又全都处在崇高理性的观照之下。哪怕说出同世俗中一模一样的话，在这里也具有相反的含义。所谓"镜子"，暗示的是世俗与虚无之间的事物。所以一个灵魂是否有创造力，既由生命力决定，也由后天的精炼（出自自由意志的饥饿训练）决定。而只要它看见了自己的"行程"，退路也就没有了。除了越来越饥饿，越来越纯粹之外，任何的倒退都是灭亡。在无路之路上行走的幽灵，只能用烈火当治疗，用饥饿当饮食，以达到精神的圣洁。

诗人在第十四歌中描写了人性的丑恶和不可救药、原始之力对于人性的破坏作用之后，紧接着又在第十五歌中描写了人应该怎样将恶变善，在矛盾斗争中奋起，迎接理性的洗礼。

接受真理的过程是艰难的，因为耀眼的真理之光使人没法正视，而将自身的滔滔罪恶转化成源源不断的善的源泉就更加痛苦。对于爱的信念是这个过程中唯一的精神支柱。一旦进入天国事物的领域，人就得换一副眼睛——世俗欲望必须变成唯一的对于天国的爱，饕餮的习性要变成饥饿疗法。在天国，人可以占有的只有善，占有得越多，爱也越多。而进入天国的前提则是不断地忏悔。天国的爱是如何实现呢？请看司提反的演示：

▶ ……死亡的重量早在把他压下，可是他的眼
  睛一直看着天国，露出那种使人生出怜悯的
  脸容，在这种苦难中向至高的"主"祷告，
  求他宽恕那些迫害他的人们。(2)

被众人用石头打死的司提反，在临终前用身体完成了将恶转化为善的事业。这种来自坚定的理性之光的大爱，向人昭示了走出黑夜的途径。正如人的欲望是压制不了的一样，人性中的善也是永存的。观看了这种惨烈的演示的"我"，心灵受到很大的刺激，以至在攀爬的路上

双腿摇摇摆摆,如同醉汉。很显然,"我"是感到深深的自卑。但作为"我"的理性象征的浮吉尔并不要"我"自卑,他要使"我"的"双足得到力量"。他要让"我"明白:痛悔之后必须继续赶路,作为凡人的"我"虽当不了圣人,却可以感受天国的神圣。在整个过程中,浮吉尔始终怀着对"我"的本能的信任,通过暗示为"我"拨开迷雾,一层层向核心地带挺进。

▶ ……如今我清楚看出,利末人的后代为何不可有产业……⁽³⁾

"我"在第十六歌中进入了更深的认识论。同那些黑沉沉的处所的幽灵的相遇,让我洞悉了灵魂深处的奥秘。人在认识中,理性所起的作用是很微妙的。它并不是一个固定不动的规则,而是不断扬弃自身,向着最高理念皈依的过程。如果人不能从认识的操练中反复产生自由意志,旧的理性就会成为绊脚石,而崇高的理念也会变成空洞的欺骗。此处诗人用"教皇"和"皇帝"来比喻信仰(理念)和现实中的理性,这"两个太阳"绝不能混在一起,或用一个代替另一个。那样的话,就是导致认识停止,由盲目而产生的大灾难降临。利末人的事业是纯理念的事业,若将这种事业同世俗等同,后果不堪设想。同样罗马皇帝的事业则是理性指导下的世俗实践,是执法者在自由选择中去体会纯理念,这个事业当然不同于信仰。一个是阶段性的,另一个是最高的,二者相互依存又绝对要区分开,由此构成矛盾的认识论。那么原始欲望在认识中如何发展呢?诗人说,欲望是没有善恶之分的,它由信仰的感召而启动,又由理性对其加以治理和引领,最后它又突破理性的藩篱,同新产生的理性共同构成了自由意志。所以说:

▶ 你们在你们的自由中，服从于一个更大的权力
和更善的自然；使你们具有不受天体约束的
心灵。[4]

  这里的天体指的是已有的理性，"自然"则指的是深奥的心灵。"不受约束"的前提是自愿约束，每一次竭尽全力的狙击均导致不顾一切的冲锋。所以理性是用来感悟信仰的，信仰是为了观照阶段性的理性的，二者相对独立，各司其职。设想一下，溢恶的人性受到如此残酷的治理，也就不难理解为什么深层的风景是如此的悲惨黑暗了。这样的风景造就了那些人间的圣人。
  将自己的灵魂如此悲惨地囚禁在黑暗中的人们，他们要干什么？他们要做梦，要做那种理性监控下的白日梦。从那伸手不见五指的黑暗底层，是一种在天体中成形的光明推动着人的想象，这样的梦既像无意又像自愿。艺术之梦重现了人性之恶，但这个恶暗示的是善，所以在第十七歌里，邪恶的女人变成了"那种最喜欢婉转歌唱的鸟儿"，每一个由"我"在自力更生中产生的幻象，都充满了对爱的渴望。幻象消失之际，暗中起作用的理性又将人提升了一个层次，"我"听到了天使为"我"指路的声音。在由想象所达到的新的精神层次里，理性又开始了新一轮的对自我的梳理。浮吉尔再一次向"我"阐述本能冲动与善恶之间的关系。他指出，人的天性全依仗于理性的治理，自我探索要充满热忱，任何的怠惰都会受到最严厉的惩罚。原始欲望与理性的永恒对峙是上帝为人类安排的生存格局。这种对人性的探索在第十八歌中进入了核心。
  核心就是原始欲望同理性之间究竟是如何达成律动的。浮吉尔分析说，人的原始欲望就是对愉悦的渴望，一种本能的直觉的趋向。人的本能总是处于饥饿状态，要让它很好地发挥而又不陷入恶的旋涡，人只能依仗理性。理性将欲望引向正道，并同欲望一道构成了最符合

人性的自由意志。这个意志似乎是后天的，但从"人之初"这个角度来看则是天赋的。只有那些将探索深入到核心的人可以明白这一点。在炼狱的境界里没有无缘无故的冲动，原始爱欲一产生，就受到理性的监控。也只有受到监控爱才能发展、燃烧，最后达到自由境界，否则人就难以摆脱自身的兽性。浮吉尔的分析给了"我"明白的答案，"我"却由此更迷惑了，这种迷惑是因为看见了人性的根本矛盾，而这个矛盾又只能由进一步的冲动来解决。于是"我"又遭遇了内心充满热忱的、奔跑不息的鬼魂们。在竭尽全力奔跑着进入更深的梦境（创造境界）的路上，他们仍然在进行沉痛深刻的忏悔。

第二十六歌中"我"同两位高贵的诗人相遇了。此处的境界是真正的诗的境界，一切都是那样的"纯"。所以当幽灵们看见"我"时，他们立刻就觉察到了"我"身上的世俗杂质。但是"我"是获得上天恩准的世俗中的诗人，炼狱中因为"我"的存在，连火焰都显得更加赤红，"我"是沟通两界的使者，幽灵们为此对"我"倍加尊敬。这时一位幽灵诗人走过来同我讨论灵肉如何统一的问题。

在地狱中，人还可以意念犯罪（相互间的厮打、残害），到了如此重封密锁的炼狱深处，人的意念也受到了强力制约。所以人在行程中只能一边责骂自己（也不排除责骂世俗中的仇人，因为那仇人也成了自己的一部分），一边歌颂最高意志。世俗的冤仇已被排除，在申诉与痛悔之中，幽灵们之间的关系变得友好了，每个人都似乎比从前要平心静气，每个人都将全部的注意力放重现过去生活的表演上头，信念的力量在此操纵了一切。此地所有的欲望都只有一个出口，人要活，就只好不停地申诉痛悔。即使这样做了，人也抓不到任何实在的东西，从而获得片刻的懈怠。那火焰反而烧得更猛，失去了实体的人，其生命化为一缕痕，一股纯粹的渴望，只能通过祈祷来获取存在感。

▶ "我就是一边悲叹一边行吟的阿诺;我怀着悔恨回顾我生前的痴愚,我怀着喜悦瞻望我面前的黎明……"于是他隐入把他精炼的烈火中。(5)

　　这位伟大的诗人以自己的形象深深地打动了"我"。"我"身上的世俗之气虽使得"我"不能如他那般纯粹,但"我"可以努力向那种纯粹意境接近。反复地、丝毫也不松懈地祈祷开辟通往天堂的路径。能够随时让自己的身体消失的这些伟大的幽灵,他们的叹息声是多么有力啊!每一个幽灵都时时刻刻唯恐自己脱离了那熊熊火焰,唯恐自己不能在"精炼"中变得更纯,这又是什么样的惊人的自觉性啊!

▶ 我就是利亚,我总是到处行走,用我纤纤双手,为自己编织花环。我对着这里的镜子,打扮自己;但我的妹妹拉结,整天价坐着,对着她的镜子,从不离开一步……(6)

　　第二十七歌中这两位神秘仙女(一位没出场)就是"我"的灵魂图像。这是在自由意志支配下所做的梦。"我"在浮吉尔的引导下,一步步清除灵魂中的世俗杂质,("变得好像一个葬在墓穴里的死人")终于来到通向永生的火墙面前。浮吉尔告诉"我",只有心如死灰才能达到灵魂不死,要见俾德丽采就要经历这最猛的烈火的考验。于是"我"心中想着俾德丽采,投入到烈火中。这样"我"就进入了更高的梦境。在这个梦境里,灵魂开始了向上飞升的舞蹈,我自己体内的两股力量化成了两个最美的仙女——利亚和拉结。这是两种完全不同的美,在临终的眼里,她们都美得令人心疼。作为活力化身的利亚,她的工作就是不断地编织花环打扮自己,使自己越来越美,一刻也不休息;作为理性化身的拉结则终日面对神秘的镜子,观察自己那双迷人的眼睛。一个默默观望，一个四处走动。这两个人合起来其实是一个人，是"我"那越来越美的灵魂。做完这个梦之后，"我"就获得了自由意志，浮吉尔的任务也因此完成了，因为他已成了"我"体内的一部分。分别时他是那样充满激情地告诉"我"说，从此"我"将进入更高的欢乐境界，并且很快会同俾德丽采相遇。他还告诉"我"，既然"我"已经获得了自由意志，"我"就还会无数次继续获得它。只要时刻用心倾听灵魂深处那个声音，追随真正的欢乐，自强自信，就永远不会迷路。

注：
（1）《神曲》朱维基译，上海译文出版社1995年版，第428页。
（2）同上，第353—354页。
（3）同上，第362页。
（4）同上，第359页。
（5）同上，第437页。
（6）同上，第443页。

两种形象的比较
——读《神曲·炼狱篇》

在地狱和炼狱里,那个艺术之魂是以两种完全不同的形象出现的。

地狱的幽灵生气勃勃,浑身洋溢着原始蛮力,爱则爱到忘我,恨则恨到咬牙切齿;蔑视权威,亵渎神灵;耿耿于怀,有仇必报……在那黑暗的永劫之地,咀嚼骨头的声音此起彼伏,令人胆寒。只有当人看出了这种种的原始风景全都在一种强硬的机制的制约之下时,那些个表演才具有了真正的意义。地狱幽灵是黑色的、反叛的精灵,他们身上的反骨,正是上天给予的馈赠。一种爱情,需要通过如此曲折的方式传达出来,该是多么的惊世骇俗!试想这些已失去了肉体,又被强大的机制镇压着的鬼魂,如果不是受到一种永恒的信念的支撑,在那种暗无天日的深渊里,又如何能够将那种来自人间的、爱恨交加的表演持续下去!只有深谙那种机制的诗人,才窥见了这些野蛮的鬼魅身上的不变的虔诚,忠贞的爱恋。

炼狱的幽魂则形象高贵,内心深邃,目光内敛、严厉,终日沉浸在沉痛的自审之中。这些饱经人间风雨的精英们,聚集在那座理性的山上,他们的身体虽然摆脱了重力,化为了近似于无的影子,但他们身负的看不见的痛苦,却同山岳一般沉重。"人间乐园"给每个幽灵带来终极意义上的快乐和幸福,但当下的处境却比地狱更为难以忍受。自觉的创造性的突围具有更大的难度。人得不到休息,日夜不安,为的是深入更黑、更虚幻的自由境界,将自身变为纯粹的精神。在此地,每一个幽灵都说着睿智的语言,那种身居两界被分裂、却又经由超脱而统一起来的、具有寓言性的语言。上升到高级阶段的创造者不再亵渎与蔑视,就连愤怒也基本上消失了,他们脸上挂着长年不变的沉痛的神情——一种去掉了人间烟火味的沉痛。人性的高贵使得他们的仪表如同帝王般威严，他们那具有无限承受痛苦的能力的身体洋溢着天国的爱。

地狱的姿态是永不停息的自发挣扎；炼狱的姿态则是竭尽全力的攀爬。两种动作不一样，行动者心中的意境也大不一样。落进深渊的鬼魂对于前途毫无预感，他能够主宰的，只有自己的身体了。他被死亡笼罩，却又还活着，活着的他在这个永劫之地唯一能做的事就是挣扎了。愤怒地挣扎；不抱任何希望地挣扎；悲痛已极地挣扎；怀着恶意的嘲弄挣扎……挣扎令他感到自己的生命力，挣扎也应验着神的复仇的寓言。而炼狱是从生命的大海中耸起的、险峻的高山，山顶有人间乐园。炼狱山的陡峭令凡人无法攀爬，非得生出翅膀才能飞上顶峰。人在开始这艰险的旅程时对于山顶的情形是一无所知的，但人已经不像地狱中那样盲目了。人所到之处，到处充斥着关于得救的图像与声音；而那可怕的险途，也会在横下了一条心的人面前给人一条路。炼狱的关键是人是否能忍受剧痛，坚定地向内深入。只要稍有分神，面前的山就会背叛人，将攀爬者毫不留情地摔死。在这种意志较量中，任何犹豫和松弛都是不允许的，人只有"铤而走险"。攀爬者能够熬过这噩梦般的旅途，从根本上说还是由于求生的意志，这个意志现在已变成了自由的意志，所以攀爬者才能在每一步、每一阶段都感到那种微妙的得救的暗示。在自觉的操练中，他也逐渐悟到了，要战胜面前的绝壁和天堑，唯一的途径就是深入自身的苦难，然后从苦难中向上升华。这种方式屡试不爽。美丽的地上乐园却原来又是一个充满了凶险的处所，在这里，俾德丽采终于向攀爬者揭开了人性结构之谜。至此，地狱与炼狱的两种努力便衔接起来，曾经深藏的理念现身，生存的格局变得清晰了。两种奋斗的姿态又有多重的含义：可以说是人生的两个阶段；也可以说是艺术的两个层次；还可以说是自我的二重感知方式等等。对于写作这篇史诗的诗人来说，这是坚定不移地向内深入的途中看到的风景。

生活在尘世中的人，灵魂被窒息、被玷污，精神处于濒临死亡的绝境之中。人的求生的本能在这种先验的处境之中闯出了一条奇异的救赎之路，那就是与肉体的生存并行，开创精神生存的境界。为了这种内心的生存，人必须主动地下到灵魂的地狱，将那人性之谜进行层层的探索，以弄清人的来龙去脉。而这样做的目的，又是为了拓展精神王国，使已经失去意义的、行尸走肉的世俗生活重新获得意义。主动下地狱绝不是一件可以轻易做到的事，对于个体来说，它既需要崇高的理想也需要对生命的迷恋，这样的个体是具有艺术气质的个体，他所进行的这种操练是拯救灵魂的操练。在这部史诗中，诗人为我们做出的下地狱的示范表演既是他个人的表演，也是全人类为拯救灵魂所进行的操练的缩影。

由于主体的逼迫而进入地狱体验的幽魂们，开始了一种全新的、在尘世中从未有过的生活。每一个来到此地的人都无师自通地懂得了这种生活的真谛，即，在摒弃了世俗以后重新与世俗沟通；将作恶的、盲目的生命力转化成伟大的善行；以煎熬肉体、撕裂肉体为手段，换取灵魂的解放与发展；用审判世俗罪孽的方式，确证天国理想的存在；用竭尽全力的丑行表演来接近美；用原始生命力的超常发挥，达到对理念的深层体会……只有具有下地狱的气魄的人，能够承受这样一种极端化的生活，他们深深地悟到了这是唯一可能的精神生活。这是沸腾着活力，而又怕死怕到极点的伟大心灵所发明的方式。这种生活不容片刻的懈怠，日日操练，日日奋起，一触即发，魂牵梦萦是它的特征。如果谁受不了了，他的死期也就到了。实际上，没有一个幽灵受不住这种油煎火熬似的折磨，他们还下意识地追求更厉害、更恐怖的折磨！将魔鬼撒旦奉为精神领袖的他们，已经深通了地狱的奥秘，所以他们明知反抗会招来致命打击也要誓死反抗；明知回顾世俗所产生的悲痛会令坚强的神经崩溃也要不停地回顾；即使自身在恐怖的变形中成了蛇怪、牛头怪一类的怪物，也绝不停止那种可怕的交合；明知自身恶贯满盈，要得救难于上青天，却还不断自揭疮疤，将恶行昭示于众……这种魔鬼似的意志本身，便是他们得救的希望，不会灭亡的证明。

地狱阶段的惩罚除了盲目性较大之外，同炼狱比较起来还更带有肉体性质。酷刑五花八门，嚎叫的鬼魂们的悲伤基本上还属于灵魂表面层次的，在此地感觉是第一位的。地狱深渊中的恶臭，酷刑带来的剧痛，窒息导致的恐怖，负重带来的疲惫等等，一幅又一幅刺激感官的画面中，鬼魂们发自本能的反弹情绪始终主导着他们的行动。他们是盲目的，但又并不完全盲目。而上帝，他深深地懂得，人的感官和肢体是最靠得住的，所以他才让鬼魂们在地狱里尽量表演，让他们用肢体语言表达那种隐藏得很深的爱。的确，一种理念如离开了感官与肢体，就会化为真正的虚无而消失。没有地狱中的肢体搏斗，灵魂也不可能获得那种天堂般的空灵。就艺术创作的本身的层次来说也是如此，任何一篇作品中抽象理念的传达，都必须包含无限丰富的感官体验于其内，否则便毫无说服力。现世中的人误认为灵魂没有感觉的能力，便在世俗中为满足浅薄的肉体需要而拼命践踏灵魂。就是这种践踏导致了灵魂的起义复仇。凡是做过了的，都要在此地受到加倍的惩处，在惩处中，精细而敏锐的感官体验既来自肉体又高于肉体，因这种体验受到了冥冥之中的冷静观照。人的肉体的直觉就是这样经由曲折的渠道被放大、被再现的。一个最为典型的展示就是死亡之鸟啄食灵魂之树的树叶的画面。哈比鸟对树的侵犯就是人的死亡感觉一次次被刷新，这种深入主体的痛却又为主体原有的痛提供了出口，高度理念意义上的体验在这个肉体动作中被不断重复。这个画面就是艺术家的死亡表演，最敏锐的感觉上升到了抽象境界。所以幽灵为了确定自身的不死，必须反复进行死的操练。

地狱幽灵那黑色的绝望感是不变的。他们凭经验知道，在此地，无论干什么都不会对自身的处境有丝毫改善。这就意味着，一切生的希望在此地都要被剿灭。丧失了一切生的希望的幽魂却又还没死，自然而然地，他们开始了本能的挣扎。只要还在地狱，这种挣扎就是他们不变的姿态。他们不抱希望，他们只是活在自己的肢体运动中，那就像在漆黑一团中自行发光。可以说，这种爆发型的运动是一切创造的核心。最高意志将幽灵们打入地狱，就是为了让他们身上的原始潜力在高压中迸发出来，不走这条路的话，人的生命力就会在虽生犹死的世俗生活中被逐渐消磨。所以幽灵们的绝望挣扎是自发又是自觉，意志与本能结合得天衣无缝，知与不知互为前提，就像一种艺术诞生的过程。地狱机制要求人必须灭掉一切希望，在这同时又要求人必须作为死刑犯奋力生存。接受了这两道命令的幽灵的表情，除了不变的绝望悲痛之外，有时还会变得阴险狡诈，变得傲慢蔑视，甚至面带嘲弄。这些表情都是由他们从事的活动的性质决定的，这个性质就是与死亡对抗的生之运动的性质。处在绝对制约中的无法制约之魂，除了一件事，已没有什么能使他们畏惧的了。如今痛感与快感驱使他们进行亵渎的发挥，因为不动也是一个死，不发挥到极限同样是死。幽灵们虽有信念，但地狱是一个感觉的世界，信念在这里不能直接起作用，只有全身心地投入，不择手段地追求痛感与快感，信念才会在微妙中悄然而至。结论是：抓住了感觉也就是抓住了一切。于是那张神秘的脸上又在不变的悲苦表情之中加上了许多其他的丰富表情，那种种表情就是种种感觉的发挥。

因为尚未摆脱尘缘，肉体的特征仍在处处显露。比如说，上界的贪欲在此转化为要穷尽自我体验的狂热（买卖圣职的教皇）；上界火一般热烈的性爱在此转化为激情的想象（弗兰采斯加）；上界的伪善转化为深刻的自省（穿铅袈裟的伪善者）；上界的诈骗、掠夺的焦渴，转化为幻觉中的清洌的溪水（亚当谟）；上界的邪恶刁钻转化为获取新生的希望的敏捷(五个盗贼);上界的标新立异的渴望转化为艺术性的神秘(孟都亚);上界的深仇大恨转化为艺术的表演(乌哥利诺)等等。每一种创造性的画面,都可以从世俗中找到形成这种幻想的原动力。这种直接的、摧毁性质的转化因其惨烈而格外触目惊心,然而对于真正的艺术创造来说,这种转化都是必不可少的。人,就是为了反对人类相互间的伤害与杀戮而在内心开辟了这样的战场,用什么都不放过的严厉的理性来强迫自己完成从肉体到精神的转化的。所以地狱里那种人间烟火味的表情就是强大的生命力的直接显现,这个阶段为灵魂的蜕变储蓄了能量,使其能顺利进入第二阶段的发展。

魔鬼撒旦的形象是整个地狱形象最为生动的概括。读者在为它的丑恶惊叹的同时,也为它的旺盛到不可思议的生命力,它的铁石心肠的决绝的自审方式所打动。这种可以令湖水冰封冻结的蛮力,成为整个地狱机制运作的动力。它是艺术创造的底蕴,一切高级精神活动的根源。它的丑陋来自人性先验的构成,它的强大、不可征服则显示着人性的力量。身上暗藏着同魔鬼撒旦同样性质的冲力的"我",从灵魂的表层一层一层地往下探索,最后终于同地狱之王会晤,从而从根本上弄清了整个地狱机制。这件事本身就是一个最大的奇迹,是人的创造力在冥冥之中制造的奇迹。但除了创造力之外,人若要成就这样伟大的事业,还必须具有自我牺牲的美德,这个美德就是俾德丽采。在地狱的经历中,俾德丽采虽然还未现身,但她在每一个关键时刻,都会成为唤起"我"的热情与信心,鞭策"我"战胜自我的理念化身。

炼狱的第一歌里便提到了一种灯芯草,这是一种极其有韧性的、长在海岸边日日被波浪冲击的草。灯芯草的形象就是炼狱的形象,完成了地狱旅程的人,现在已炼出了无限止的韧性;一种强大的新理性也被催生出来,从此将更为显露地发挥作用。而追求者在这个阶段,已经能够凭本能感到自由者的欢欣与幸福。但这并不是说，人到了地上乐园内心就变得轻松了，一点也不！人只不过是凭借对理性的领悟在此地获得了更大的承受力与灵活性。人变得百折不挠，攻无不克了："就在他把它拆下来的地方，又一模一样地生出了另一枝来。"但是以肉体奴役为主的折磨在炼狱中已不再有了，幽灵们高唱："当以色列出了埃及的时候。"人的实体在这里进一步消亡，只留下一个影一般的形象。那却是非常美好的形象。"我"所遇到的第一个罪人便对"我"谈起他心中那爱的柔情，并在"我"的要求下对"我"唱出了爱情的歌曲。不过爱却不是随便承受得了的，爱引起创造前的高度焦虑，冲动逼使人必须立刻找到突破口。当然这种具有自觉性的创造与地狱阶段的创造又不同了，狂跑着的幽灵们和"我"都在冥冥之中感到了自己的目标——那座理性之山，而"跑"的动作，则是一半清醒一半茫然地实现理性。

　　创造中的自觉性很自然地导出了认识论的痛苦——那个"人无法成为神"的古老的痛苦。人没有办法超越自己的肉体，人对肉体的第一轮更深入的认识便带来更深的精神上的悲痛。肉体在此处的作用是提供认识的材料，只要这种材料源源不断，精神之痛也就成为永恒。所以炼狱中对肉体或世俗的排除并不是要消灭肉体与世俗，而是一边否定一边深入其内，以保持精神的活力。那种不变的沉痛表情，便是人活得充分、活得高级的标志。由于精神与肉体在认识论中互为前提，所以在那座险峻的山上，每一步的进展都同外界无关，人必须回到已被抽象化了的肉体，在重返这个再造的欲望的探险中达到创造性的飞跃。炼狱中的幽灵的形象因此已大大地滤去了山野之气，人在叙述自己的经验时脸上闪烁着高度的文明的光辉，当然有时也会因所涉及的主题过分深邃而保持明智的沉默，那是因为"一切均在不言中"。可以说，整个炼狱体验都是认识论的体验，内心的矛盾虽然不再像地狱中那么外露，但却在深化中更加尖锐了。人不能有丝毫的疏忽，必须每时每刻专心致志于一点,否则就会大难临头。炼狱中的严酷是内在的严酷,那烈火也是心灵之火,人的意志必须受到烈火的精炼才能越过肉体的致命鸿沟达到彼岸。所以在炼狱阶段,人光是从情感上惩罚自己还不够,人还得每天为自己设置死亡之墙,在死亡操练中形成优美的、有高度尊严的精神舞蹈。我们还可以看到,人自身的世俗罪行不能阻止人的认识,人只要具备了这种精神操守,其外貌就透出高贵之美,而不论他或她生前是否作恶多端。

由于认识的方式是理性观照下对肉体的深入,所以幽灵们盼望着与世俗相逢。这种盼望大都是一种充满温情的盼望,因为所盼的对象是生命的象征,而没有生命,便没有认识。幽灵同世俗是互为故乡的,一个幽灵回忆生命的辉煌时,其实是排除了善恶之间的划分的。所以虽然"痛斥"是幽灵们对世俗恶行的反应的主调,每一个幽灵仍然深深地爱着他那不争气的故乡。在这种场合,幽灵们脸上的表情总含着温情。他们热烈地同"我"拥抱,详细地诉说自己的命运,希望通过与"我"的交流把有关他们的信息带往人间。很显然,炼狱的幽灵们超越了愤怒的阶段,代之以悲悯和爱。虽然他们并未失去感觉人间悲欢的能力,但在他们的语气里,一种超然的成分已占了上风,这种超然渗透于回顾中,使得认识深化。因此炼狱的艺术是"更伟大的艺术",追求的模式还是那一个,深度却大大改变。当幽灵们"痛斥"自己生前的罪恶时,隐含的是对自身肉体的爱。悔恨是让肉体超度的唯一途径:"我现在只想哭,不想讲话……"实际上,幽灵就是为肉体而存在的。世俗中有那样多的辛酸、苦难,那样多的孽债需要清算,并且那前景,似乎是永无宁日,如果灵魂不是像情人一样深恋着那些恩恩怨怨,又有什么必要如此地自觉受苦呢?幽灵自身没有实体,但又绝对不是彻底的"无",只不过他们的实体已分了家而已,隔绝是无可奈何的,眷恋是永恒不变的,就像母亲对孩子一样。

炼狱之爱同地狱情感的不同就在于这种爱是一种纯精神的爱。提升过了的情感描述出来显得有点古怪。好些个人物或他们的亲属在生前都曾作恶多端，但"我"的眼睛看到的是深层本质，"我"对幽灵们一律抱着深深的敬意。这里是抹平区分，倡导博爱的乐园。尽管许多人罪不可赦，但心底全都明白自己是有救的，只要执着于那个不变的忏悔姿态。看到眼前景象的"我"，由于人性相通而同他们产生共鸣，深深为这些伟大幽灵的虔诚所打动。对于幽灵们相互间来说，即使在人世中从未谋面，只要在精神上产生过共鸣，他们就会向对方抒发自己内心那热烈的爱，这种爱不受世事变迁的影响，在生命长河中始终让人魂牵梦萦。不以世俗善恶为依据的炼狱王国，是按照灵魂深处刮出的旋风来进行自我发展、改造的，在自我矛盾中发展起来的原始欲望，无一例外地升华为精神博爱。由于情绪的抽象化、中性化，痛苦的绝食者以兴高采烈的面目出现，因为无限的天恩的照耀已使他们彻悟；被烈火烧身者心中充满了幸福与平和，因为他们正在迈向天堂；匍匐在地的贪婪成性者却在"我"眼里具有无限的尊严，因为能主动接受上帝惩罚的人，便有可能获得高贵的灵魂；被石头砸死的青年心中始终怀着最高的幸福。

　　炼狱的另一个显著特征是探索意识的产生。地狱生活虽然也是探索生命之谜，但那个阶段是通过盲目的挣扎和反叛来达到这一点的。上升到炼狱之后，人就会时时"意识到"，又由于这个"意识到"而不断为自己设置更高难度的障碍，达到认识的飞跃。所以只有在炼狱阶段，人才真正进入了核心，将那些构成认识论的基本原素一一加以探索，弄清矛盾的结构。而这个工作，又是为了促进生命力进一步爆发。以自觉忏悔的方法，"我"进入到了人性发源地，探索了爱与自由意志、灵魂的结构等等哲学问题。"我"通过这一系列的探索，逐步地变得头脑清澄、目光明亮，信念也更坚定了。"我"虽然摆脱不了自己的肉体，但通过这一系列决绝的摒弃和批判，"我"的感情已被更加磨砺，理性的力量也操练得更加强大，无论什么样的恶"我"

都能战胜了。在炼狱旅程结束时，里西河洗掉了"我"身上的罪，"我"变得通体轻灵，随着俾德丽采往核心中的核心——天堂飞升。

地狱中，人以向死亡冲刺的蛮力撞那灵魂之门，那样做的时候，人并不清楚自己会不会真的死。到了炼狱，人通过努力感到了自己必将永生。像浮吉尔所说："这里可以有折磨，却不会有死亡。"然而这种冥冥中的感觉并不会在死亡操练时降临，人依然要直面"死"的恐怖。只不过在此时，因为心中的信念逐渐明确地起作用，人的脸上就透出了那种冷静和英勇，这是比地狱里成熟得多，也更为美丽的自觉受难者的表情，在未来的阶段，这种表情会变成光，同其他的天体一道，将心灵的宇宙照亮。

谜底显现

——读《神曲·炼狱篇》

俾德丽采的矛盾和决心

▶ 你要在这森林里暂时耽一个时候,以后就同我一起永远做那真正的罗马城中的公民,基督也在那里。为了对万恶的世界有所裨益,如今用你的眼睛细细看那车辆,你回到人间后,要写下你看见的情景。(1)

俾德丽采在引领"我"走完炼狱旅程之际对"我"说了以上的话。接着,人性的战车被系在了崇高的精神之树的树干上。晦涩的一幕开场了。首先是恶鹰从天而降,伤害了那棵树,然后它又全力扑击车辆;饥饿的狐狸也来助战;再后来恶龙的袭击又使得战车解体。经历了这一系列恶的洗礼的战车变形为牛头怪一类的东西,而在这辆怪车上面,还坐着一名淫妇,淫妇身旁还立着一名丑陋的巨人。

俾德丽采向"我"揭开的这一幕就是人性在世俗中如何发展的情形。"先前有,如今没有","好"的故事,纯洁的人之初从此失去了,漫长的苦难降临到人间。在"我"的眼里,这种自审的表演是如此的惨不忍睹,杜绝了任何的怜悯与希望,因而使得"我"眼前模糊,看不清隐藏在表演背后的俾德丽采的真实意志。她是要吓唬"我",还是要"我"死心?

"上帝啊,外邦人进入你的产业。"仙女们为人性之善的被虐杀而流泪，俾德丽采也在痛苦中脸上变了色。然而感伤只是短暂的，很快，俾德丽采就脸上发出红光，宣布说：

▶ 等不多时，你们就不得见我，我的亲爱的姊
　妹们啊，再等不多时，你们还要见我。(2)

　　这句格言充满了悲壮。她宣布的是她的伟大的决心，她曾守护在精神之树下面，恶的势力并未将她吓退，因为她深知令她悲痛不已的人性的底蕴。俾德丽采用告诫的方式继续启发"我"。但她的话语模棱两可，令"我"猜不透。
　　她首先将前途说得毫无希望，要"我"相信：让战车变为牛头怪的恶鹰会一次次降临；"上帝报仇时不怕人吃小块面包"；一切该发生的都会发生。但她又告诉"我"，巨人和淫妇也会被上帝的使者杀死。她没有告诉"我"答案，她只是说，"事实"会把谜语解开，而"我"，只要将现在所见到的铭刻心底就行了。这里所说的"事实"，就是"我"今后的行动。也就是说，谜语的答案在"我"的行动中。只要"我"还在努力追求人性的完善，那么不论陷入多么悲惨的境地，上帝的使者也会帮"我"战胜恶的袭击。在人生的旅途中，一次又一次的沦落是免不了的，惨烈的交战将不断进行，精神之树会反复受到掠夺，人越堕落，惩罚越恐怖，就像俾德丽采说的：

▶ ……你可以看出你的道路和那神圣的道路相
　距得那么远，如运行极速的天离开地一样。(3)

　　人性已如此无望，追求者眼前一抹黑，但俾德丽采还要变本加厉：

> 但是现在我要把我的话说得赤裸裸的,说得那样的赤裸裸,使你粗野鄙陋的眼光能够看见。(4)

对真相的描述是为了让"我"彻底认识自己,并在这个认识中提高自己的承受能力,达到对人性悲惨处境的体认。所以俾德丽采的答案是"说"不出来的,只有在人性的废墟上进行创造性的开拓,才会为新的人性注入活力,才会一遍又一遍地重写那个经典故事。俾德丽采正是深信"我"身上那种再生的能力,才将这个最大的、最后的谜推到了"我"的面前。然而俾德丽采这样做的时候又是矛盾的,所以她的表情才时常是如此的悲苦。她知道人的原始本能如不加约束,人同理想的距离就会像天地之隔。要想消除这个距离也是不可能的。痛苦中的俾德丽采所能做的就只是将那可怕的寓言的意象反复向"我"强调,即,将话说得"赤裸裸"的,以此来激发"我"的求生的本能,促使"我"在挣扎中导致奇迹产生。

这种与生俱来的信心究竟是怎么回事呢?人是怎么能够将自己当作希望,在一片黑暗之中发光的呢?这种神秘的事的根源仍然只能到生命的形式态中去找,也就是到自我中去找,而不是别的地方。最最隐蔽的谜底只能是在心灵的深处。人,作为最高级的生命,其爆发力是不可预料的,而每一次爆发,都会导致更高的理性产生。所以俾德丽采的悲哀与信心同在,她知道"我"暂时还未揭开生命之谜(这是一件属于行动的事),但她对此完全有信心。人性是一个令人绝望的东西,这个绝望的东西却又能逼迫人奋发向上。于是已经饮了忘川水的、认识了自身罪恶的"我",在惶惑的心情中被俾德丽采牵引着走向攸诺河。攸诺河是给人以力量,使人奋起追求美德的河,饮了攸诺河水,谜底就会显现。

《炼狱篇》最后两歌描述的,是整篇的概括。主体经过更深入一层的探索,将人性的底蕴揭示出来之后,应该以什么样的态度来对待这个千年的矛盾的问题就摆在了人的面前。诗人并不想"指出"出路,因为出路是谁也无法指出的,那不是一个理论的问题,而是一个行动的问题,即,保持好奇心,看看你的生命力究竟有多强,能造出些什么奇迹来,只能在行动中自明的事如果要"说",就只能使用暗示的语言,这就是为什么俾德丽采在这一歌的最后语言变得那么朦胧晦涩的原因,她不能"告诉""我"怎么办,她只能用强烈的语气来撼动"我"内心的沉积物,将那语言对其无能为力的、赤裸裸的真理向"我"反复暗示。在这种氛围之中,当事者"我"也不可能"看见"真理,"我"只能遵循她的诱导,在光的照耀中,在生命力的爆发中自然而然地追随女神上升。并且,"我"还要用心观察,将这一切写下来。

再重温一下这两歌的情节:首先是那光芒万丈的队伍来到高大的精神之树下面,具有人神合一的身体的鹰狮兽将人性的战车拴在了树干上;然后队伍升天,俾德丽采留在了地上,她坐在树根上。接着那场恶的浩劫发生了,凶残毒辣,势不可挡。战车成了碎片,精神之树被撕去树皮,打落花叶。劫难过后,一片狼藉之中,仙女们流泪,俾德丽采悲伤不已。但俾德丽采很快振作起来,"脸上发出火一般的红光"。接着她就开始对"我"艰难地阐释这个人性的寓言。她既表达了内心至深的永恒不破的悲哀痛苦,也表达了那种不屈的顽强。也许她要说的是,作为个人,人的一生就是同自身那消除不了的恶的持久战;作为人类,人的前途既黑暗又光明。她这样表达道:

▶ 这件事情,还有另外的事情,都一一由我告
诉他了,我深信里西河的水没有隐去这些。(5)

这个寓言是诗人此阶段关于人性的探索的总结,伟大的探索进行

到这里，就已经为下一步的飞升做好了充分的准备。焦虑、痛苦、期待等情感混合在俾德丽采的心中，她为了直接用真理感染"我"而呕心沥血，她不停地将那说不出来的真理反复地说。实际上，她的矛盾就是"我"的矛盾，她的决心就是"我"的行动。当残酷的内心斗争告一段落之时，奇迹似的新生就发生了。历经浩劫，心灵残破，心如死灰，却仍要挣扎着向前挺进，以求获得新生的这个"人"，其鲜明的、不朽的形象已铭刻在读者的记忆中。

幸福与洗罪

为什么诗人一再强调这些表情悲苦的幽灵的内心是幸福的呢？从精神的角度去想一想就会知道，他们的幸福在于他们感到了自己会得救，而眼下的惩罚无论多么可怕，也不会超过最后的审判，审判之后就会看见天堂。这不仅仅是一种信念，也是当下每一刻的感受。幸福与惩罚同在，天堂与地狱相随。就为这，幽灵们才渴望追求惩罚。越痛、越苦，则越喜悦、越甜；越追求极端，灵魂的张力也越大。

在一个凡人眼中，能够深入到精神的根源之处，能够有力量通过创造来洗去罪恶，达到新生的幽灵们，无疑是最为幸福的生灵。尘世乌烟瘴气，世人两眼茫茫，要依仗那一点可怜的常识和聪明看透命运，真是难于上青天。然而就是在此地，不可能的、无法设想的事业已经成就了。有一个无比虔诚的诗人，为了跨越肉体的障碍，不惜让自身变成幽灵，沉入那黑暗的地狱，终于弄清了神奇的命运的底蕴。支撑他完成这一系列英勇壮举的，是他体内不息的生命冲动和他对于永恒理念的无限热爱。他所经受的精神苦难骇人听闻，但只要想到这种经验带来的是什么前景，他难道不是世界上最最幸福的人吗？

艺术工作者洗罪的方式也是别具一格的。旅途最后在里西河里洗罪的仪式是高潮也是种象征，而真正的洗罪过程却是于攀爬中不知不觉地进行的。每当主体同世俗沟通一次，深深地忏悔一次，旅途中的一个障碍就会被克服;当超脱在肉体挣扎中被无意识地完成时,就会有天使从空中飞来,用翅膀抚去"我"额头上的一个罪恶印记。那七大罪恶,无一不是在主体的探险与开拓中被洗去的。艺术家没有时间来长久地懊丧与颓废,他只能且走且哭,命运的鼓点逼得他太紧了。为避免重新滑入地狱,他必得拼死向上。这样一种洗罪是主动的进击和操练,是不依仗任何权威,赤手空拳开拓新生活的姿态。这同时也说明了,艺术家是敢于承担,敢于用肉眼凝视刺目的真理的人,他们负罪生存的形象比宗教徒更为积极、勇敢,而在虔诚方面一点都不弱于他们。

深深的感激之情

　　作为一名人性的探索者,诗人对于那莫测的、充满了凶险的、令他痛苦不堪的命运,却充满了深深的感激之情。"我"的整个炼狱行程中,这种感激之情被反复地描述、强调。虽然感激的对象是上帝,我们也可以说这个上帝就是精神理念。

　　在旅途中,凡"我"所遇见的幽灵,在初见之下无不为"我"的"蒙庥"感到震惊和羡慕。命运让"我"在活着的时候走进地狱,亲身经历了人类最深重的苦难,然后又让"我"得以爬上炼狱山,来领略高级精神领域内的风光,还有什么是比这更大的恩惠呢?"我"本是一个平凡的人,可是现在,"我"却闯进了人性的深层结构,进入了最古老的奥秘的核心,而"我"自己,也由此获得了最为充分的生存和最大的自由。这样的特殊恩惠,是很少有人能够得到的,所以"我"对上帝的感激是怎么也不够的。

　　要想到"我"是一个活人,而活人在人世间总是罪恶累累的,现在上帝给了"我"这个奇特的契机,不是因为"我"的美德,仅仅是因为"我"的强盛的生命力,"我"的不懈的精神追求,"我"从曲折的通道一路走来,如今已在快同天堂靠近的路上,"我"的意志不但没被消磨,反而还一天天坚强起来。因为在"我"行程的每一阶段,都会有来自上天的爱的感召传到"我"的耳朵,为"我"疲惫的精神注入新的活力。这样,"我"越来越对自己的彻底得救产生确信,"我"目睹自己的生命正在成为奇迹,想到这一切,"我"难道还能不对上帝的安排感激涕零吗?

幽灵们就是"我"的镜子,他们的表情就是"我"灵魂深处的活动。他们在这座山上意外地见到来自人间是非之地的"我",立刻就感到了"我"的非同寻常,感到了"我"这个人间的使者身上所蒙受的慈爱的恩惠有多么大,他们吃惊得脸上变了色,心底的羡慕无法形容。同时,他们也看到了千载难逢的好机会,因为他们可以通过"我"将他们的信息带到人间去,用这种特殊的沟通来加快他们的超脱,使失去肉身的他们的存在重新在世俗中得到确证。

活着下地狱是艺术家的不幸,但这个不幸,已经得到了充分的补偿。上帝是公平的,命运也是公平的,当想到这一切时,艺术家在地狱中对于上帝和命运的愤怒就会在此地转化为深深的感激。所以到了炼狱阶段,就基本上没有地狱的那种愤怒了。愤怒为至深的悲哀所取代,悲哀的尽头感激和喜悦生出。心存感激的幽灵现在"经过了忏悔,宽恕了别人",并且"摆脱了生命"。摆脱生命并不是真的死,而是从死亡境界来看待生活,有了这样的视觉,只要人还活着,生活中发生过的一切都是值得深深感激的。

伟大的认识论

纵观整个炼狱历程,其脉络清晰地凸现出一个认识深化的过程。这种认识又是通过特殊方式——"说"来达到的。人是不可能"改掉"自己身上的恶的本性的,人能做到的只是认识。同样是恶,认识过了的同未经认识的有本质的区别;人没法做圣人,但人可以通过痛苦的认识体验来不断地变得"好"一点,并阻止那些毁灭人的灾难发生,为欲望的发挥找到正确的途径。

在炼狱的境界里,无论多么可怕、多么见不得人的罪恶全是可以认识的。这里的幽灵不分好坏尊卑,他们都是兄弟姊妹,作为人类的一分子,他们都具有人性的高贵,因为他们处在认识的过程中。有的人杀过人,有的人被人所杀,在皈依神的理念的山上,自己和别人的罪行都受到了一致的对待,怒火平息之后对于人的怜悯涵盖了事件的特殊性。

涉及灵魂深处的认识对于我们中国人来说几乎是不可能的事,自古以来,我们的人民都习惯于把自己看作"好人",至少将自己的本性看作是"好"的。诗人在此提倡的"矛盾二分法",在中国人看来是不能理解的,这也是为什么这类作品在这个民族中知音如此之少的原因。各类读者(包括专家学者)一看到种种恐怖的描述,马上出自文化的惯性将那些描述贴上各式外部的标签,与此同时也就堵死了自我认识的可能性。把一部关于灵魂的悲喜剧阐释成社会批判的读物,这种庸俗化的主流阐释已统治了批评界几十年,即使近年有些小小的质疑,阅读者的立场从根本上来说还是旧的那一套,并因此缺乏说服力。

笔者认为对于这类作品最好的理解方式只能是一遍又一遍地读作品,调动自己的想象来加入作者的探索,力戒文化惯性所形成的粗暴自负的态度,这样才有可能进入那个对于我们的文化来说是极为陌生的境界,在奋力突围中完成灵魂的塑造。

这一场惨烈的认识进程,的确类似于歌中描述的猛火的精炼。一个人,如果他不具有诗人这样的纯真和为理念抛弃一切的虔诚,他也不会投身到类似的烈火中去拼死操练。阅读这种灵魂的史诗,我们会隐约地听到那命运的紧迫的鼓点,那是来自伟大心灵的信号,它梦里白天都在召唤着我们,催促着我们尽快起程……从生命的汪洋大海中向天庭生长的险峻的理性之山是属于诗人的,同时它也属于全人类,因为它是人类灵魂的最高代表。追随诗人踏上旅途也就是实现我们盼望已久的自由,实现每个人心底成为艺术家的合乎人性的愿望。

注:

（1）《神曲》朱维基译,上海译文出版社1995年版,第482页。
（2）同上,第486页。
（3）同上,第490页。
（4）同上,第491页。
（5）同上,第492页。

天堂篇

进入纯精神王国
——读《神曲·天堂篇》

经历了一轮又一轮的死亡操练之后,"我"到达了精神的最高境界——天堂。不要以为天堂是一个轻松的乐园,实际上在此地,往日的矛盾依然如旧,只不过在真理之光的直接照耀之下,一切都发生了本质性的变化罢了。在这个水晶般的光的境界里,即使是人世间最深重的痛苦,也已奇妙地变成了爱的光荣和幸福。并不是说矛盾已消除了,正好相反,矛盾在这个高级阶段已达到了最大的张力,这里是人性的试金石,是容不得任何杂质的纯精神王国。理性与生命力,光与暗,自我牺牲与原罪,美与世俗,绝对意志与选择,誓约与违犯等等,这些精神结构中的矛盾,都在此境界中显露出来,既无比紧张、严峻,又是静穆、完美的统一体。理解它们就是理解自己的心灵,这不是一件容易做到的事。毋宁说,完成这样的探索需要一种坚韧的毅力和超凡的智慧,任何对自身的姑息与懈怠都会导致这种高难度的探索的中止,而重新跌回平庸的世俗。这里是勇敢者的王国,虽然艺术家当不了此地的永久居民,但他那横下一条心的不变的忠诚与闯劲,会使他一次又一次地拜访这个极境。同神的靠近必然使艺术家自己也变得像神,耀眼的光辉来自内部矛盾的最高爆发。认识论的突进提升着人性,也给人设立着越来越高的障碍,而飞跃的本力,仍然来自内心那永不停息的反省。

天堂的第一歌就将精神的飞升——也就是将自发创作到自我意识监控下的创作做了一个非凡的描述:

▶ 仁慈的阿坡罗啊，愿你让我吸取你的威力，配得上接受你心爱的桂冠！到今为止，巴那萨斯的一座高峰已使我满足；但现在我必需在两座高峰下踏进这最后的决斗场。⁽¹⁾

创造就是自我搏斗，决斗时刻作为理性化身的阿坡罗必须在场。而随着诗人斗士一天天变得机警、成熟、深思熟虑，阿坡罗就被他在那辉煌瞬间意识到了。这是少有的奇迹出现的瞬间，人在此时同时拥有明与暗，自我这面镜子里照出"我"，然后光又返回精神的故乡，使人性的天堂更为灿烂。经过这一轮曲折而微妙的光的洗礼，"我"就同神靠近了。"我"眼前的景象无法用言语形容，那是精神的异象：

▶ 我仿佛觉得太阳的熊熊火焰，燃遍了天空的极大部分，暴雨或山洪都没有使湖面如此广阔。那新奇的声音和那巨大的光流，在我心中燃起要知道其原因的渴望……⁽²⁾

这种上升是一种全新的体验，究其根源仍然是生命的本能使然。上升使人和上帝相似，上升也使人看到了神的足迹；上升是一切个体精神的唯一发展途径，同时也是人类精神的完美形式。在此种描绘中，诗人将精神的图像画成被静止不动的光环所包围的极速旋转的天体。他说精神的最高境界是欢乐，他还指出精神的升华是最合乎人性的——因为追求者必得救。

整个第一歌呈现的是理性越来越强大，在纯精神的王国中观照万物；而生命，其律动已赤裸裸地显现，天空中的伟大异象直接来自生命的海洋。这是一场最为壮观而有力的人性矛盾的表演，"我"经历了盲目的挣扎与有理性的挣扎之后，在此阶段将世俗与天堂、明与暗、精神与物欲统一起来，绘出了宗动天在最高天里头急速旋转的人性画面。

第二歌里面继续剖析精神结构：

▶ 那种对神一般的天国的渴慕，在我们生下时
　就已滋生，以后也永不减退，使我们上升，
　几乎像天体那样迅速。(3)

作为肉体的镜子的精神，就是这样发展的。"我"飞升后进入天体（纯精神体）的体验，使我顿悟了精神的无限包容性，也懂得了所谓"本体"就是人与神的合一，追求崇高理念就是回到本体。本体是自明的，升华也是自明的，人所发现的，是他本来就有的。所以，凡"光"所到之处，物体（肉体）便与之结合，构成向善的宇宙器官。光的世界里无贵贱之分，所有的肉体本来就趋向于善。

但这并不是说，生命是单一的，没有区分的。正好相反，生命的形态千差万别，这就使得光对于生命的启动也呈现多姿多彩的形式。无限丰富的精神世界就是这样构成的，所谓"深奥的神灵"是那永远无法穷尽的精神王国，而"印章"则指的是个体精神的轨迹。虽然每一个印章都迥异，人却能从每个印章上看出神的足迹。因为个体本身就是一个小天体，灵为上帝，各种感知器官是神的器官，其一致性则呈现出神的绝对意志。请看以下描述：

▶ 不同的力量和它赋予生命的珍贵物体，结合
　成不同的混合物，这力量在物体内如生命在
　你身内。这混合而成的力量，由于它的源泉
　是欢乐的自然，从那物体中发出光芒，正如
　喜悦之光从灵活的眼珠中射出。(4)

第三歌从原罪出发描写了做"人"的艰难。所谓爱，是在克制与牺牲中达到的对于原罪的战胜。人的初衷总是带有原罪（为了生活，甚至为了爱），原罪不可消除，只能通过对其认识促使其转化。即使是圣女，也摆不脱罪，她们只能在蒙难中不停地忏悔使自己的品德更为高洁。所以原罪是障碍又是动力，促使人在精神跋涉的旅途上不断升华。"圣女"们就是这样用持续的自我牺牲铸就了她们珍珠般晶莹的灵魂。这样的灵魂就是实体，世俗皆虚无。真正超凡脱俗，去掉了肉体的圣女在月轮天中用其惨痛的精神经历向"我"展示了爱与占有、自由意志与强力限制、沉沦与升华等等人性中的矛盾在天堂中的紧张对峙。她将问题留给了"我"："人怎样解释自己那腐败的生活？几乎不可能的活法如何样才能成为可能？"实际上，圣女的姿态是一种诗人的姿态，那种永不放弃的忏悔化解了人世的一切怨愤，而人在忏悔中蒙受天恩，变成了发光的星星。

▶ 兄弟，爱的本质平静了我们的意志，使我们
只是恋慕我们已经取得的东西，而不使我们
生出其他的渴望。(5)

在天堂里人能占有的只能是通过自我牺牲获得的爱，这里所说的也是诗的最高意境。这种意境是排除肉欲的，所以也排除了肉欲导致的苦恼，欢乐和幸福遍布天庭。然而矛盾怎么样了呢？矛盾导致了那种急速的旋转，天体呈现出来的图案因而越来越美。诗人就是在这种精神旅程中，运用忏悔这个认识论中的法宝实现精神突围，而越过难以逾越的人性障碍的。

月轮天中的女精灵向"我"揭示了人性矛盾的骇人真相，这个真相并没有令她显出丝毫的沮丧，她反而在叙说中容光焕发，洋溢着幸

福。那种内面的秘密又将"我"带向了更深一轮的人性的探索。欢乐而自足的心态是如何样获得的呢？人真的有可能同时在天堂又在地狱吗？诗人在这里虽没有直接写出答案，但仔细深入的研读会在读者眼前展现新的天地，因为古典的伟大诗篇可以用现代的眼光来重读，一切新东西的萌芽都包含在种子里头了。天堂里没有肉体的栖身之地，幽灵和肉身从此被远远隔开，遥遥相望。从这种截然的隔离中，却产生了人类最伟大、最纯净的诗篇。女精灵最后的那句"福哉马利亚"唱出了惨痛解剖之后的幸福。

第四歌里认识论的探讨又深化了。"我"沉浸在上一歌女精灵唤起的悲痛之中，依然感到人的两难处境无法超越，感到人在致命的环境制约中难以有所作为。因为人无论如何样行动，他总撇不开罪。而且在相当多的情况下，这种"撇不开"是出于爱。诗人在这里借俾德丽采的口进行了一次精神分析，指出了自由意志的绝对性和相对性。意志的绝对性来自爱的理念，即，人无论在什么恶劣的情境中，都要执着于爱，永不改变。意志的相对性则在于，人为了肉体的存活，也为了避免伤害别人，时常必须屈从于恶，但这并不等于自己从心灵上解除了盔甲。后一种情况正是人在社会中的处境。艺术家在相对意志的实践中不断为自己，也为全人类的罪行忏悔，以此种姿态来体验绝对意志的存在。所以君士坦士王后能够在暴力的淫威之下始终不揭下其心灵的面纱，最终成为美德的楷模。意志的矛盾就是认识论的矛盾，以真理为目标的冲刺使矛盾不断向高级阶段发展。精灵们每一次惨痛的灵魂解剖都是一次与肉体达成新统一的卓绝努力，这种努力在天庭里绘出了最美的光的图案。于是"我"在她们的感召之下也不由自主地解剖起自己来，并由此懂得了，人要实现爱的理念，就只好无限止地分裂自己。一方面绝不原谅一切罪行，一方面仍追求心灵的圣洁。在这种扭曲的追求中，肉体往往被全面否定，这种使其无所作为的否定却是对人性处境的真实体认，得救的信心就包含在内。

▶ 如今我真切看出，我们的智力若不受到"真理"的照耀，就无法满足，越出这唯一真理，一切真理无法存在。我们的智力在那里安息，犹如一头野兽，到了窝前就在里面安息……(6)

以上所说的就是真理和人性矛盾的关系。人通过自我质疑似的提问，"越过重重山脊直登最高的顶峰"。人在这样探索时，被严密束缚的欲望就曲折地得到释放，并最终达到彻底解放。所以精神的解放也是生命力的反弹，以及反弹后展示出来的那一片无限的、透明而宁静的境界。

第五歌继续深入到了誓约与自由意志的问题。誓约究竟是什么？它的履行又体现了什么？在探讨中答案已显露：誓约就是人对自身欲望（或肉体）加以认识之后，进行一种严格的规范。换句话说，誓约是自由意志的体现；自由是制约下的冲动；在制约下转向后的自由成了牺牲自己的自由；人在不断牺牲表面欲望的同时让欲望转化成更本质的发挥。也可以说，誓约一订，就意味着牺牲。因为经理性改造后的原始欲望从此难以直接发挥，每时每刻处在"要慎重"的监控之下。而同上帝订契约的艺术家更是如此，他的作品成了他的永久忏悔之地。这样看来，誓约的意义就在于通过人的本质发挥，达到灵肉的彻底解放。一个陷在肉欲中的、排除了理性监督的人是不可能解放自己的。

▶ 上帝在当初创造万物的时候，他那最大、最与他自己的美德相似，而且最为他自己珍爱的恩赐，乃是意志的自由，他过去和现在都把意志的自由赋给一切有灵的造物，也唯独他们才有自由的意志。你若是从中得出应有的推论，你如今就会看出誓约的价值……(7)

一个人，如要忠于自己的理想，就永远不能背叛自己的誓约，因为精神是不能走回头路的，往后退一步便是兽的境界。那种"重得使一切天平都无法衡量的东西"正是月轮天中的女精灵庇加达和君士坦士用一生的牺牲换来的意志的自由，她们坚守了当初的誓言，为人们做出了榜样。又由于誓约本身正是自由的选择、人性的选择，所以它是排除盲目、排除教条的。人不能凭表面冲动判定自身的行为是否符合誓约，而要有理性判断，要有《新约》和《旧约》中的方法论的武装。也就是说："你们要做人，不要做无知的羔羊。"(8)

俾德丽采带领"我"向人性深处探索之际，"我"就在不知不觉中飞升到了水星天——这个离太阳最近的行星。此处充满了极度的欢乐，以及无法直视的真理之光。在这个地方，那些双眼闪闪发光的精灵们将"我"称为"战士"和"生来幸福的人"，并说"我"的到来会使他们的爱增加；他们还要"我"按自己的意志在此地尽量满足自己。不难看出，这就是自由所达到的圣地，始终遵守誓约的艺术家，上帝在给予他牺牲特权的同时，让他在有生之年进入天堂的欢乐之中。

第六歌是对以上终极探讨的一个总结。诗中的"罗马"其实就是人心。诗人在此处叙述的其实是浩繁的心灵史，是人类从不自觉的深重苦难之中走向启蒙的过程。帝国内部包含着深刻的矛盾，这些矛盾不断演变，开始是自发的善与恶的扭斗，吞并，再生，直到终于发展出自由精神，人才看见了将黑暗中的肉体带出困境的曙光。这就是基督，这人神合一的完美象征。由此也可以说，帝国的功能是先验的存在，人性从黑暗中诞生之日起便具备了自己救赎自己的功能。所以不论人身上的兽性是多么的可怕、凶残，不论腐败的帝国是多么的贪婪无耻，也阻止不了美德的象征——罗曼茇从那混沌的世俗中升起。从帝国内部升上天庭的罗曼茇，这牺牲肉体换取心灵自由的美丽的发光体，使精神不灭的寓言成为了现实。

当人升华到这样的高度再回过头来看精神的历程时，就会发现一切痛苦挣扎、陷落，一切致命创伤都是必要的体验，没有苦难，精神怎能发展？正如世人的恶毒阴险让罗曼茇受难一样，自觉的内心制裁也释放出美丽的光华。人不光要同外部的恶势力斗，最主要的是要同内心的恶势力斗，而且这种内心的搏斗还要更为血淋淋，一次次对于原始欲望的剿灭导致一次次惊心动魄的反弹与起义。通过冷酷的自我批判，我们看到了诗人对于人性的信心，看到了他内心那种永恒的仁爱。歌中叙述的是黑暗的人心，但却是一首信心的赞歌，是宣扬人性理念的天堂之音。善与恶的先验性的揭示没有导致颓废，反而为诗人的向上奋进提供了支点，诗人在此将物质变精神的巫术付诸实施，让人性之光永远照亮天庭。

注：

（1）《神曲》朱维基译，上海译文出版社 1995 年版，第 494 页。
（2）同上，第 497 页。
（3）同上，第 501 页。
（4）同上，第 506 页。
（5）同上，第 510 页。
（6）同上，第 520 页。
（7）同上，第 522 页。
（8）同上，第 525 页。

在认识论的领域里冲刺
——读《神曲·天堂篇》

第七歌用上帝对人类的双重复仇这个例子,清楚地说明了认识论发展的阶段性。双重复仇就是认识的两个阶段:从自发的同情心到主动的自我解剖。认识的发展中,爱与自我牺牲的基调始终不变。首先,上帝为了让人类知罪,献出自己的儿子耶稣。这个复仇类似于良心发现、不自觉的自我忏悔、折磨的初级阶段。人心被唤起了同情,但恶依然存在,所以复仇不可能彻底,因为人还可以将罪恶的原因推向外部,反正有耶稣为他们承担。认识要前进就必须进行另一次新的复仇,在这个复仇里,上帝让人们自己面对了死亡,一切恶都要由自身承担了。这是更为严厉的自审、自戕的精神活动,人上升到了艺术境界,只要行动,身体就发出光焰。让内心遭到撕裂,让人看见自身的卑劣,这就是上帝的第二重复仇的内涵。只有精神上经历了炼狱的人才可以窥破其间的奥秘。双重复仇的方式也正是艺术表演的方式。超越了自发同情心,人表演着自我牺牲,并在这种无止境的表演中直接与神相通。

> ▶ 因此上帝必需依他自己的途径,使人类复得他们完美无缺的生命……因为上帝拿出自己的身体,使人类能够重新提举自己,比仅是颁赐一纸赦罪令更为慈悲……(1)

对犹太人的惩罚同样也是上帝对人性的"提举"。光有同情心还不足以赎罪,自戕才是自救的途径。就是为此耶稣才降为人,为人性提供表演的舞台,也使人获得不朽的本质的。作为今天的读者可以从诗中体会到,虽然作者是有神论者,但他的每一种表演,都可以从中找出对称的人性的含义,这是因为所有的诗人都是彻底的人道主义者。诗人的世界观,正是基于这种永无止境的人性探索。因此这里表面叙述的是宗教起源,我们却可以从中看出文学的规律,而这个规律,已经在这部史诗中不断得到昭示。

▶ 你们的生命却由至尊的"慈爱",不假媒介
  而赋给的,上帝使它产生爱,因此它此后永
  远思慕上帝。(2)

这里的上帝完全可以看作精神理念。人的生命的特殊属性使人成了会爱的动物,并通过奇妙的自我牺牲的表演将永恒的爱发扬光大。这是上帝的特殊恩惠,也是人性中固有的伟大。

第八、九两歌探讨的是欲望的走向。在魔鬼肆虐的下界,当人只能无所作为时,人是否应该颓废?这两歌中诗人通过"说"来层层展示灵魂。表面说的是社会、历史,实际涉及的却是那个谜一般的自我。金星是欲望之星,当人对身体的欲望处于完全无知的状态之时,罪恶就泛滥了。上帝的启蒙就是教导人认识自己的欲望。不是消除它,而是为它导航,使其转向。俾德丽采诱导着"我"不断发问,寻根寻到了精神的故乡,并将欲望转化为精神的画面向"我"演示:

▶ 谁若看见他们飞奔的速度,谁将认为:从寒
  冷的乌云降下的狂风或闪电和他们相比,都
  显得缓慢而停滞。从那些最前面的火炬中

间,发出了那么美妙的和散那歌声,从此我
再也摆脱不掉再听一次的渴念。(3)

这些火热的美丽的精灵却来自罪恶的大地,他们在如此崇高的地方为自己、也为同胞忏悔。人欲横流的景象是可怕的,然而那却是精神跋涉的必经阶段;在一切希望均已死灭的地方,在腐败的罪恶的肉体之上,出现了奇迹般的灵光。精灵们无一例外地同下界的人们共呼吸、共苦难,当他们用开口叙说罪恶的举动来诘问人性时,他们就变得越来越美,其内部矛盾导致的旋转舞蹈也越来越急速而优美。每说一次,他们就改变一次容颜,获得更多的活力。金星天的秘密就在这里。除了下面那个黑暗王国,没有任何其他王国可以为精灵们提供激情之源。这些光焰灼灼的星体同他们的下界母体之间的联系的确有些神秘,灵肉分离到如此程度也很难以理解,但只要他们开口说话,那个古老的矛盾就会清晰地呈现出来。如诗中描述的那样,精灵在同下界世俗王国的交流中马上会变形——"他变得比以前更为巨大,更为光辉!"(4)

反过来,这颗情欲之星又加剧了下界的矛盾,因此诗人说:"那美丽的居伯罗女郎射下了痴情。"这一来一往的发射是灵肉分离后相互作用的奇异图像。在现世生活中,欲望只能在混乱中发挥,其过程漫长而黑暗。但只要心中有天堂,高悬的明镜就会始终观照着人的欲望,使其在恶斗中变形,在奔跑中转向,从而不断破掉旧的模式,生长出新的事物。金星天,这个已经升华到天庭的欲望之星,她的作用就在这里。

▶ 那本身完美无瑕的神灵不但预见到了性质不
同的造物,也预见到了与他们有关的幸福。
因此从这张弓上发出的任何箭矢,都被命定

射在预定的目标上,就像一支箭射中了自己的鹄的。[5]

当人要弄清自我——我是谁?我从哪里来?——时,他就必须目不转睛地凝视那面高悬的镜子,将那里面的形象看清。如果不能这样做的话,就会在"帝国"的混战中灭亡。帝国的混战维持了星体的活力,星体的光辉则为人性在混战中突围导航。双方虽相隔如此之遥远,却因了这距离而能够更好地促使矛盾向前发展。所以在这面巨镜的观照下的帝国的一切活动,都是符合规律的。也就是说,无论人性怎样堕落,复仇终将到来;无论人在世俗中如何背叛,惩罚终将实施。现实中的纵欲、奸恶、流血事件等等,都是促使审判到来的原因。人只要不放弃反省,转化就不会停止。就好像人一开口,世俗就化为了零;人一闭嘴,恶行就变本加厉泛滥。所以人不能停止"说"的高贵举动,一停止,天堂就消失了,人就要迷失在肉体的黑暗迷宫里,而不是相反,将力与美赋予肉体。

▶ 可是在这里我们并不忏悔,只是微笑;不是因为罪恶,罪恶已不再在心中出现,而是因为安排和预见一切的神而微笑。[6]

以上为什么又这样说呢?难道精灵们长篇大论地叙说人间的苦难不是"忏悔"吗?仔细地体会那种特殊的意境,就会恍然大悟。那正是创造的境界、艺术的境界。它包含了忏悔又高于被动的忏悔,表面是简单的述说,实际是高级阶段的矛盾再现。所以精灵们在"说"的瞬间是欢乐的、振奋的,艺术家在创造中也是欢乐的。在天堂里,人已经无须再用世俗的方式忏悔了,同样的词语经过洗礼已经获得了新的用途。当然我们仍可以将这种高级的创造称之为忏悔,但这种忏悔已不针对具体的罪了。艺术家创作的时候，就进入了这个天堂，他在书写人间的罪恶，但他脸上却挂着微笑，那是近似上帝的微笑。针对具体事件的忏悔终于转化成了艺术中的大悲悯。

第十、十一、十二歌从精神起源的揭示入手，描绘了那种哲人境界的抽象之美。那是一种必须全神贯注才会感到的精致结构，一种巧夺天工的杰作。这个王国的特点是自满自足，它的完美是先验的。高高在上的精神王国来自大地，世俗中那些崇高的精灵构成了它的实体。精灵们的实践体现为战胜物欲以达到永生。

▶ 那不可名状的最初的"权力"，怀着他和圣子永远挥发出来的"仁爱"，一面凝望着他的"儿子"，一面把心灵或空间中行动的万物造得秩序井然，看到这种秩序，无论是谁，都不会不对上帝赞美。[7]

然而这个美的心灵境界不是随意可以看到的，人必须"集中精力，全神贯注"，它才会在瞬间显现。想要达到这个王国，主体就必须执着于理性（太阳），向最高认识冲刺。只有在太阳的强光中，一切人间的色彩才会转化为那种终极的圣光，那是超越一切的抽象力使然。而这个太阳，又是属于爱（天使）的。所以理性起源于爱，又在爱当中实现自身。

▶ 真正的仁爱最初都由天恩燃点，然后在爱的时候逐渐发扬光大。[8]

爱是牺牲，是肉欲的升华。所以大地上的圣人为追求终极真理，献出了自己的毕生精力甚至生命。所谓天堂，就是这些伟大精灵的集结之地。他们的光辉不因时间而暗淡，世间的人升华到那里之后，每与他们交流一次，他们的永恒之光又重新焕发一次。"爱来自天恩"这句话也可以说成爱是人类的最高本质。天庭中的那些精灵，全都是通过自审、自强，最后实现自我的个体，过程是千辛万苦的，途中只有一种信念，就是对人性、对精神的信念。这种博爱终于将痛苦转化成了欢乐的灵界美景：

▶ 我就像那样看到那荣光辉发的天轮，旋转运行，声音与声音互相应和，那音调的融洽和甘美非人间所有，只应在欢乐成为永恒的天上听到。[9]

接下去就谈到了"爱"的化身，人类的骄傲——圣芳济和圣多密尼克。他们分别是两个教派的缔造者。他们在世俗中的爱表现为将一切私有物送给穷人，自身变为赤贫。

▶ 我现在就明白地告诉你，这一对情人就是圣芳济和"贫穷"。他们的融洽无间和喜悦的模样，使他们的仁爱，神奇和温柔的容颜，成为圣洁思想的不竭的源泉……[10]

从物欲中摆脱出来，人获得了精神上的富足。只有爱（贫穷）是圣芳济和圣多密尼克不变的情人，正如只有写作是作者不变的情人一样。出生在理性的"东方"的圣芳济，用一生的实践实现了青年时代的理想，直到最后的时刻还"不愿为自己的肉体找另外的棺椁"[11]，以彻底摒弃物欲的姿态面晤上帝。虽然这样的圣人在世上不多见，"只要不多的布就可以做成他们的僧衣"⁽¹²⁾,但他的精神成了在地狱里摸索前行的艺术家心中的明灯。虽然圣芳济的教派衰落了,虽然人心总是倾向于腐败,但上帝的惩罚总会到来,善的火种也不会熄灭。写作的意义(或"我"的叩问的意义)就在于重新点燃这些火种,让人类的精神财富一代一代往下传递。人当然很难做圣人,人却可以在写作的瞬间成为圣人,窥见那群星灿烂的纯美的极境。诗人在此歌颂的,正是那创造的境界。人必须用理性来镇压体内的欲望,使其在反叛中净化,成为人升华的原动力。世俗中的"我"是那样的涣散、贪欲、自私,但只要"我"坚持同天堂的精灵会面,腐败的肉体仍能得救。所以写作(或阅读,或其他方式的反省)永远是人战胜体内兽性,迈向文明的方法。

这几歌里叙说的都是认识的历程。表面看,似乎人性并不能前进,似乎只能在原地绕圈子,认识不断深化,"恶"也不断发展自身,无论到哪个阶段也只能打个平手。然而这就是人类的真实困境,诗人内心深处对这困境一直有种根本上的体认,他也从来没有用什么乌托邦来代替现实。相反,他正视人性与生俱来的困境,自觉地站在正义和善的立场上,批判人自身的腐败。他的认识论既不是盲目乐观的,也不是悲观的,他只是用写作(自我牺牲)来为人的欲望导航。这种写作的深邃内涵就在此。在"东方"出生的诗人,自始至终带着他的清晰的理性,将人性解剖的工作做到了最后,那种创造的冲刺也越来越带有自觉的成分(上帝的印记)。在天堂,清晰与混沌之间那种密度很高的转变如同闪电般迅速,每一轮更高的理性认识都在肉体上打下烙印,就如同有神力存在!也就是说,认识论的前进伴随着对于更为阴险的"恶"的征服。

终极之美是由死亡意识构成的。所以"迈诺斯的女儿在感到死的寒栗时就变成那样的星宿"⁽¹³⁾。群星灿烂的天庭由于下界无数次的死亡冲刺不断获得光芒,越来越美。诗人在第十三歌里再一次论及了认识论中的完美与不完美之间的关系。既然人性决定了人只能在不完美中去体验完美,既然肉体与精神只能永久分离,既然必死与不死同属于人,那么人就应该具有一种近似于神的帝王态度来对待认识的对象,这种态度的最大特征就是明智的审慎。这种审慎将追求真理看作一个无止境的过程,即:既有信念,又不把观念当作教条。诗人的结论是从自身那漫长而恐怖的死亡体验中得出的。尽管明白任何人都不能成为神,冲刺后的沮丧却没有压倒诗人,因为对完美的体验让他看到了精神的结构,并造就了他王帝般的气魄胸怀。

▶ 就像这样,泥土最初造得那么高贵,充分具备动物的完善;就像这样,圣母怀了身孕因此我承认你所持的那个见解:人类,不论以前还是以后,都不会有和那两个人一样的性格。[14]

"那两个人"指的是亚当和基督。正因为极境永远达不到,冲刺的个人才能体会到那种纯美(即"死的寒栗")。每冲刺一次,人就向自身证实了一次:她是存在的!向"我"揭示这个奥秘的伟大的诗人,他的娓娓道来的谈话伴着仙乐进行,他终于使我明白了:真理不在任何人手中,人能做的仅仅是不断用猛火来精炼自己的灵魂,在精炼中使自己的举止逐渐具有王帝的高贵,并用王帝的姿态去体验真理,倾听命运(人性发展规律)的鼓点。

注:

(1)《神曲》朱维基译,上海译文出版社 1995 年版,第 541—542 页。
(2)同上,第 543 页。
(3)同上,第 545 页。

（4）同上，第 546 页。
（5）同上，第 549 页。
（6）同上，第 557 页。
（7）同上，第 560 页。
（8）同上，第 564 页。
（9）同上，第 568 页。
（10）同上，第 573 页。
（11）同上，第 575 页。
（12）同上，第 576 页。
（13）同上，第 586 页。
（14）同上，第 590 页。

灵肉之爱
——读《神曲·天堂篇》

灵肉之间的不共戴天已经在诗人笔下充分地被描述过了。在第十四歌的纯精神火星天十字银河里,这个矛盾又一次被诗人论述。"我"在倾听了托马斯用外部事件做比喻来说明心灵史,又倾听了俾德丽采从心灵内部结构出发阐述人类之爱以后,仍然对精神是否能永恒以及灵肉的转化存有疑问。俾德丽采这样说出"我"的疑问:

▶ 请你告诉他,像千紫万红的花朵纷纷披覆在你们灵体上的光芒,是否像现在一样永远依附于你们,如果这光芒永远驻留,请你也告诉他等到你们再变得有形的时候,你们的眼光如何能逼视而不受损伤。(1)

这两个问题谈到的都是灵肉关系。人必须杀死自己的欲望,使欲望在一次次死亡中转向、复活,这是作为一个人的不幸与幸福所在。最高理念本身不受限制却限制着万物,然而人的本性是无条件地倾向于这个理念,所以人毫不犹豫地将她看成了无比甜蜜的"锁链"。答复是:理性之光是永恒的,它作用于生命时,生命力也在反弹中随之变得强大,成为精神的完美载体。从灵肉分家到灵肉合一,从肉体变精神又到精神变肉体,这壮观的宇宙画面充分演示着灵肉之间的渴慕与爱。而写作这个行为本身就是追求幸福——既从世俗中升华,又以这种博爱的方式同世俗沟通,像歌中所说:

> 他们诚然显出对他们尸身的渴慕；依我想来，他们渴慕，不但为了自己，而且为了他们的父母，以及他们成为天上的灵焰以前所心爱的人。⁽²⁾

精神之爱的产生与接纳发生在同一瞬间，肉体发动的奇迹可以超越时间。"我"在火星天里目睹了音乐与十字架共同构成的艺术之美，终极之美。赞歌响起："你且起来，去征服吧。"这是死亡过后的生命之歌，激励人用十字架去征服自己身上的兽性。在这个瞬间，理念对象化的象征俾德丽采，让"我"从她眼中看见了自己的艺术自我，于是肉体与灵魂双方都变得无比强大，不可能的爱恋在歌声中实现了。只有那不懈的创造者才能蒙恩游历地狱与天堂。此时，灵魂的几个部分之间的对话（"我"、俾德丽采、精灵们）引向对天堂性质的进一步叩问，心灵史被进一步揭示。

第十五、十六歌是由精灵们来继续讲述天堂的性质——精神的本质。不懈的寻根使人从更高层次体验到精神的底蕴以及它同肉体之间转化、制约的关系。通过这些伟大精灵们的讲述，我们看到了精神史的长河——从纯朴美好的早期，到分裂的、罪恶的中期，再到大彻大悟的最后反省。这是每一个个体都要经历的。当人带着无比的虔诚进入这种探讨之中时，他会深深地感到，发展是不可避免的，人类总要长大，对人性既不必悲观也无道理乐观，诗人所抱的是一种睿智的态度：在对"恶"的体认中执着于爱的喜悦，以无限强大的承受力将悲喜交加的好戏演到底。

精神是一个无限的宝库，人所拥有的远远超出他所意识到的。人的渴念导致叩问，通过叩问实现的这种追求带来满足，这满足其实质是更大的渴念，精神就这样永无止境地螺旋上升。什么是叩问呢，叩问就是将自己一分为二,让两个部分相互提问,因为"你"就是"我"。

> 于是我掉回眼光看我的夫人,两边的景象都叫我感到惊异;因她的眼睛内射出微笑的光芒,我认为我的眼睛已窥到了我的天恩和我的天堂的底蕴。[3]

而其实,叩问与感悟是在同一个瞬间发生的,它们共同构成了创造的瞬间,将人引向更深层次的叩问。又由于人性的二重性,人对绝对真理永远只能相对把握,人心便永远挣扎在"不平衡"之中。就是这种不平衡的压力,成了人不断深入寻根的动力。在这个矛盾中,理性永远是照亮黑暗的光,是观照和引导者,原欲则是策划阴谋起义,在反叛中催生新人的基层力量。所以精灵们即使已升到了最高的位置,当他们向"我"揭示矛盾时,所述说的仍然是人间那些罪恶的起源。他们一次次返回心中至爱的肉体,为的是在当前的位置上发出更炫目的光辉。悲痛的述说杀死了内心的欲望,这顽强的欲望立刻又在天堂里复活。这些伟大的"超人"着了魔似的一遍遍讲述人性迷失的经过,还有俾德丽采那高深莫测的自嘲,这一切构成强烈的暗示氛围,促使着"我"启蒙,进入那古老、深邃而又混沌的内核。答案就在"我"寻求的姿态里面,那摒弃了一切轻狂、浮躁、自暴自弃、骄傲自大的,坚韧而顽强地向内深入的姿态,在决绝的批判中隐含了大悲悯,在残酷的揭示中隐含了无边的眷恋。

第十七歌中诗人直接以自己的身世为例,袒露灵魂内在的机制。所谓文学中的辩白,其实同宗教中的忏悔是很不相同的。辩白是否定中的肯定,谴责恶行又体认恶行,自己同自己对话,展示矛盾,展示向善的努力。所以俾德丽采启发"我"道:

▶ 不要压住你的欲望的火焰，让它带着准确的
内心的烙印射发出来吧；并不是我们的知识
可以因你的谈话而增长起来，而是你可以学
会说出你的渴望，人家好替你准备答案。⁽⁴⁾

  叩问不是为了获得知识，只是为了释放原欲。内在矛盾斗争不止，精神就不死。"我"之所以要叩问，也不是为了找出一条现成的路或避免灾难，这些都是不可能的，因为必然性如观照随波逐流的小舟的眼睛，眼睛是无法控制小舟的去向。叩问的姿态使"我"同信念靠拢，"我"在"我"的灾难中感受上帝的意志。当"我"感到"我"的悲惨的命运"纤毫毕露地描绘在永恒的上帝的面容上"时，无名的幸福就会降临。一切屈辱、痛苦的惩罚，都会在写作的行为中得到复仇。这是一种预定，也是一种追求。诗人活在预见力之中，也就保持着内心的希望，这希望使他超越邪恶，获得永生。
  诗人展示了罪，成为知罪的先知，所以他在世人眼里是不受欢迎的人。但诗人并不想做超人，他仍要坚守在大地，用刺耳的声音将灵魂受难的故事讲述到底，促使世人觉醒。

▶ 假使我成为真理的瞻前顾后的友人，我担心
我的生命，我的名字，将不会垂之于那要把
我们称为古人的后世。⁽⁵⁾

  诗人因为他的这种虔诚又决绝的姿态获得了灵界的嘉奖，他蒙恩见到了那么多伟大的精灵，并且得以从一个星球到另一个星球邀游。从这一章可以看出，命运实际上是掌握在自由人手中的。凡是"我"遭遇的，都是"我"想要的，并且"我"最终得到了"我"想要的——

不多也不少。凡是不甘心随波逐流，不闭上那双观照的眼睛的人，他的生活中就会发生奇迹。

第十八歌中集中讨论了两个问题：创造中的自我问题和造型的问题。先来看主体是如何样同自我遭遇的。

> 当时我在那双圣洁的双眼里看到什么爱，我
> 不想在这里描写；不全然因为我不信任我的
> 言语能力，而是因为我的记忆若没人提醒，
> 就无法重新想起当时的情景。(6)

这里的"看"，不是简单的模仿，而是一次性的、不能重复的创造。重现"看"的情景，就是借助媒介（某人的提醒）再一次进行创造。被看的对象是什么？它就是人的艺术自我——那个平时看不见，只会在创造时现身的形象。所以创造就是同自我遭遇。但自我不会凭空出现，"我"也不会直接看见它，它必须附着在有形之物上头。在此处，"我"就是从俾德丽采脸上的光辉里，尤其是从她的眼里看到"我"的自我的。同样，"我"也被卜嘉归达颜容的光辉所引导，进入自我发挥的激情之中。在创造的过程中，自我不断对象化，它附着在什么形体上，那个形体就强烈地发光、旋转，令整个天庭的景色美不胜收。每当"我"要继续深入探讨，"我"就转身看俾德丽采（已熟悉了的自我的基本模式），以她的姿势、光辉和语言作为指导，并在"看"的过程中，使自己的力量越来越大，自己的容颜越来越美。

> 我看到那一点一点射出来的火光，在我眼前
> 形成了一只鹰的头和颈。在那里描绘图形的
> 他没有人指导，而是自己指导自己，从他那

里生出那使鸟儿筑巢的本能……(7)

艺术的造型的确是一件非常神秘的事,那种能力像是古老的遗传,又像本能的发动。那是激情同抽象力的完美结合,近似于神的赋予。在艺术家建造的这个鹰的王国里,人的欲望同人的精神得到了最为壮美的展示。诗人把这个王国称为正义的王国。正义的王国同时也是愤怒的王国,同世俗的污浊势不两立的王国,它在愤怒的谴责中保持自身的活力。

作为空中楼阁出现的艺术,永远只能在人的黑暗的本能里头诞生,而艺术的形式,正是人的本性的描绘。

第十九歌中的鹰是人的崇高理性的化身,这只鹰也是最严厉的审判者。鹰的王国就是精神王国,鹰发出的声音是上帝的声音也是自我的声音。构成鹰的图形的天体强烈地发光,并合在一起发出一个声音——正义之声。鹰在此叙说的是信仰、行善和审判的关系问题。

在人性中,善和罪恶都有先验性,这种不变的格局注定了人生是奋斗的过程。善是通过虔诚的信仰与不懈的努力达到的,不是简单的"回归自然"。在向善的努力中,永远伴随了严厉的鹰的审判,人虽看不到永恒正义的"底",却有力量在赎罪的努力中分辨出正义之光的光源,这光源就是我们的追求动力的起源。实际上,当"我"看清天庭里的鹰的图形之际,人性的结构已在"我"的心中。在"我"面前燃烧的美丽图形正是为"我"的自我意识而出现。人必须知罪才有可能行善,所以认识的第一步便是自我审判。在欲望的迷宫里,只有用理性之光来照亮那黑暗,人才不会停留在野兽的阶段。

▶ 我过去做得公正,也尽了我的本分,所以我
　如今达到这个不容欲望超过的光荣;我在人

间留下了身后的名声，连邪恶的人们也在那里赞美，虽然他们并不继续我的事业。⁽⁸⁾

以上鹰所说的话揭示出人的向善的本性是存在于每一个人身上的，人性越发展，这种本性也随之强大。鹰的工作是一种对人性的监护工作，它既阻止人堕落与退化，又随时提升人的精神。而它的方法，则是猛批人性中的丑恶，使人在痛感劫数难逃的同时运用内力发光。

在第二十歌里，作者通过鹰的口谈到了爱、信仰、追求、形式感、体悟精神本质的过程性、理性与非理性、希望与正义等等根本问题，以及它们之间的关系。

▶ 当象征世界及其领袖的旗帜，紧闭有福的鹰喙，保持沉默时，我心中想到了天空的这种变动；因为所有那些活跃的光明，远比先前辉煌，并开始歌唱，我的记忆却留不住这些歌声。⁽⁹⁾

非理性的歌唱开始于理性沉默之时，然而在理性的反光中，非理性的歌声的旋律演示着理性，那旋律时隐时现，歌声因而美妙无比。这样的歌声，正是真正的天堂之音。又由于人与上帝，世俗与精神的这种关系，人的创造是有遗憾的，遗憾就是瞬间的灵感怎么努力也留不住，留下的只是模拟之物。而语言，永远落后于幻象。然而正是这种遗憾又是人的永恒的幸福的源头。人要用毕生的精力来唱出天堂之音，其实，天堂就是在人的努力中显现的。无数精灵的爱与恨、悲与喜，均在这鹰的"中空"的颈项形成美妙音乐。

▶ 因为构成我的图形的无数火光，若以他们的等级排列，都不如我头部的眼睛闪出的光芒重要。(10)

在创造中，直觉是第一重要的。当人凝视鹰眼时，会发现理性的这个核心就是直觉。看见一切的鹰眼，是理念之光的容器，也是上帝的代言人居住的处所。诗人在此处对于鹰的头部的描绘如魔方一样变幻着理性与感性的神奇的画面。人具有了这种把握之后，结构与形式感就会随之产生：

▶ 每个事物都因思慕上帝而成形。(11)

在思慕上帝（或理想境界）中，人就会自然而然达到正义（即获得理性）；理性同直觉和欲望结合，人就变为发光的星体。反之，肉体永远是黑暗的，难以成形的低级之物。当然光有领悟力还不能最后成功地达到这种结合，人还必须通过提问来进行自我分身术的表演——也就是艺术创造来"征服"上帝的神圣意志，达到完美的人性。艺术表演就是表演爱，人因爱而产生希望，而坚持正义的克制，因希望与正义而得救。出于本能的这种追求又正好符合了基督教的精神。所以即使人的信仰并非宗教，只要他坚持将自身艺术化，上帝也会"恩上加恩地启开他的眼，使他预见到我们未来的得救"(12)。艺术的洗礼是不拘仪式的洗礼，在洗礼存在以前的一千年，异教徒利弗司就由仙女替他施行了洗礼。作者是通过自己的创造窥见这里头的深奥的。创造又使他得以到达命运的源头，这时他才深深地体验到了由追求本身构成的生存模式带给人的幸福：

▶ 这个缺陷(13)对于我们是甘美的，因为我们

的善在这善里受到提炼,上帝的意志也就成为我们的意志。⁽¹⁴⁾

认识论的奥秘就这样被层层揭开,其动力是肉对灵、灵对肉的那种千年不变的,在无限止的纠缠、恩怨中实现的伟大爱情。

境界越高就越炫目,身处其中也越危险。人直接面晤上帝的时刻也是毁灭的时刻。在第二十一歌中,俾德丽采对"我"说:

▶ 若是我向你微笑,你就会像塞美利一样,立刻变成灰烬;因为,如你所看到的那样,我在那永恒的宫殿的阶梯上登得愈高,我的美色就燃烧得愈旺,若是不加节制,会射发出强烈无比的红光,你人间的力量在它闪光之下,会像被雷殛的树叶。⁽¹⁵⁾

这段话说的是,人只能有距离地感受天堂之光,不能直接遭遇。这也是人性中自我保护的能力所在。所谓极境,不过是人的体力的极限。体验达到极致的人就会自动地晕过去,所以天堂之光是活人对于死亡的想象,不是真正的死。在如此炫目的土星天里,诗人已经靠近源头了,然而仍不能抛弃尘缘,因为彻底抛弃尘缘就会变成"灰烬"。这也是俾德丽采所告诫的。于是探索仍要进行下去,灵与肉的爱情仍要在至深的冲突中发展,极限中的自由爱情以无比的欢乐和灼热展示自身,"我"被巨大的仁爱所包围。爱,进一步激起了"我"的渴望,"我"企图看透"永恒律法"的渊底,也就是企图用有限的目光来看清无限的精神宇宙,找出可以掌握的规律。但是那位伟大的精灵告诉"我",这是不可能的,人的认识只能是相对的,规律不能一劳永逸地掌握,只能在探索中熟悉。

▶ 在这里发光的心灵,在人世间,还处于迷雾之中,有些事物在天上也无法看到,人间又怎能窥见?(16)

　　于是"我"的渴望重新回到自我的探索。这时那伟大的、光焰四射的精灵就向"我"再一次展现人性中的矛盾——光的源泉。他谈到了罪恶的尘世生活,谈到了包括自己在内的世人的龌龊的行径。他的沉痛忏悔引起了周围精灵的深沉的呼应,因为每个精灵都在人世间有本血泪史。此处的两极对立是那样的势不两立,爱与复仇并存,即使"我"不能完全领悟精灵的内心(即"我"的自我),"我"也被他们的激情所深深地吸引,因为他们的内心正是"我"迄今为止的跋涉所要到达之地。

注:

(1)《神曲》朱维基译,上海译文出版社 1995 年版,第 594—595 页。
(2) 同上,第 597 页。
(3) 同上,第 602 页。
(4) 同上,第 618 页。
(5) 同上,第 624 页。
(6) 同上,第 626 页。
(7) 同上,第 631 页。
(8) 同上,第 634—635 页。
(9) 同上,第 642 页。
(10) 同上,第 644 页。
(11) 同上,第 645 页。
(12) 同上,第 648 页。
(13) 即认识的有限性。——残雪注
(14)《神曲》朱维基译,上海译文出版社 1995 年版,第 648 页。
(15) 同上,第 650 页。
(16) 同上,第 654 页。

天堂里的测试

——读《神曲·天堂篇》

史诗在第二十二歌里描述了双子星座内的情景。

灵界的矛盾是恐怖的,当天堂的杀机显现,"我"被吓坏之时,俾德丽采向"我"揭示了天堂机制的底蕴:此处是"我"的诞生地又是归宿,复仇的意志体现为不可逆转的必然性。但这一切都不是导向颓废和真的死亡,而是灵魂升华到最高阶段的风景。她一边说一边示意"我"凝视天堂的美景,于是"我"目睹了灵魂们燃烧的壮观。

双子星座是天才意识的象征,被上帝所指派的艺术家先知应该能承受任何打击。俾德丽采这样说:

▶ 从这里天上向下砍去的宝剑,砍得既不太迟
也不太早,迟和早只是在渴慕和恐惧中等着
的人的感觉。[1]

这意味着,如果"我"要成为发光的精灵中的一个,就得将自身终日置于屠刀的恐惧之中,绝不放松。天堂是最美的,天堂又是最残酷的,所谓天才意识就是意识到必须时时面对处决,在恐惧的压榨中爆发出光芒。俾德丽采用冷峻的话语这样教导"我"领悟必然性,因为她深深懂得,这是"我"今后每天的必修课。只要进入了天堂,人就永远同软弱和踌躇告别了,人无处可躲、可退,一切都要独自承担。

这时"我"遇到了一位崇高的幽灵,他又一次从不同的角度再次向"我"描绘天堂机制。他告诉"我",人永远无法直接目睹神圣的真理,追求过程的每一步都是无比艰难的,难以确定的。那就像那架

天梯,它直达并不存在于空间中的最后一重天,人在攀登之时无法看到尽头。也就是说,梯子的顶端隐没在人不能理解的境界里。那么处在这云梯上的人可以干什么呢?精灵这时便向"我"演示了他生存的方式——狠狠地谴责世俗,让激情展现自明的真理。

"我"在倾听精灵的话时,俾德丽采就将"我"推上了云梯,于是"我"进入了双子星座。在这个既是回归又是开拓的上升中,"我"的视野变得无比开阔:

▶ 我就回过头来,让我的眼光经过那七座天体,看到了我们这人寰的可怜模样,我笑了;认为人寰最微不足道的那个人,我认为是最大的贤哲;凡是把思想转向别处去的人,才算真正地刚直。(2)

这里的"别处",也就是鲁迅先生在《铸剑》中所写到的那个"异处",它曾被故事中的黑色人用听不懂的语言唱出来。"我"上升到双子星座之后,人间的一切苦难和诱惑才被"我"这个局外人所看透,所以"我笑了"。痛苦和委屈,恐怖和磨难,全都在这一刹那得到了报偿。"我"虽仍看不见极境,但"我"无比清晰地看见了自己在宇宙中所处的位置,看见了天体的伟大。这个返回本源的历程使得我作为"人"的一切表象均得到了合理的解释。

第二十三歌里歌咏的是创造的过程,那焦虑、痛苦、无奈、希望、狂喜、幸福……的过程。认识的有限性和无限性之间对峙的张力在此达到了极限。

"我"经历了长久的焦灼的等待之后,于瞬间获得了神奇的力量,这个力量就是爱的力量。灵感爆发了。俾德丽采这样对"我"说:

> 那使你怔住的，是没有东西能向之抵抗的力量。那里面，隐藏着开辟人间和天堂之间的道路的智慧和能力，人类久久渴望的就是这道路。⁽³⁾

  这时"我"的心灵从体内冲出，"我"似乎真的看见了俾德丽采那光芒四射的笑容……然而"我"写下的，远不是"我"的心灵所吸收的，因为有些东西是凡人无法进入的，间接的感悟是唯一的接近。爱的力量使"我"一次次地爆发，这是上帝给"我"的恩惠。在爆发中，"我"感到：

> 那在天上胜过一切，就像以前在人间胜过一切的光辉的星辰，把她的本质和伟大映入了我的眼帘。⁽⁴⁾

  即便人无法看见神，也无法看见自己诞生的那个细胞，可是同创造的激情与喜悦比起来，人已获得了太多的恩宠。爱的力量转化成了天上的仙乐，从精神的子宫里诞生的仙乐奏响了歌颂马利亚的曲调，千万个火焰向上飞升。"我"虽无法追随这些火焰，达不到极境，但"我"确实整个身心都体验到了马利亚带来的欢乐，这欢乐从此永驻"我"心，再次成为今后创造的动力。而那些火焰的实体，无不是世俗苦难的情感体验，如今它们已成了人类最宝贵的精神财富。说到底，一切创造都由那亘古不变的爱所引发，所以每个精灵都在仙乐终了时由衷地唱出："马利亚！"

  光本身不能表达出来，艺术家却可以记下无限的感恩，记下灿烂的光辉给他带来的极致的感受，写下《神曲》这类伟大的诗篇。为了这，仅仅为了这，他愿意一次次经历地狱的恐怖和炼狱的剧痛。"我"

不能承受俾德丽采灿烂无比的笑容,可是"我"已在创造的瞬间不知不觉地见过了那笑容,虽然无法记下来,却有可能在今后的创造中重温那笑容。只要"我"还在"爱","我"就会获得力量重返天堂,再次倾听那碧玉竖琴奏出的仙乐。

第二十四、二十五、二十六歌都是诗人对灵魂的拷问。

首先是伟大的圣彼得考试但丁关于信心的问题。俾德丽采对天上的圣徒们说道:

> 假使这个人凭上帝的宏恩,在死亡结束他在人世的寿命以前,预尝到从你们桌上落下的食物,请照顾他的不可度量的渴慕,稍微滋润他一下;他一心一意想望的东西流自你们所汲饮的泉源。(5)

诗人蒙天恩,正是因为他有"不可度量"的精神渴慕。因这渴慕,他来到天堂,看见了人间看不见的东西。他不但要看,还要探讨,弄清其根源。而信心、信念,正是精神生存的基石。圣彼得的提问是对"我"的信心的最好考验。"我"是那样的乐于回答,因为"我"急于要说出"我"体内强烈感到的冲动,于不知不觉中,我的"说"本身成了对于信念的最好证实。如果人类的心灵都对某种东西有着共同的感应,如果那种东西给人的精神生活带来巨大的欢乐,促使人的精神世界不断发展,那么那种东西就被证实了。信心是人的精神的属性,它由生命的搏动所决定,由人间的信念奇迹所证实;它又是自满自足的,它在实现自己的过程中证实自己。圣彼得的拷问就是促使"我"实现信念,对于拷问的回答和拷问一起构成创造活动,精神不死,拷问不止。所以"证实"是一个无穷无尽的过程，对于诗人写作者来说也许是每天要做的操练。

"我"是如何样操练的呢？请看描述：

> ▶ 那倾注在《旧约》和《新约》上面的圣灵的
> 充沛丰盈的甘霖，就是那推论式，是它使我
> 达到这个明确的结论，与此相比……(6)

人的自我只能通过学习来认识。《旧约》和《新约》引导着"我"认识自身的渴望，进入自身的潜意识，于是"我"发现了周围的奇迹，和自身的奇迹般的变化，"我"还发现：只要虔诚信仰，奇迹就永在。奇迹是来自那神圣的意志，因此做一个艺术家的基本素质就是相信奇迹，相信自我与精神的存在。

由以上得出的结论是：对精神来说，结果不重要，过程是一切。对于信念的唯一证明只能是行动（写作或阅读或其他）。于是也可以说信念就是渴求，渴求越强烈，信念则越坚定，如以下描绘的：

> ▶ 那圣洁的福音书里的许多章节，把我所说的
> 那奥秘而神圣的性质，不止一次地印上我的
> 心灵。这就是那根源；这就是成为燎原之势
> 的那颗星星之火，像一颗天上的星一般在我心
> 中发光。(7)

第二十五歌里关于希望的测试其实也是关于"我"对灵肉统一渴望程度的测试。"我"来到天堂之后，在俾德丽采和精灵们的启蒙下一步步弄清了灵魂的机制和结构。"我"在此处看到的东西，无不加强着"我"的信心与渴望。既然灵肉只能在天地之间分离，既然分离使得灵肉之间的渴慕日甚一日，希望便成了追求之中的永恒之物。地

上的人们盼望拯救与公义，天上的精灵因思慕肉体而发光，这奇异的风景中希望的颂歌响彻天庭。

▶ 希望就是对于未来光荣的某种期待，也就是神圣的恩典和以往的功绩之产物。[8]

在渴慕中感恩，又在渴望中建立功绩，而未来在前方招展，这就是希望的蓝图。这个蓝图，是产生在对自身分裂的现状的体认之后。

▶ 我们的皇帝出于他的恩典，既已命定你在死亡以前可以同他的伯爵们在他最深的厅堂里相见；那么你看见了这个朝廷的真相，可以以此使你自己和他人，加强那在人间为善人所喜爱的希望……[9]

朝廷的真相就是人性的结构，灵肉的依存方式。精灵在此告诉"我"，希望是人性的构成，越追求，希望越大，对于两件衣袍（即灵肉统一）的体验越真切。所以俾德丽采说，没有比"我"希望更大的人了。因为这，上帝才恩准"我"在死前游历天堂。

人一旦认识上帝（或自我），希望与被希望的关系就构成了。颂歌中的"他们要依靠你"也可以理解成肉体要依靠精神。至此，"我"完全明白了。

▶ 我的肉体是在尘土里的尘土，它同其余的肉体将留在那里，直到我们的数目符合于永恒的天意。[10]

希望就是这样成为永恒的。折磨人的人性中同时也包含了巨大的幸福。火光中的精灵说出了底蕴之后,全体就沉默下来,一同体会这美好的永恒。而这时的"我",心中比任何时候都希望高涨,也比任何时候都具有更强烈的自我意识。

经历了地狱、炼狱而到达天堂的"我",在圣雅各的测试中显出了胸有成竹的新个性。有以往漫长的追求经历垫底,"我"在完善自我的旅途上的脚步越来越有力了。探讨中关于希望的产生、构成、内涵,以及永恒的性质这些问题的答案不是在思辨中,而是在"我"对于自我的塑造的努力之中。

第二十六歌讨论了关于爱的产生,爱与信念,爱与认识的关系等人性结构的问题,还探讨了爱与写作的关系。

精灵圣约翰的光焰令"我"目眩,"我"暂时失去了视力。对话就在这种纯粹的创造氛围里进行。这里的氛围同人在写作瞬间的氛围是完全一致的:写作者处在盲目中,却有声音在上方响起。圣约翰首先问"我",是什么将"我"导向对永恒的爱的追求的。"我"回答他说,是通过对前辈的学说的领悟,是由于自己的心灵感应到了那些学说中的大善。然后,善燃起了炽热持久的爱。"我"并因此懂得,人的心灵具有"向善"的本质、理性的本质,而爱,就是来自这个人性之根。"善"是包罗一切、照亮一切事物的,善的最高体现是上帝,上帝成为爱的第一个对象,只有上帝将欲望与理性统一起来。因为信仰了上帝这个最高的至善,"我"身上的全部的爱都焕发起来了,这种爱又支撑了"我"的信念,使得救成为可能。一切的爱,归根结底,就是对生命的热爱:

▶那永恒的"园丁"的花园里的绿叶,我全都爱
 好,而爱的多寡决定于这些树叶从上帝受到多

少善。⁽¹¹⁾

之后"我"又见到了上帝"所创造的第一个灵魂"——亚当。因为人类精神从诞生的那一天起就处在同肉体的抗衡之中,既强大,又成熟,所以亚当被称为"唯一生下来就成熟的果子"。亚当告诉"我",他的历史是漫长的,他的罪不是因为吃了禁果,而是因为违反了上帝的命令。此处论及的是人性的结构的问题了。既然人无法摆脱自己的肉体,吃禁果就是不可避免的(人总有一天要开始对自身欲望的认识)。于是人的生存模式就是这样构成了:以不服从来达到终极的服从;上帝判定人永远受苦,因为受苦(自我批判)最符合人的本性。通过无穷无尽的受苦,人在通往永恒之爱的旅途中不断体会上帝的意志,人性也得以不断完善。

亚当接着又谈到语言这个精神表达方式的形成,其内部所包含的矛盾,及矛盾的发展。

▶ 我所说的语言,在宁禄的民族还没有开始那个绝不能完成的工程以前,就早已湮没无闻了;因为理性的产物还从来不能使自己永远保存,这是由于人类的喜爱随星辰的影响而变动。⁽¹²⁾

纯粹的表达早就成为不可能,但人性使得人必须"说",于是就有了不同的精神版本,这些版本全是出自自由意志的选择,其形式的转换千变万化,表现的东西是一个。由亚当的论述可以懂得,写作(创造)是因为爱,"说"的方式就是人的灵魂存在的模式,只有不停地"说",人才会不断向纯粹靠拢。

注：

（1）《神曲》朱维基译，上海译文出版社1995年版，第658页。
（2）同上，第663页。
（3）同上，第667页。
（4）同上，第669页。
（5）同上，第672页。
（6）同上，第676页。
（7）同上，第678页。
（8）同上，第683页。
（9）同上，第682页。
（10）同上，第686页。
（11）同上，第691页。
（12）同上，第694页。

人性之根
——读《神曲·天堂篇》

人性之根究竟是什么样的呢？第二十七歌中对星球水晶天的描绘就是对人性之根的描绘。伟大的精灵痛斥了罪恶之后，授予"我"使命，让"我"重回人间时为理想而战。"我"的境界再次提高，俾德丽采将"我"送进了水晶天。

▶ 它那无比活跃、无比崇高的各个部分看来都很相似，我说不出俾德丽采选定哪个部分安置了我。……它的运行不为其他的运行标志出来；它却能测量一切其余的天体，好像十为它的一半或五分之一所显出。⁽¹⁾

这就是水晶天，它呈现出一致的纯净，因而能最为清晰地照出世俗的邪恶。它由致命的矛盾发展出来，它不是为纯净而纯净，它的晶莹是为了更好地观照生命的，从这个意义上说，这又是一种入世的纯净。所以说它"无比活跃"，"光和爱合成一环把它合抱"。心灵排除了一切杂质，冲动似乎来自虚无，却又不是真正的虚无；人找不到参照物，他能参照的只有"心"，而"心"，是一个不确定的矛盾。这就是抵达人性之根的情景，创造的画面。抵达的前提，是不停的批判，是冷静的层层披露。

只要听听圣彼得和俾德丽采在飞向水晶天时，以及在水晶天里面说些什么，就会知道水晶天的性质了。这是作为一名艺术家对于人性之根的体悟。这里头没有对于来世的渴望，也没有对于欲望的淡化和消除，有的只是顺应人性的追求，和对于美的坚定信念。被诗人看作"时间的根"的水晶天，是那么的激动人心，促使人奋发上进。处在这个境界里，心灵完全打开，人可以感觉到世俗与天堂的不相容虽已到了极致，却又分明是一个整体。痛不欲生的谴责里隐含着信心，绝对摒弃里隐含着体认，就是在这种"无比活跃"的操练中人听到了心的律动，这律动使得理性之光更为明亮，照亮一切。

第二十八歌中用灿烂的星体图案描绘出精神的轨迹。"我"与俾德丽采的对话讨论了感性与理性如何统一的问题。首先看天堂的景象：

▶ 就像这样，这一个圆点被一圈火光紧紧环绕，火光转动的速度甚至超过那环绕宇宙最迅捷的运行；这个圈环外面还有第二个圈环围绕，第二外面还有第三，第三外面还有第四，……跟那纯青的火花相距最近的一个，它所射出的火焰也最为明洁……

▶ 但是在那感官的宇宙里，我们可以看到，一切旋转若是离开中心愈远，就愈神圣。[2]

此处说到的是两种角度，或相对的两种观察事物的方式。从天堂的立场来说，越纯净抽象，就离绝对真理（圆点）越近；而对于世俗中人，越具体，色彩越丰富，越能吸收更多的真理。这两种不同的体悟，其对象是同一个真理，而"原型"和"复本"是对称的两个世界。

接着俾德丽采又向"我"解释了为什么人在离圆点中心越远的圈感到更多的神圣和爱。她说精神轨迹圈子的大小是由美德的力量来决定的，力越大，旋出的圈子也越大。因此世俗中的人才可以在离中心很远的地方体验到那种生动的、炽热的爱。核心的神圣通过巨大的张力传到人心,感觉和理念于一刹那间完全统一。精神的这种特性在精神世界里导致了美妙的和谐("大的和多的结合,小的和少的结合")。接着"我"又在这和谐中看到了层次和生殖的幻象,那真是十分壮丽的画面!

> 那些圈环闪闪地发出光芒,一如熔铁在滚沸的时候射出粒粒的火花。他们每燃旺一次就迸射一批火花;他们的数目真是成千上万……(3)

这个画面,也正是博尔赫斯说的那种无限时间的无限分岔。也可以说,每一次更深的感悟,都给人带来更大的幸福,这幸福的根源不是别的,就是渴望,人越"渴",越是有福("幸福的根源在于看的行为")。而渴望本身,是人的本性又是上帝的赐予。于是人在渴望中向善努力,遵循自由意志"一层一层深入"。

天使们向上观望时,他们全都归于上帝;而向下观望时,却具有巨大的征服力量,成为指导性的理念之光。"我"在到达天庭的深处之后,终于在俾德丽采的开导之下弄清了天堂机制(也是人性机制)中的一大奥秘。这个奥秘用大白话来说即是:纯净抽象的真理是在鲜活世俗的体验中感到的。

第二十九歌谈到天使的性质。天使同物质一同被创造,完美、坚定、视力高超、专一、没有记忆。他们可直接体悟上帝的意志,对于福音无比忠诚。这些个体各不相同,但均是上帝的构成部分。天使们分为两个部分,一部分下降到人间,以恶的形式搅动起生命的大潮,上演人间的悲剧;另一部分则留在天庭,用最美妙、最炫目的舞蹈将上帝的理念永恒地演绎。这两部分天使同样都是为上帝工作的，人性的矛盾使他们之间有了分工，而其实，他们骨子里是同样高贵。

那么为什么说天使们没有记忆呢？记忆是一种接受的、被动的能力，这种能力属于人间，是人的局限，又是上帝给人造成的障碍，以迫使人不断奋起，打破局限。天使是不受局限的，他们充满了创造力，一举一动均为即兴表演。

▶ 这些神灵因为最初从上帝的脸容上，得到了欢乐，从不使他们的眼光离开他，一切事物都在那里显出；因此他们的眼力从来不被一个新鲜事物间断，他们不必因思想被割裂而回忆什么事情。(4)

世俗中的人不相信天使的这种本质，是因为他们目光浑浊，像做梦一样活着，所以才会离真理越来越远。排除了回忆（对于事物的表层认识）的创造是一种奇迹，这种创造挖掘的是人的深层本质。只有进行这种创造，人才能实现上帝的意志。

▶ 基督并没有向他的第一批门徒说："去吧，向人世宣说琐屑的事"；却是把真正的基础给与他们；他们所宣说的是这一点，只有这一点……(5)

随后谈到的天使按性质不同被分为数不清的等级。所谓"千千万万"的天使指的是精神的版本。既然天使没有记忆，他们的凭空创造便会有无数个不同的形式，而且每一种形式都不会重复。这是上帝的安排，也是精神的永恒的活力所在。无数的镜子反映着同一个伟大的理念。

第三十歌所描绘的是创造中（或写作中）的情景。"我"已上升到了临近上帝的处所，俾德丽采的美"超出一切尺度"，"我"已经无法再描写她了。的确，艺术家塑造的自我是很难为他本人所完全欣赏到的，那是一个开放的、层次丰富的存在。所以"我"也不能将自己看到的美丽的颜容讲出来：

▶ 没有一个喜剧诗人或悲剧诗人，曾这样被他主题的冲击力压倒。因为就像颤抖得最厉害的眼睛凝视着太阳一样，回忆那美丽的微笑，会使记忆本身消失。[6]

通常所说的"回忆"，这种表面化的进入，在此已完全不起作用了。艺术家所到达之处已同记忆无关，他现在的探索已深入到了潜意识的黑暗里，他必须进行一种特殊的回忆，这种抛开了大脑运作的回忆是以"无中生有"的爆发创造开路的。在这个"纯粹的光明天"里，"我"沉浸在无边无际的喜悦之中，然而"我"是盲目的：

▶ 好像一支突如其来的闪电，把视觉的能力完全剥夺，使眼睛甚至无法看见最为清晰的物件；这样在我四周发出一片晶莹的光，把我紧紧裹在它白热的网里，因此我什么东西都无法看到。[7]

这是灵感高涨之际的情景。接着"我"体内生起一股从未有过的力量，"我"获得了超出一切的眼力，并且"我"的眼睛发出光辉，

"我"的光同那条奇妙的光河汇合了，美不胜收的光的图案在天庭展示。这时俾德丽采又告诉"我"说，"我"的燃烧是欲望的燃烧，她希望"我"的欲望越来越强烈。她又分析说，"我"看到的美景（或"我"写下的篇章）是精神实体的影子（或形式）；"我"之所以还不能完全领会"我"见到的事物，是因为眼力还不够。"我"听了她的分析后，就俯望那条光河。这时"我"的视力又起了变化，"我"的目光变成了辩证的目光，"我"进入了事物的本质，也就是精神的"实体"。这个实体的形式是一个巨大无比的圆形光环，它由最高天反射出来的光线构成，最高天本身又从光环中汲取生命和潜力。在光明之上，是那美丽的蔷薇，它由天堂的精灵构成，而每一个完美的精灵，从前均是下面世俗中残缺的人，均在污浊之中度过了一生。

蔷薇天的描述反映出诗人辩证的眼光和创作的自觉性，以及对于形式感的敏锐把握。这种对于自我的深入即使在今天看起来，也仍然是令人惊叹的。

第三十一歌中俾德丽采让圣伯纳特启发"我"，使"我"进一步感悟天堂。

▶ 这么一大群飞翔的天使，隔在那朵巨花和上帝之间，并不妨碍那视力，也不减少那光辉，因为那神圣的光明依照它应得的分量，大量地渗透了整个宇宙，任何东西都没有力量把它阻止。(8)

此时肉体已不再成为障碍了，它反而是传播光的媒介，天堂里的一切都可以直接体悟。"古代和近代"的精神资源混为一体，汇入一个地方。从"我"所在的处所俯望人间，"我"的感觉是："从人来到神，

从暂时来到永恒，从佛罗伦萨来到住着公正和清醒的人民的境界。"(9)
而且"我"的目光已是如此的开阔，"我"毫无遗漏地看见了天堂里的整体。然后一名圣徒出现，他向"我"指出俾德丽采所在的位置。她在那朵巨花上头，那也是诗人在天堂里的位置。"我"观望的时候，看见她远在天边又近在咫尺——这是因为天堂给了我辩证的视力，因为天堂之光是直接照耀的。于是"我"感恩情绪高涨。"我"对俾德丽采说：

▶ 你在你的权力范围以内，走尽了一切道路，
用尽了一切方法，把我从奴役状态引到了
自由境界。(10)

往事不堪回首，如今被奴役的灵魂终于从肉体中解放出来了。拉开距离的观照让"我"信心百倍。圣徒又对"我"说，"我"应该努力观望天堂花园，这样眼光才会随着那光芒更好地上升。的确，对于形式美的凝望会更好地提升自我；而在人间对天堂的思念，会使人变成圣徒——如眼前这位圣伯纳特。"我"在他的谆谆诱导之下排除了杂念之后，终于看见了美丽的天后。然后"我"同伯纳特用目光的交流达到共鸣，以此来确证所见之物的真实性：

▶ 伯纳特看到了我的双眼渴切地注视着他自己的
光辉的源泉，就把他的眼睛转向她，满怀着
爱，因此我更想再一次瞻仰王后的面容。(11)

这一段的描述很好地体现了人的自我是如何样分裂，又是如何样统一的，以及自我意识的曲折与复杂性。同时这也是写作者与写作对象、与作品之间的微妙关系。从古至今，不论精神世界已发展得多么

复杂,基本要素总是不变的。

第三十二歌描绘了一个神秘的圆形剧场(蔷薇花内部)。那里面是以自由意志来划分等级的。自由意志来自于:一、天才的意识;二、修炼的程度。首先,花园被分成两个基本部分,一边是象征永恒之爱的天后;另一边是经历了苦难,无比忠诚的约翰。

▶ 如今且惊叹上帝神妙的预见吧;因为那神圣
信心的两个方面相等,都要使这座花园中
的宝座坐满。⁽¹²⁾

爱与忠诚,是这个剧场的核心。它又是一个自满自足、完美无缺、对称精致的必然王国。它内含着矛盾("双生子在母腹内相争的那段经文"),正是这矛盾推动了对于善的追求。下面的人们升到此处,被安排在不同的级位里,而在上帝眼里,他们的区别是微小的。然而精神发展是一种历程,这个历程大致分三段:早期的人类天真无邪,信念是纯朴的;到中期,就要通过割礼(受苦)来获得信奉的力量了;而到了末期,罪恶泛滥,要获得信仰,人就必须经过"基督的完善的洗礼"。如不如此,无罪的婴儿也要罚入地狱深处。参观这个剧场就是追索精神史。

▶ 如今且观望那个和基督的脸最为相似的脸吧:
因为只有它的光辉才使你能够看到基督。⁽¹³⁾

只有圣母马利亚的光辉,能够使人获得彻底的自由。那自由的大欢喜,是由源源不断的爱转化而来的。当"福哉马利亚,充满着恩惠!"的歌声响起时,灵魂就获得了片刻的宁静。

花园阶梯的高处坐着自愿的受难者，他们是认识原罪的圣人。这些精灵很早就懂得了上帝设下的赎罪模式，于是自觉地开始了追随上帝的漫长旅程。这些人是：加百列、摩西、约翰、彼德、琉喜霞等等。

▶ 但是——唯恐你在振起你的翅膀以为在向
　前飞的时候，会向后落下，必需用祷告才
　能取得恩典……(14)

唯有爱的祷告，是促使人不断上升的力。就如在创作中，笔者一旦背离虔诚的状态，文字就会背叛他一样，人也只有活在爱的信念中去追求真理，追求自由。在天庭里灿烂发光的圆形剧场，是一个永恒的精神王国，对其机制的探讨贯穿了整个人类精神史。

全书最后一歌是描写圣伯纳特为"我"向马利亚祷告，祈求她赐予"我"足够的爱和恩惠，以使"我"达到最高的幸福，以及"我"在祷告后发生的变化。这一歌也可以看作创造高潮记录。

▶ 圣母啊，你是那么伟大，那么崇高，若是想
　望天恩的人不向你求助，那就等于他的渴慕
　想不用翅膀飞翔。(15)

爆发与突破必须借助爱的力量，否则就没有底气。因为"我"在漫长的跋涉中表现出来的勇气和热情，所以这位伟大的精灵才决心为"我"祷告，帮助"我"在那致命的一跃中实现崇高的理想。

▶ 我的完全在休止状态中的心灵，就这样固定
　不动，专心致志地凝望着，而在凝望时辉煌

起来。⁽¹⁶⁾

在"真空"状态中，内部力量高度聚集，"自动写作"开始了。"要有光"的声音从空中传来，"那意志所追求的目标，完全集中在那光明里"。人自身那先天的缺陷成了追求完美的前提。语言远远赶不上灵感的驰骋，这使得人几乎要唾弃语言，然而就在同语言相持的张力中，记录留下来了。这记录只是一些痕，一些密码，人却有可能遵循这些难解的密码重返天堂。

▶ 哦，只存在于你自身中的永恒的光啊，你只
是把爱和微笑转向自身，你为自己所领悟，
你领悟自己！⁽¹⁷⁾

"我"深深感悟到了精神的独立品质，以及人对于精神永远无法把握的痛苦。"我"的痛苦就是"我"的幸福。人性之谜清晰地出现在"我"眼前，"我"渴望让人的形象同光的理念达到绝对同一，"我"努力奋飞，却达不到这一点，二者总是分离。然而在"我"振翅之际，有一道光闪进"我"的心灵，"我"的意志与欲望达到了瞬间的统一，于是"我"也同精神的宇宙形成了和谐的关系。至此全诗完成，诗人的创造在艺术的最高形式感里告一段落。

注：

（1）《神曲》朱维基译，上海译文出版社1995年版，第701页。
（2）同上，第705—706页。
（3）同上，第708页。
（4）同上，第716页。
（5）同上，第717—718页。

(6) 同上，第 721 页。
(7) 同上，第 722 页。
(8) 同上，第 728 页。
(9) 同上，第 729 页。
(10) 同上，第 730—731 页。
(11) 同上，第 733 页。
(12) 同上，第 736 页。
(13) 同上，第 738 页。
(14) 同上，第 740—741 页。
(15) 同上，第 742 页。
(16) 同上，第 746 页。
(17) 同上，第 747 页。

附录

自由意志的曲折表达，兼论深层幽默（2010年重读但丁）

——读《神曲·地狱篇》

"我"从一场可怕的求生运动中挣扎出来，黑沉沉的原始森林包围着"我"，孤独的山坡上有"我"所不理解的，似乎要吃人的野兽。而那座沐浴着阳光的山峰是那么高不可攀，拒人于千里之外。"我"应该干什么？答案隐没在朦胧之中。

是那只嗜血的母狼用行动向"我"说出了答案。答案是，"我"既不能退回原始森林（肉体），也不能直接走正道（理念），"我"只能同诗人浮吉尔（创造中的理性）一道，踏上那寻求真理的漫漫长途。每到一处，"我"都将在他的暗示之下，用生动的艺术表演来加深对于真理的认识和体验。由三只猛兽和诗人浮吉尔所构成的戏剧性的场面，其实就是"我"的自由意志在进行表演。如果不表演。人的自由意志就无法显现与发挥。但这种高压之下的意志，其表达必然是曲折的。暧昧的母狼将"我"逼到绝境，为的是逼出"我"那黑沉沉的肉体内部的精灵浮吉尔。历史的真理的面貌已变得如此之狰狞，似乎不以这种面目出现，麻木的人性就难以苏醒。浮吉尔，"我"里面的发言人，他因为长久的沉默而面目模糊，他是"我"自救运动中的使者。在"我"看来，他来自"我"所不知道的处所。一切都是那么自然而然，但整个事件又充满了先验的意味。

肉体往往是盲目的，里头隐藏着可怕的力量。这种野蛮的挤压，到底是什么样的含义？很显然"我"并不是完全无意识的，要不然"我"怎么会在那种地方醒过来而不是别的地方；怎么会恰好有那样的三只野兽出现在场景中；怎么会正好在这个关头同我所崇敬的浮吉尔会面？啊，肮脏的肉体，杂交的肉体！也许正是这肮脏，这淫荡的与世俗的杂交，源源不断地为我们的灵魂的生长提供着营养？诗人但丁在那个时代也许还不能评判，他只是真诚地写下了自己的感受，但他无疑是忠实于艺术的。所以，三只野兽没有被杀戮，而只是被赶回了地狱。因为"我"的内部有精神在躁动，所以"我"才挤压自己，才奋力挣扎和撕裂自己。浮吉尔和母狼出现的时分就是"我"将自己对象化的时分。对象化的过程就是艺术表演。也许"我"还没有完全认出自己，但"我"遵循自我意识的范导而忠实地表演着。作为成熟的艺术家，"我"懂得矛盾爆发之际就是艺术诞生之时。

"我"不清楚我要干什么，"我"知道我必须、"我"不得不去"做"。扭曲的意志必须在反弹中伸张自己，而"我"只能在这表演中领悟我的自由。起先"我"也许以为母狼会将"我"逼回森林（因为"我"后面那只脚总是站立在世俗之中），到头来却发现她是要促使"我"同浮吉尔会面。浮吉尔同样模棱两可。他似乎责备"我"没能直接冲破母狼的封锁，直接走正道。但接下去却又告诉"我"可以走另一条小路。"我"并不懂得浮吉尔寓言似的话语。他其实在告诉"我"，直接走正道是不可能的，艺术救赎之路是漫长的，充满了险情、充满了痛苦的，也是迂回的。"我"虽然没有完全听懂，但"我"心里有个声音在说，跟随这个人，就是实现"我"的自由意志。"我"那强有力的艺术直觉支持着"我"的行动。说到底，整个的《神曲》的跋涉历程都是以这种方式进行的。灵魂的法庭设障碍、设刑罚，用逼供的方式逼出自由的表达、美的升华。在审美活动中，他人的痛苦就是"我"自己的痛苦，"我"在反抗压迫中将自由的底蕴揭示。因为那压迫者和被压迫者，都是对象化了的自我，地狱和炼狱都是艺术家在冥冥之中为自己而设。我将像幽灵们一样渴望那充满了自由精神的"第二次死亡"。

换一种角度读者也可以说,母狼也是矛盾的,它打不定主意要不要吃掉描述者"我"。矛盾的转化就发生在这种极度紧张的相持之中。在这样的艺术中,矛盾双方从头至尾都会是相持不下的。同样,浮吉尔也是矛盾的。他虽然有说出寓言的能力,但他无法在"我"的行动发生之前就说出真理,因为真理只能通过"我"的实践(情感体验)被"我"做出来。在这种艺术法则的规定之下,他的话语时常就显得模棱两可了。例如他那些描述母狼的话,似乎深恶痛绝,但其实也许是高深莫测的。否则那灵缇为什么只是将她赶回地狱了事?他的话往往有两个意思,到底他的本意如何,还要看"我"的行动来定——如果"我"不行动,他的本意就无法显示。总之叙事诗里面的每一个角色,以及角色与角色之间的关系,全部都是能动的,可以从多个角度去理解。这正是这类寓言艺术的特点。一旦你将某个角色的功能固定下来,你就会发现他们正朝着自己的对立面转化。所以浮吉尔也并不那么胸有成竹,他似乎总在思索……

至于描述者"我"就更是每一阶段都是在犹豫中突围。"我"的理性在这种特殊活动中必须不断地由自我质疑来维持。"我"质疑"我"的能力,质疑"我"追求真理的权利,甚至质疑"我"情感充沛的程度(当然"我"不是为质疑而质疑,而是要设下障碍,然后冲破这障碍——虽然"我"并不明确知道这一点,只是追随艺术直觉在行动)。母狼挡在路上不让"我"走正道,它就是"我"的内心在质疑:正道是可以直接走上去的吗?天堂是可以直接进入的吗?正是这种质疑使"我"选择了真正的正道。

作为"我"的引路人的浮吉尔永远是模棱两可的,他的话深奥而充满了矛盾,往往不是对描述者"我"的问题做出字面上的回答,而是一种引诱、一种激发,因为他要促使"我"用行动来突围。浮吉尔还具有一种深藏不露的幽默,这种幽默出自人性中最深的矛盾,人用幽默架起桥梁,打开了自我理解的通道。

在第四歌里面,"我"见到那些无罪的善良的人们在地狱中苦熬,便觉得十分不能理解。而浮吉尔说,他们虽然无罪清白,可是他们没有受过洗礼,所以不能以正确的方式来敬拜上帝。实际上在艺术上,清白无罪反而是个缺点(相当于没有受过洗),人必须下地狱去体验自己的罪恶,破除自己的虚幻的希望。

"我"又问浮吉尔这里的人们能否得救?实际上"我"问的是"我"自己能否得救。浮吉尔给"我"举出例子,告诉"我"有过得救的事发生,但那些得救者都是传说中的伟大人物,凡人不可企及的典范。他的回答巧妙而幽默。他相当于说,不要考虑能否得救的事,艺术只能在突围中诞生。任何关于得救,关于希望的讨论都是浅薄的。在这无边的黑暗的地狱里,人只能像这些古代艺术家一样(荷马等人)自己发光,但并不照亮自己。这些古代艺术家当然是清白无罪的,因为那时基督教还没产生。也许正因为这一点,描述者才在地狱里同他们相遇?也许作者但丁认为他们通过地狱的刑罚将获得更为复杂的个性?无论如何,在那个宗教至上的时代产生《神曲》这样的艺术是一件有点神秘的事。

浮吉尔在第五歌里面向"我"描述了那些地狱幽灵,他的描述不动声色。他将荒淫无耻和热烈的爱情并列,只因为这些人都是因爱而离开人世。也许在上帝的眼中(而艺术家就是自己的上帝),人和人之间的差别是如此的微小,而崇高又往往来自于邪恶,所以在地狱的机制里,机械的善恶划分已经失效了吧。地狱的机制就是艺术审美的机制,人必须学会用上帝的眼光来看待善恶。这里的艺术表演是这样一种表演——以"恶"的发挥来展示美德,表达对上帝的爱和对人的爱。所以背叛道德的弗兰采斯加和她的情侣,就在诗中以其真诚的表演得到了真诚的赞美。在整个邂逅的过程中,浮吉尔很少说话,他只是让"我"体验这种新型的忏悔,一种永不忏悔的"忏悔",使"我"进入人性本质的幽默之中。

而到了第六歌，这种幽默就更为极致了。一个名叫基阿哥的幽灵，即使受到地狱的煎熬，仍然那么热爱世俗生活，每时每刻关心着上界对于他的名声的评价。他青睐美食，不知节制，追求极致的感官享受。仅仅因为这一点，他就要受到狠狠的责罚。浮吉尔将"我"带到他面前，因为他洞悉"我"的本性——"我"也是一个饕餮者；也因为他洞悉了人类的本性——大部分人都是饕餮者，所以才有无休止的战争。浮吉尔因而让"我"将对饕餮者的同情发挥到了极致。然而出于人类浅薄的本性，描述者"我"关心的仍然是得救的事。诗人浮吉尔的回答是最为幽默的：痛苦与完美永远相连；人出于本性无法达到完美，但人不能不追求完美；而追求完美就是追求痛苦。所以描述者希望减轻基阿哥的、也就是自己在表演中的痛苦的想法是幼稚的。

浮吉尔之所以说话如此晦涩而曲折，是因为他要说的是一件永远没有结论的事，一件永远不是由判断而是由行动来决定的事。他虽然对描述者有信心，但在这个伟大的实践活动中，他只能尝试，只能激励描述者，不能亲自去完成这项活动。这是由审美活动的性质所规定的。但发自本源的描述者的冲动总是给他带来最具幽默感的感受。从这个意义上也可以说，幽默属于那敢于探险的人。

浮吉尔的所有话语的核心意思已经被刻在地狱大门之上了。那几句阴森而庄严的预言"我"当时没有看懂。那时浮吉尔告诉"我"说，必须抛开一切犹豫和怯懦。而现在，他在地狱里的每一个场景里都对"我"说着同一个意思的话，即，怎能不继续这精神的历程？难道你现在还有退路？你最害怕的究竟是死还是活？如果你怕死，你就得像幽灵们一样活，加入他们的表演，将这幽默的人生进行到底！幽灵们虽然模样恐怖，但他们每个人都有一颗热烈的心，他们用这颗心拥抱了世俗生活，然后奔向属于他们自己的高贵者的地狱，在这里自觉地表演他们的追求。他们邀请"我"加入他们，浮吉尔深知"我"的本性，他的期待在"我"的表演中不断得到实现。那么，幽灵们到底是谁？他们不就是"我"心底隐藏着的种种欲望吗？地狱机制激活了他们，让他们以惨烈的表演将"我"心中的情感对象化，成为永恒的艺术形象的定格。所以艺术创造的关键是勇敢，艺术事业是勇敢者的事业。那么艺术家的勇敢又来自哪里？像幽灵们表明的一样，勇敢来自对人生的热爱。

三个愤怒女神表达了"我"心中下地狱的决心之后，天国的信使就出现了。这位象征正义和必然性的使者在打开地狱之门之际，说了这样一番话：

▶ "哦，天国的遗弃者，卑贱的种族！"他在那可憎的门槛上开始说，"你们心中为什么怀着这种骄横？'天意'的归趋绝不能阻止，并且还要时常增加你们的痛苦，为什么你们要对他违抗？与'命运'抵触又有何益？假使你们记得，你们的塞比猡为了这样做，仍然忍受着下颚和喉咙剥了皮的痛苦。"[1]

天国使者说这番话时的心情是非常复杂的，这到底是谴责呢还是赞扬？而地狱幽灵一如既往，从不直截了当地表明他们的意志，永远是曲里拐弯。他们坚绝不让"我"进去，其深层意图是促使"我"突围。他们遍体鳞伤，在污水中挣扎，在烈火中翻滚，可是仍然以顽强的意志坚守着这个诡诈的机制不肯轻易让步。而天国的使者就在他们的这种誓死捍卫中看到了希望，因而产生了深深的感动。幽灵们那无言的回答是这样的："即使再次被剥皮，我们也仍然要以我们的特殊方式（即违抗的方式）来表达我们的信念。"

天国使者深谙此道，赞赏之情油然而生。因为正是这种卑贱的力量，打开了通往天堂的、几乎是不可能的小路。

实际上，这里的每一个表演者的意志都是深藏的，看上去模棱两可的。从浮吉尔到幽灵们，再到这位信使，每个人的内心都有一个幽默的结构，当然这并不是说他们有所犹豫，拿不定主意。相反，必然性是他们行动的原则。只是往往，必然性要依仗事件的发生来推动，而作为肇事者的描述者又总是要慢一拍，所以自由意志不能直截了当地表达，所以他们似乎总是充当了挑逗的角色。

▶ 你一个人来；叫那个人走开，他那么大胆地走进这个王国。让他一个人回头走他那愚蠢的路程，他若能够，让他试试吧：你已护送他走过一个如此黑暗的国度，你将留下。(2)

以上是幽灵们阻挡了浮吉尔之后对他说的话，也是故意说给站在一旁的描述者听的。他们要试验一下，看看描述者有多大的创造力，他们以恐怖的威吓来挤压他体内的原始之力，迫使他进入创造机制。整个地狱就是一个巨大的创造机制，地狱里的每一个生灵都有着同样的意志，同样的人性结构，他们的共同事业就是描述者本人的事业——艺术创造。这个意志永远不直接讲出来，描述者永远要猜谜。谜底是什么？谜底永远要通过描述者的行动将其做出来。在此处这些幽灵给描述者制造了恐怖，却并不是要赶他走。他们是通过施加压力来促使他爆发。所以这些话语里头也是充满了黑暗的幽默，深奥的哲理。描述者听了这些话后陷入绝望，因为如果他独自返回，必定是死路一条。当描述者为绝望所笼罩时，幽灵们一定在恶魔一般地暗笑。那么，幽灵们是谁？当然，他们就是艺术家的深层本质，永远不安分的自由精灵。

"我"的内心在挣扎，"我"挣扎着要猜透自由意志之谜。每一次这样的类似情境出现，"我"总是要焦急地叩问。实际上，"我"所问的是:"我到底要干什么??"而每一次,"我"都将那个答案用行动揭示出来了——"我"投入了一场新的表演(同幽灵们的合演),"我"通过"我"的表演认识了自己的欲望,也就是自己的深层自我。幽灵们就是艺术之魂,创作的永不枯竭的源泉。在那暗无天日的深渊里,只要他们还活着,艺术的事业就会继续。

▶ 我愿你听取我关于她的断语。智慧超越一切的他,创造了诸天并给他们以指导,每一部分向另一部分照耀,把光明分配得均等;同样,对于人类的荣华,他也任命了一位普通的管理者和指导者,她不受人类智慧的阻碍,及时地从人到人,从一族到一族,转移那浮世的财物;因此一个人繁昌之下,另一个人便凋落,全凭她的像丰草中的蛇一样藏匿着的判决……(3)

　　以上为浮吉尔对描述者的解释。

　　自由意志变形为丰草中的蛇。命运女神运用她高超的手段使得人在世俗中不断追求快乐和荣华,而她则不断地将这宝贵的财物转移,使人的追求老是落空。然而一个热爱世俗生活的人又怎能不追求世俗中的美好事物(美食、异性、荣华等等)?人只要有感性,就得追求世俗之物,但作为人又还有更高的精神追求。作为艺术的生活方式,人不能将精神的追求架空,变为苍白无物的单调操练。于是艺术家的生命中出现了一位命运女神,她调节着精神与物质之间的矛盾。人必须追求物质,因为每个人都是感性的;但人又不满足于物质追求,他必须将自己的追求升华为精神性的。而这个精神性的追求呢,又必须以物质的经验的东西为基础,否则难以持续。当人沉浸在崇高的精神追求中时,世俗中的物质皆为"空";而当人获得实实在在的物质满足时,精神则能提升这物质的意义。二者是相辅相成的。很难设想一个在世俗中缺乏欲望的人能有多高的精神超拔之力。

幽灵们在世俗中追逐荣华,到了地狱中,他们的追求依旧有类似的性质。唯一的区别只在于,地狱中的表演是具有自我意识的表演。也就是说,每个人都在"重活"自己从前的世俗生活,在这种"重活"中去体验被自己遗忘或忽视了的自我。艺术绝不是道德说教,艺术是开启人性中的可能性。所以幽灵们总是理直气壮,充满自信的——他们知道自己在做什么。他们在污泥浊水中互殴,他们自啮其身,他们以这种发泄仇恨的方式诞生出充满原始意味的艺术语言——"喉咙里咯咯作声"[4]。这便是将可能性变为现实的场景。下贱转化为高贵,黑暗转化为辉煌。我们因此可以说,命运女神也是人的理性之象征。

▶ 我的导师用大胆而敏捷的双手把我从坟墓中间向他推去,说道:"你的说话要简短。"当我站在他坟墓边的时候,他望了我一下,然后几乎轻蔑地问我道:"你的祖宗是些什么人?"[5]

坟墓里面的幽灵向描述者提出的是一个严峻的问题。这个问题的提出相当于敦促他立刻进行艺术表演。这也是一个曲折而两难的问题。"我"的祖宗是些什么人?"我"自己从前是个什么人?从表面看,"我"的回答好像是个人回忆,"我"依然计较着世俗的流血事件,"我"同这个坟墓里的幽灵、"我"从前的政敌针锋相对,你死我活。但这只是表面现象,这一场对话的本质是艺术性的。因为这里是地狱深处,是一个失去了任何希望的处所。"我"和幽灵所表演的一切全是艺术审美活动所要求于我们的,即,演绎这个艺术的结构,展现灵魂分裂的过程。经验还是那些经验,材料还是那些材料(人也不可能从天堂获取艺术创造的材料,世俗生活是唯一的源泉),但这种世俗在地狱中的重演,因为充满了自我意识而具有了崇高的意义。所以不论艺术家在世俗中曾做过些什么,只要他敢于下地狱,他就具有一颗高贵的灵魂。一切纯粹艺术都应是充满了人间烟火味的,也都应是作者世俗体验的重现。但这种重现绝不是简单的重现,而是上了一个档次的精神升华,自由的发挥。于是浅层次的善恶界线消融,表演在常人眼中显得怪异而陌生,旧的爱恨转化成了审美的动力,往日的派别争斗变成了艺术活动中的矛盾对立,"我"和幽灵双方通过这种审美活动完成了一次艺术上的突破。当然,作为艺术家的"我",在这类活动中总是处于半蒙昧的状态的。如果"我"什么全明白,就无法创造了。所以导师浮吉尔对"我"说:

▶ "你要记住你所听到的反对你的话,"那圣哲训诫我说,"现在看这里,"他举起他的手指,"当你站在那位洞见一切的'圣女'的祥瑞的光芒之前时,你将从她口中知道你的生命之行程。"(6)

浮吉尔告诉"我","我"将在未来从俾德丽采的口中洞悉艺术的结构,艺术矛盾转化的秘密。而此刻,"我"只需遵循他那充满玄机的暗示,发动"我"内面的本力去表演就可以了。地狱的玄机如下:

▶ 这是一个即使不停地忏悔也不能得救的地方;但人又必须以完全不同于忏悔的方式来进行特殊的"忏悔",即重返过去;然而即使这样做之际也不能心存以此来得救的奢望;只有这种绝望的行动本身,才是得救的希望。

"我"还没有从认识上把握这个玄机,"我"只是表演了这个自由的玄机。说到底,谁又能掌握自己内心那个自由意志?艺术家深知这个界限,所以才能乐此不疲地不断进行自由表演。自由就是莫测,而创造机制是可以认识的。作为描述者的"我",将在旅程的尽头认识那个机制。关于艺术机制,浮吉尔有这样一种描述。

> "哲学"不只在一处向细心倾听的人指出,"自然"怎样地从"神圣的理智"和"神圣的艺术"取得自己的法则;假使你好好注意你大师的《物理学》,你就会在第一页以后的不多的几页上找到,你们的艺术尽可能地模仿"自然",就像学生模仿老师一样;因此艺术仿佛是"神灵"的孙儿。[7]

艺术家的创造到底是什么样的?诗人但丁将艺术看作是"神灵"的产物,一般来说,每一个艺术家应该都会或多或少地同意这种观点。不过同但丁那个时代相比,现代艺术已经有了很大的不同,尤其是现代主义文学艺术更是如此。我们的认识应该跟进。现代主义艺术不再是神灵的"孙儿",也不再是模仿"自然",而直接就是"自然"的本质,并且表演这个本质。这是因为作为艺术家的人,已经把"自然"看作了自己身体的延伸,而将自身的自由意志,看作了自然的意志。艺术审美活动,就是人的自由意志的发挥,也是自然通过人展示她的本质的活动。以这种整体性的,而不是人神分裂的观念来看待世界,看待艺术,"模仿"一词被纯粹的创造取代了。现代艺术的创造都是"零度"创造,是无中生有、天马行空的。"模仿"往往是先有一个对象,所以这种提法是机械的而不是能动的。如果硬要说模仿的话，被模仿的那个原型只能是"零"，即一种纯粹的、不确定的运动。我们艺术工作者模仿的是"神灵"，所谓"神灵"呢，其实就是我们的深层自我，这个自我是不确定的，是一股螺旋上升的力量，是古希腊哲学里面的努斯。而审美实践活动的法则，它的依据是深层自我意识的发动，这种自我意识在逻各斯的钳制与提升的作用之下成形，所产生的形式感就是美感，法则本身是撇开世俗情感的，是运用理性，也就是逻各斯这个挤压机制来催生"美"。

在但丁，上帝、自然和艺术家，是各自独立的三种客体。对于现代艺术家来说，只有自然和艺术家，并且这二者随时可以沟通，因为二者是一个整体的两个部分。这样一种新型的世界观更有活力和主动精神，也更有承担。自然造出人来，也赋予了人承担一切，以及展示自然本质的能力。所以对于现代艺术家来说，命运是掌握在自己手中的，而创造本身，就是自然本身的活动。"你必须日日创新"成为了艺术的基本法则。在创新活动中，分裂是统一中的分裂，自然是艺术家的身体，艺术家在自然的启示下表演自然的本质。

第十一歌里面描述者"我"同那两个幽灵的对话其实已经显现出现代主义审美观的萌芽了。在那个黑暗恶臭的处所，绝望辛酸之地，他们讨论的仍然是世俗的爱恨情仇。也就是在地狱中重演世俗生活。但这种重演表面看似乎是现实主义的"再现"，其实性质已经完全改变了。这种审美的对话有种自我意识在里面，因此可以看作"化腐朽为神奇"。它是用世俗的经验构筑艺术的结构，展示灵魂既分裂又统一的伟大场景。所以描述者同幽灵们的对话并不是回忆世俗生活，而是艺术表演，演绎艺术结构。在进行这种创造时，幽灵们看不见现实，只看得见未来，他们的描述成了一个巨大的艺术隐喻：无休止的分裂，流血，永恒的痛，无法获救的沉沦。这就是人的灵魂的真相。

艺术家出于自由的意志而建造了结构复杂的地狱，为的是囚禁拷问灵魂，并由这囚禁与拷问而榨出美的形式来。法那利太的绝望的讲述不能从字面上去理解，那里面透现着崇高的形式之美——矛盾的紧张对峙。描述者领略了这种美，并为这讲述所深深打动。虽然他并不那么自觉。浮吉尔吩咐他记住这些针锋相对的威胁，等待俾德丽采来给他最后的解答。这种情况类似于作家的创造，他只是演示矛盾，尽情发挥，并不完全明白自己笔下的场景的真实含义。他所能做的就是努力地辨认，遵循模糊的召唤勇敢前行。并且他的建筑材料，只能是来自世俗，来自生命。否则又能来自何处？排除世俗而又来自世俗，是这类运用矛盾律来创造的作品的特质。

血河中有许多罪孽深重的丑恶幽灵，半人半兽的看守手执利剑绕河奔跑，监督着他们受刑。这一派阴森的景象其初衷却是因为某种伟大的仁爱，初读之下也许难以理解。

▶ 当然，假使我没有记错，在"他"来到提斯城带走了最上圈的伟大战利品以前不久，那幽深的可憎的山谷在四面八方震动得那么厉害，甚至我以为宇宙感到了爱，有人相信世界时常因爱而变成混沌……(8)

自然为什么要分裂？山崖为什么被劈开？是因为爱，因为要体验统一的痛苦。被烧煮的幽灵们在血河中体验的，也是同一件事。在上界，他们犯罪；在这里，他们是人类的一员，他们要体验成为"类"的痛苦。所有这些沸腾着原始之力的半人半兽者，当他们经历了血河的洗礼之后，就会变形为手执利剑，却充满仁爱的看守，绕河奔跑，执行着那高尚的职责。哪里有矛盾与分裂，哪里就有爱。心灵里的牛头怪卫士们执行的职务的目的，就是为了让这分裂与煎熬来得更酷烈，以达到彻底的净化。当然他们的力量还是来自那同一个源头——那远古的原始之力，只不过是这力已经有了完全不同的用途。他们的理智清明，折射出从前的愚顽凶残。

　　人要成为真正的人，便需要一种存在的形式。这里有一种最为普遍的、高级的艺术生存的形式——林菩狱中的"树人"的形式。是浮吉尔以他深藏的幽默方式，怂恿"我"去揭示了这个艺术形式之谜。它也是自由之谜。浮吉尔懂得，艺术实践的关键是"做"，而这个"做"，往往带有某种邪恶的意味。于是他让"我"去折断"树人"的肢体，看那血的语言从被禁锢的肢体里流淌出来，为的是让被禁锢的艺术生命进行表演。彼尔·台尔·维尼在此作为高超的艺术家揭示了生命之谜。

▶ 我就是那个人，手中握住了腓特烈的心的两
　把钥匙，一闭一启把钥匙转得非常轻巧，几
　乎使得没有一个人知道他的秘密……(9)

　　他是高超纯粹的艺术家，但是他也要经历卑鄙的世俗体验，所以出于必然，他被逼到了绝路上。艺术的方法是，让绝望达到极致，并体验这极致。于是他就自杀了，因为死就是极致。只有死亡可以让高尚和卑鄙统一起来，这就是艺术之谜。他通过"死"而铸成了自己艺术生存的形式——"树人"。这种自我监禁的形式最能让他体验到自由。他由此有可能每天在限制中过一种纯道德的、创造性的生活，丝毫也不偏离自己的理想追求。由这些"树人"所构成的林菩狱树林，弥漫着崇高的阴森之美，成为地狱中最为动人心魄的画面之一。所以，具有这种英雄主义气魄的"树人"便能发出这种惊世骇俗的豪言壮语：

▶ 我把自己的住屋做成自己的绞首台。

艺术家就是敢于将绞架当住屋的人。

《地狱篇》的第十六歌和第十七歌描述了一次自由的创造。

在充满火焰的沙地上，一切希望都死灭了，幽灵们血糊糊的面貌难以辨认。但这些艺术之子仍然渴望着任何一个同世俗交流的机会。描述者就在这样一个绝境里同三个幽灵相遇。他们三人以奇特的姿态绕着我转，展开了一场"照镜子"的游戏。他们从我身上看他们自己，我从他们脸上看"我"。这是艺术活动中常有的情景。同世俗交流是他们的慰藉，这个交流也是让他们的地狱想象得以持续的营养。而"我"，"我"要从这地狱的深处发现天堂的通道。

"我"和浮吉尔来到了咆哮的血泪之河（由同情之泪汇成）。

▶ 我腰里束着一根绳；我有一个时候本想用它来捕捉那只皮毛斑斓的豹子的。当我遵照我的导师的吩咐把它从我身上完全解下时，我把它绕了起来交给他。于是他向右边弯下身去，在离开边缘之外不远的地方，把它投掷到绝壁直下的深渊。(10)

这根绳子就是想象力。它是用来"捕捉皮毛斑斓的豹子"的。浮吉尔将它抛向深渊里的虚空，为的是召来那原始的庞然大物，让它协助"我"完成一次自由的艺术活动。这种举动实在是太离奇了，艺术的真理就是这种离奇到"近似虚假"的事物。所以对于这种事"一个人总应该竭力闭口不谈"(11)。因为诉诸语言终归是亵渎。然而奇迹真的出现在"我"的眼前，令人不得不信。

这只凶悍的野兽有着善良的人的面貌，它的身体上印满欲望的花纹。很显然：它无所不能。可是浮吉尔让"我"在这次伟大的行动之前先去同幽灵们见面。于是"我"体验到了那种神秘的静穆之美。

▶ 我却看到每个幽灵的颈上都挂着一只钱袋，袋上有某种颜色和某种印记，他们的眼睛都似乎在饱看着。⁽¹²⁾

世俗中的贪婪者一律将他们的贪婪转化成了艺术活动中的"饥饿感"。这就是浮吉尔要"我"在出发之前所体验的情感。必须有强烈的饥饿感才会有行动，行动本身也充满饥饿感。这些高利贷者将艺术的真谛向"我"展示，也让"我"领略了浮吉尔的幽默。审美不就是意志的饥饿感吗？他们的眼睛盯着钱袋，为的是唤起体内的饥饿感。在此绝望之地，只有他们这些肉体已死的幽灵，才能体会这美妙的艺术境界。所以他们认为作为活人的描述者是不能进入他们的境界的，他们要他"离开"，他们感到这个外人打扰了他们。浮吉尔早就料到了这一点，因为他起先就说过："你同他们的谈话要简短。"⁽¹³⁾

做，还是不做？浮吉尔同猛兽基利翁达成了一致，创造活动开始了。"我"别无选择，必须立即去体验那恐怖的自由。虽有浮吉尔的监护，自由总是像死一样可怕的。"我"同浮吉尔骑到基利翁背上，升入空中，"我"吓得面无人色。有两种恐惧：坠亡的恐惧和落回燃烧的地狱的恐惧。对于"我"来说二者都是致命的。

然而这个基利翁，它是怎么回事？它似乎充满了矛盾。

▶ 如同一只鹰飞了好久的时候，看不到鸟儿或是诱物，使得放鹰者叫出："唉，唉！你下来吧！"——没精打采地下降；然后在空中迅速地盘旋了好几个圈子，远远地离开它的主人停落，显得轻蔑和沉郁。⁽¹⁴⁾

这个半人半兽对于这种自由表演并不满意。首先，描述者身上的世俗重荷就使得它的飞翔速度变慢，也变得不灵活；其次，它追求的应是真正的自由，而不是这种模拟的自由。它感到压抑，巨大的压抑。这正是艺术审美活动的特征——自由与限制同在，压抑与伸张同在。艺术家除了这种自由不能有别一种。他可以不满，可以轻蔑，可以愤怒，然而到了下一次，仍然是压抑中的释放，以引力为前提的飞升。否则还能怎样？

审美中的这个机制是先天的，人永远抓不到自由，又永远在"抓"的兴奋体验中。"抓"的姿态就是艺术家的自由姿态。我们因此可以说，他渴望自由，于是他通过飞翔得到了自由。这也是每一个人在这种自由活动中所能够得到的。伟大的自然为我们规定了这种方式，艺术家乐此不疲地在自己身上实验它的效应。

第十八歌和第十九歌里表现的是艺术中人性两极之间的张力。这种张力令人恐怖，却也蔚为壮观，让读者惊叹不已。险恶地形中的幽灵们赤身裸体，被皮鞭狠狠抽打着前行。

▶ 我不愿意说它，但是你那清楚的言语使我怀念以往的世界，所以我不得不说。是我把美丽的吉苏拉引去顺从那侯爵的意思，不论这可耻的故事传说得怎么样。[15]

这位维内提珂，他说他"不是在这里哭泣的"。他不要哭泣，他要将往日的罪恶向描述者叙说，他乐于叙说。眼泪在此是不受欢迎的，只有表演是他们渴望的事。

所以那伟大而又邪恶的国王，他也"仿佛一点不因痛苦而流泪"。国王哲孙生前大胆行骗，死后默默忍受苦刑，颇有高贵的国王风度。

他们都是强大而贪婪的人，他们心中的欲望是可以创造的欲望。这种超强的欲望在压榨之下转化成了极境中的艺术体验。黑暗的地狱深处因而充满了活力，常有幽灵在大呼小叫，希望"我"和"我"的导师注意他们，同他们进行心灵之间的对话。此种场景显得格外幽默。他们要说的，全是关于他们自己在人世间的丑事，那是他们最希望说出来的。似乎不说出来就会憋死，说出来就释放了一次。

粪水中还有个邪恶的妓女，隔得远远的，用龌龊的指甲抓着自己，生怕"我"和"我"的导师看不见她，在那边时而蹲下时而站起。此种情景实在不可思议。

> 我看到一个幽魂满头都是污粪，以致看不出他是僧是俗。他向我咆哮："为什么你看我比看其他污秽的人更仔细呢？"[16]

这个幽灵，他到底是要别人看他，还是不要别人看他？不躲藏，反倒咆哮！他们是多么强有力啊。在地狱中，他们仍然邪恶，他们用邪恶方式来追随心中的理想，永不放弃。当然，不够强硬的人是不能下地狱的。这是最强者的幽默，魔鬼般的幽默。

接下来的幽默更为出奇了：

> 我看到铅色的岩石在四边和底下有着许多洞穴，都是一样的大小；每个都是圆的。在我看来，在我那美丽的圣约翰教堂内造来为施洗者立脚的洞穴不见得更宽或更大……[17]

艺术机制中的酷刑对于从事艺术的人来说相当于施洗，这个比喻既贴切，又让人发出压抑不住的暗笑，而且还充满了哲理。

买卖圣职的教皇们，他们在世俗中毫无任何畏惧，一味邪恶到底。而在这个地方，他们忍受着火刑，完全不求赦免，只专注于他们当下的体验，就像一些自虐自戕的狂人。这就是机制所特有的转化的力量。描述者"我"懂得他们的心思，"我"也知道用怎样的语言去更加激发他们。"我"让兽性与爱心（对上帝的爱）激烈搏斗；把贪欲变成反省的酷刑；使反叛与皈依同在。"我"的话在幽灵身上达到了最好的艺术效果；"他用他的双脚剧烈地挣扎。"[18]艺术的伟大之处就在这里。她不是要扑灭人的欲望，她只是让欲望转型，然后更加激烈地发挥到极致。"我"的这番感叹还是双关语，"我"不但在谴责他，也在忏悔"我"自己在世俗中的虚伪。"我"同他一块受刑。这种自我折磨的表演使"我"的灵魂经受了洗礼，所以浮吉尔对"我"感到满意。

读者跟随描述者在第二十歌里面来到了寓言家们的世界。此处人们一律将脸扭向背后，倒退着行走。这种方式就是艺术创造的方式——过去即未来。每一个人都在此自愿受罚，但此地却禁止直接的怜悯。人必须先将自己的目光变成上帝的目光，然后才允许有大悲悯。如果见到悲惨的事就伤感，那就只是怜悯自己了。自愿的苦刑用不着别人来怜悯。

> 抬起你的头来，抬起来，你看那个人，为了他地面在底比斯人的眼前裂开，那时他们都叫道："你向哪里跑，阿姆费劳斯？你为什么临阵逃脱？"他并不停止，向下一直跑到那抓住每个罪人的迈诺斯那边去……[19]

他因为知罪而着急去地狱接受惩罚——何等幽默的景象！

另外一位叫孟都的女人，正是艺术家，寓言家的素描形象。

失去了精神家园的女勇士在荒凉的世界上游荡。她经历了沼泽地的历险之后，在无路可通达的沼泽中心建立了艺术的家园。那是一个死亡之城，也是真理之城和超脱之城。勇士断绝了同人们的沟通，以荒原中的奇迹之城的形象同人们对峙——狮身人面像一般的另类沟通。

▶ 为了纪念第一个选择这地点的她，他们不作其他占卜就把它命名为孟都亚。[20]

接下去又继续描述创造本身的景象和逻各斯在创造中的功能。第二十一歌里有许许多多的小逻各斯（恶鬼），这些逻各斯全都心狠，下手准，惩罚罪人毫不留情。但他们中的每一个都对上帝（最高逻各斯）忠心耿耿。惩罚的方式别具一格，黑暗灵魂的舞蹈又是何等的幽默：

▶ "……所以，除非你愿意尝一尝我们的钢叉，你就不要露到沥青的外边来。"然后他们用钢叉把他打了一百多下，并且说道："在这里你得要在遮盖之下跳舞；好吧，若是能够，你就私下偷摸吧。"这正像厨师们要他们的下手用钩子把肉浸在锅子的水里使它不致再浮起来一样。[21]

艺术家的创造就是通过这种奇特的方式来协调内心的诸能力。人心中的大自然就如同那些贪欲者，即使是被沥青烧煮，也总是顽强地要浮上来。而象征逻各斯的恶鬼们的钢叉的功能，就是将他们一次次击沉。而这击沉，又是为了反弹再次发生。谁懂得这种高超的艺术，谁就参与了创造。你敢于将自己看成贪欲的高利贷者吗？这种残酷的舞蹈,你有能力参加吗?每一个读者都必须叩问自己的内心。否则,你就将被排斥在这样的艺术之外。

▶ 我全身逐渐靠近我的导师,但是目不转睛地注视着他们的不怀好意的面貌。他们平放了他们的钢叉,继续交谈着:"我们刺他的屁股好么?"回答是:"好的,你就把他刺一下。"(22)

逻各斯的功能在此就是威胁,就是紧逼,就是同艺术家过不去。"我"很想摆脱他们,"我"向浮吉尔表达了这个意图。但艺术创造又怎么离得了逻各斯呢?于是浮吉尔安慰"我"说,恶鬼们的举动是冲着那些罪人来的(只不过是表演)。其实浮吉尔的这种安慰是双关语,又是深层幽默。因为即算这些危险的举动只是表演,对于"我"这样的艺术家来说难道不是生死攸关的?即使那钢叉不会叉到"我"的头上来,"我"又怎能赦免自己在尘世间犯下的罪恶?先辈诗人浮吉尔就是用这样的大智慧,这种令人哭笑不得的幽默,将"我"导向更为幽深黑暗的航程,使"我"不断产生自我理解的可能性。

第二十二歌里面精彩地展示了艺术家的生命意识的层次。整个表演实际上是由一个姓名不详的(原始创造力总是无名的)、生于那瓦王国的罪犯作为主演,其他的恶灵们作为配角的自由演出。这名在尘世中生性下流的罪犯,在地狱这个艺术世界里将自己的欲望转化成了精妙的艺术技巧,他在忏悔之后以阴险的谋略一步步骗取了恶鬼们的信任,将这些小逻各斯的化身们一步步引诱到沥青水塘,导致他们大家寸步难行,一筹莫展。而他本人则在深水中暗笑。但是这些化装成恶灵们的逻各斯们真的是如表面描述的那么幼稚,那么被动吗?请看这种描述：

> 卡尔卡勃利拿对这把戏怒不可遏，老是飞着追他，希望这罪人逃脱了，可以引起一场争吵。⁽²³⁾

罪犯生命力的喷发使得逻各斯的严厉防守四分五裂。分裂的逻各斯又形成了新的层次。旧的层次被突破，新的创造远景显现。卡尔卡勃利拿希望罪犯逃脱，这个逻各斯的狡计果然生效，因为这个狡计就是针对老奸巨猾的罪犯的本性来设计的。从这个意义上来说，他的逃脱就是恶灵们的胜利。这些恶魔装出愤怒无比的样子，仿佛遭遇了失败，仿佛被人捉弄，谁又知道他们心里藏着什么鬼？那深水中的罪犯会不会高兴得太早了？也许从一开始，当罪犯引诱他们时，他们也在暗中引诱罪犯？他们互为镜子，而镜子里照出的形象总是反面，难道不是吗？逻各斯必须不断分裂，让镜像中反映出来的深层次自由意志显露。也就是说，他们双方的对话必须反着来理解：忏悔意味着反叛；威胁意味着怂恿；勾引意味着陷害；杀戮意味着催生……

啊，这等复杂而又曲里拐弯的生命的意志，谁又能一见之下识破天机？这久经生死考验的诗人作者，他那黑暗的灵魂里究竟藏匿着多少连环套似的不解之谜？那么，在这一出稀奇古怪的表演中，谁是真正的主演？也许是势不两立的两方面轮番充当着主演，来表演这个古老的矛盾？到底谁的层次更深，谁的谋略更长远？我们作为读者来到这种地方寻找我们心中的美，我们在这惊险的表演中目睹了自由之美。当阴森的大幕落下之时，我们的心为之长久地震荡。沥青下面的幽魂，和堤坝上的恶灵，他们那远古的对峙早已铸成青铜雕像，但读者仍然可以听到他们所发出的原始的呼喊。

谁是主演？谁更出自根源？谁又是导演？在这种无限止的纠缠

中,机械的划分已经不起作用了。是他们全体,他们共同构成了地狱的机制。在恶灵们眼中的罪犯:你就是我,我不能动,所以我的意志要通过你的反叛来实现。我也是你,你没有方位感,你的方位直观要由我将它逼出来。我所逼迫你的事正是你的本性所欲求的,于是你一边逃避一边叛乱。在罪犯眼中的恶灵:我要用欺诈来破除你们的钳制;我要使得你们的同盟破裂;我要让你们的旧的规则失效,新的规则形成……这就是我们灵魂深渊里发生的战斗。我们有勇气辨认吗?在这场戏中一切表演都是主动出击的,一个比一个更主动,到了疯狂的极限。

▶ 那僧徒说:"我以前在波伦亚听到人家说起
魔鬼的许多罪恶;我特别听到他是撒谎者和
撒谎者之父。"[24]

以上是第二十三歌中浮吉尔向那被绑在十字架上的罪人问路时,罪人给出的回答。魔鬼们给浮吉尔指出了一条错误的路。但是在那昏暗的地狱里,谁能给人指路?没人能指,而且也没有路。这名罪人告诉浮吉尔的,也不过是一条无路之路。或者魔鬼们指出一条错路是为了激怒浮吉尔,于不言之中幽默地告诉他:"这里没有路,只除了你的脚下。"他们达到了目的。被激怒的老诗人生出了大力,迈出大步向前勇敢行走,继续他们的探索。当然浮吉尔的举动也是表演给描述者看的。

而那罪人又是怎么回事?他是一个关于艺术与宗教的双重象征,这里的描述全是双关语。他曾自作聪明地提出让一个人来承担全人类的罪恶。他起先是出于阴谋,出于恶意,出于私利。接着他自己戏剧性地成了那个承担者。他心有不甘,他诅咒,但他被钉在地上了,或者说他把自己钉在地上了。他将不停地诅咒到死。这就是艺术家的活生生的形象。他心中充满了宗教感，但这种虔诚不知为什么透出某种邪恶的意味。那邪恶不就是生活气息吗？这是一个关于艺术家的寓言。艺术家从事艺术的原因不是宗教而是生命体验，但到头来他的追求也成了同宗教有某种相似之处的终极追求，这就是规律的力量。

在第二十四歌里面有一个高贵的灵魂，他就是彼斯托雅的黑党罪犯凡尼·甫齐。这名人间的罪犯坠落到地狱里毒蛇成群的深沟里，被咬穿之后燃烧起来，经历了凤凰一般的焚化与再生。作者这样来用凤凰比喻罪犯：

▶ 如伟大的哲人所说的，凤凰在活到五百年的
时候就像这样地焚化和再生；它生前不食草
木或五谷，只饮乳香和豆蔻的流汁；松香和
没药是它最后的尸衣。(25)

无论一个人在人间是什么样的人，只要他下到了地狱，就都要经历这种凤凰涅槃般的新生。作为理性象征的蛇，进入到罪犯体内，以其剧毒的汁液扩散到他体内，促使他朝着凤凰的精神转化。蜕化是惨烈的，但艺术创造需要理性精神进入体内，这有毒的精神，能将痛苦变为高昂。他使得苏醒后的罪犯就如获得了神力一般，在短暂的忏悔后奋起反抗，用貌似亵渎的语言来进行突破。蛇的精神使罪犯杀气腾腾，有威慑力，并且有高度的预言能力。

地狱罪犯的高贵之处表现在一种复仇精神之上。就是这种复仇精神将每分每秒的地狱体验变成了天堂。表面上看他们是向自己在世俗中的敌人复仇，其实，那"敌人"就是他自己的肉体。精神进入了地狱，作恶的肉体还留在尘世，所以必须对那肉体念念不忘。所以鬼魂凡尼·甫齐绝不屈服于上帝的酷刑，口口声声说着威胁的预言。因为

这就是他在地狱中的表演。没有肉体就没有复仇，说到底，灵魂只为肉体而活着。谁又能彻底摆脱那黑暗的大地？所以人类只能有这种形式的复仇创造，这种充满了恶毒幽默的钳制中的发挥。

起先描述者以为罪犯要忏悔，到头来"忏悔"却成了谋杀的威胁！这真是地狱深处的幽默。在这种地方无论罪犯做什么都是正确的。因为地狱是他自己所愿意的，他要在这里做自己的上帝。

在这一歌中浮吉尔提到了"名声"就等于一个人的生命。名声在这里相当于交流中的自我，艺术家在人民当中的形象。艺术的本质是通过交流来实现的，这个本质就是对"美"的认识，她构成艺术和艺术家的价值。所以浮吉尔也好，那些罪犯也好，都极其看重自己的"名声"。

骄横的盗贼凡尼·甫齐被更多的毒蛇缠住，光荣地退出了舞台。彼斯托雅城之所以不死，是为了她的子孙能在地狱进行艺术的复仇啊。

就这样，在第二十五歌中又展示了两种更为可怕的变形。灵魂的分裂已经到了水火不相容的程度，只有这种剧毒的交合才能让人的灵魂重新整合起来。在以往的地狱颂歌中，理性还是在罪犯的体外发生作用，从第二十四歌开始，重大的转折来到了。艺术的灵魂需要再分裂，逻各斯必须进入体内。于是就采取了蛇的毒汁这种形式。

▶ 他看看蛇，蛇也看看他；一个从伤口里，另一
 个从嘴巴里猛喷烟雾，他们的烟雾相接。⁽²⁶⁾

这两种变形都令人眼花缭乱，它们的高度的紧张，它们的出人意料的转化，都非常人所能想象。很显然，这是发生在创造的核心区域的情景。人们看到那些谜一般的艺术品，人们读到但丁的谜一般的诗歌，很少有人想象得出这些是如何做出来的。而作为诗人的但丁，也许是最早最完整地将创造过程本身原原本本地描绘出来的人。这该是

什么样的奇迹——作品解释着创作的过程。如此高度的自我意识，没有那种自己来当上帝的魄力是很难达到的。他不知不觉地将自己当作一个自然之谜来探索，而自然之谜本身又反过来激发了他。他是社会生活的积极的投入者，真正的自然之子。他的一生就是最高的艺术。他是西方诗人当中最有力量的诗人，这种力量就来自他那热烈的高浓度的生命活动，和对灵魂事物的无穷的好奇心。

在难以想象的专注之中，新与旧、兽性与钳制、分裂与统一、死亡与诞生，这一对对矛盾就在惨烈的氛围中转化着。在这种充满了积极性的变形中，容不得任何的懈怠与消沉，因为这是生死攸关的灵魂事务啊！你必须坚忍，你必须在近似虚无中虔诚而强烈地期待。

第二十六歌所描述的是被裹在纯精神火焰里面的痛苦的幽灵。幽灵们的代表是那位既邪恶又高贵的设计特洛伊木马的诡计的人尤利西斯。尤利西斯遵循心底的欲望去追求伟大的事业，一往无前。但他也做了不少坏事，所以被罚（或自罚）火焰烧身。人的本能冲动总是要导致邪恶，这几乎是一个不变的结构。人所能做的只能是将邪恶的冲动转化为理想的追求。做了很多坏事的尤利西斯终于来到了人生的这个关口：他要活着体验死神境界，他要去进行一次伟大的冲刺。

▶ 我说道："弟兄们啊！你们历尽千辛万苦到达了西方，现在你们的生命已很短促，你们活着的时间也很有限，所以你们中不要有人不愿意去经历那太阳背后的无人之境。想一想你们的出身；你们不是生来去过野兽的生活，而是要去追求美德和知识的。"[27]

他是要体验极境，不是要真的去死。但艺术表演又是表演真理的。于是在知和不知之间，在体内原始之力被发动之际，尤利西斯和他的同伴们驾船向极境冲刺，运用"恶"的手段去达到"善"和"美"这个终极目的。

就这样，他们体验到了"死"，大海吞没了一切。当然这只是一次表演，人还活着，活着的人引火烧身，裹在纯净的火焰中一遍又一遍地重演同新生有关的那个故事。因为只有这样的故事，才是他们的本质的故事，一切尘世的罪都在这讲述中被洗净。

第二十七歌中的人性比第二十六歌中的人性分裂更为极端。火焰中包裹着的是一个兼教士与魔鬼于一身的幽灵。他体现了人的真实的生存处境：即，人不可能做善人，往往只能做魔鬼，但人必须在心灵深处向善。也许甚至这种向善的努力也无法体现出来，但人还是不得不尽力去做——如果你是一个有道德的人的话。于是痛苦无法估量，那痛苦化为铜牛刑具，发出非人间的吼声——那是人在一次次杀死生命冲动之际让语言成形。

▶ 如同那西西里的公牛最先发出的是那个用他的工具把它铸造出来的人的哭声（他应得如此），然后不断发出受难者的声音，所以它虽然是黄铜制成的，却仿佛为痛苦所刺穿似的……[28]

这里清晰地呈现出逻各斯也就是语言是如何样成形的。正是这铜牛刑具的严厉制裁，将集天使与魔鬼于一身的艺术家的心灵的语言炼成，那里头包含着无数沉痛的牺牲经验。逻各斯是刑具，人自愿受刑，因为这残酷刑罚同时给人带来巨大的快感——讲述人类情感和人性矛盾的快感。是这真诚的讲述，使人的形象得以在这大地上站立。

人性结构本如此，人无法改变这个结构，只能认识它，而认识的方法便是讲述，通过讲述让结构的图案在多角度的展示中焕发出光辉。

我们的家园是兽欲肆虐的地方，我们的生存"技巧"是贪欲与禁欲同时发挥，邪恶与善心并存。这里的逻辑不同于宗教，其根据来自于艺术——也就是审美实践的规律。

▶ 不要带走他；不要使我受到损害。他必须降落到我的奴仆中间去；因为他献出奸恶的计策，从那以后我抓牢了他的头发；忏悔的人得不到免罪；对于一件事情不可能一面忏悔一面又冀求，那矛盾就不允许。⁽²⁹⁾

黑天使唱出的是双关语，颇藏机锋的黑色幽默。他的意思是，他要将这个人带到艺术的地狱，让他在那里"一面忏悔，一面又冀求"。因为矛盾正是艺术的生存策略。当求生变成行恶，而这种结构又是人性结构时，人除了"一面忏悔，一面冀求"，还能有什么别的方法能更好地发挥人性？像宗教那样彻底禁欲，或像享乐主义者那样抛弃反思，显然都只会让人性越来越弱化、退化，而艺术的方式在当今的时代不失为拯救手段，也许会成为时代精神。所以黑天使在此幽默地说："也许你并不认为我是一个逻辑家吧！"⁽³⁰⁾他当然是一个深通艺术逻辑的人。

第二十八歌是人性分裂到极致的景象，也是艺术家技巧高超的表演。在第八圈的这个恶囊里头，灵魂的法庭阴森恐怖，恶鬼们不停地将幽灵们赶到利刃之下去切割，一次又一次。可是这些幽灵们是多么自豪啊，他们忍不住要向人炫耀他们血淋淋的伤口！与此同时，他们也急于展示他们那寓言家一般的超前视力。如果世人同他们相遇，为着他们所热衷的交流，他们会对这个人说出世俗生活中的恐怖前景。当然，有些巨大的主题无法用语言表达。当遇见这种主题时，罪犯的舌头就被割去了。这些幽灵罪犯，他们的原则是永恒的分裂，分裂是活力的源泉。

▶ 他替自己把自己做成一只灯笼，他们是二而一、一而二的……(31)

如果你是一名深入到了文学艺术的核心的读者，你就会发现数不清的这种类似场景。这种高超技艺来自内心非凡的力量。用身体部件做成灯盏照路的形象是艺术的最高境界。然而这种奇怪行动的初衷却是因为人对自身的某种本能恨到极致，为了限制它而将其割离自己的身体，也就是将它陌生化，变成一个他者来进行考察。这是极少有人能够做到的事情。所以艺术家的灵魂是最恐怖的处所，在那里，人通过切割和谋杀来战胜身体里沸腾的兽性，并在这种杀戮中强化灵魂的张力，让兽性转化成人性。明明是两个，却又是一个，何等奇异的景象！艺术创造就是将绝不可能的事情变成现实。

第二十九歌是腐败有毒、凄惨而不可救药的灵魂景象。此处演示了一种异端的灵魂反思的方法。

▶ 如同这些幽魂中的每一个，由于没有其他方法止住身上的奇痒，只能把指甲深深掐入肉中。因此指甲就把痂皮搔下，正好像一把刀从鲤鱼或是从鱼鳞更大的鱼身上刮去鱼鳞一样。(32)

从身体上的奇痛和奇痒中体验体内的欲望,这种比喻性的抓搔不断加深着人的自我意识。他们在痛苦与极乐中如同中了魔一样持续着这种活动,停不下来。

▶ 我的确对他开玩笑地说过:"我能够振翼而起,飞过天空";有着愚蠢的欲望和不多的机智的他吩咐我把这技术显给他看;只因为我没有使他变成一个提达拉斯;他就要一个把他当作儿子的人烧死我。⁽³³⁾

这里是双关语,里面隐藏着深层幽默。在艺术中是容不得轻浮的玩笑的。如果你想飞翔,你就得准备好体验死亡。于是这个癫病者就死了。但他却是因为从事艺术(炼金术)而被罚到这个可怕之地来的。

那么作为艺术的炼金术是什么样的活动?另一名癫病者告诉描述者说,炼金术是模仿自然(即心灵)的活动。这种模仿其实并不是一般意义上的模仿,而是一种反思性的创造。无论是搔痒揭痂,还是飞上天空,都是这种创造的形式。这些活动所需要的是内力,人必须以自己的心灵为自然的入口,在极致的体验中起飞,去表演自然的本质,发挥自然(也是自身)的能量。自然只是具备了无限的可能性,一切美的创造都要依赖于艺术家本人。为达到创造,艺术家不得不日夜骚动,坚持过一种超强度的艺术生活。

▶ 就叫道:"我们把网张开来,我可以就在这隘口捉住那母狮和她的小狮";然后伸出了他的无情的爪子,抓住了一个叫作里尔丘斯的孩子;把他旋转着向一块岩石猛投过去;而她抱着另一个儿子自行溺死。⁽³⁴⁾

这是第三十歌里面阿塔玛斯发疯的场景。人类可以具有如此可怕的、无法遏制的兽性，并且人永远也不可能彻底消除这种兽性。那么前途不是非常暗淡吗？但丁在此通过艺术创造给我们指出的出路是：以毒攻毒，将世俗的卑劣情感转化成艺术的动力。

人的本性是改不了的，因为人有一半是兽；但人可以下地狱，这却是独一无二的天赋。一旦进入地狱，一切兽欲立刻就倒转了发挥的方向，成为了正当的激情。他们到处寻找罪，其实是寻找激情，因为有罪就有艺术。他们让世俗的仇恨与愤怒在地狱里延续，通过打斗和咬啮来获取生命力，为的是重演世俗生活，再现从前的场景。而这种重演就是他们的自我意识的诞生——通过制造矛盾又解决矛盾来加深认识。就用这种极端的方法，幽灵们进行着最困难的突围——冲破宗教感的束缚，站出来进行艺术生存。他们既痛苦又自豪，一看到描述者，就忍不住表示：看我忍受着什么样的焦渴与疼痛！这就是我，请记住！我要复仇！实际上，他们正在为他们的灵魂复仇。

原始的激情是多么暴烈，镇压的手段又是多么的高超。说便是表演；咬啮便是认识人性；尝味便是重现痛苦。大地上最高级的动物通过自觉操练为自身制造出来的这种镇压机制真是天衣无缝，它能够使精神的运动永恒地持续下去，使人的道德日益趋向完善。这巧夺天工的机制，也是自然向人提供的恩惠。因为她将使它成形的可能性预先置于人的体内了。

这一歌的结尾是很有意思的。讳莫如深的浮吉尔在描述者面前表演了艺术中的矛盾。他以谴责的口吻说出了他对"我"的赞赏。他提出的问题是：艺术家到底要不要参加卑贱庸俗的世俗活动？答案是肯定的，但肯定中又有否定，言下之意为：你必须既参加到庸俗中又狠狠批判自己的庸俗，而这种批判也是带着庸俗的欣赏的批判。浮吉尔以幽默的、模棱两可的语气说出了这深奥的哲理，令"我"心潮激荡。

第三十一歌里面的巨人们是典型的艺术家的形象,"人"的形象。"我"和浮吉尔一进入地狱的那一层,就听到了悲怆而有力的命运的号角,那是从巨人们的身体里头发出来的。于是"我"的视觉中的距离变得模糊不清——人怎能轻易地看见他的自我,他的命运?他必须努力辨认。于是浮吉尔向"我"揭示了令人恐怖的真实:用锁链的捆绑来镇压巨人身上的原始之力的内幕。

▶ 我的导师向着他说:"笨拙的灵魂!你还是
用你的号角吧;当愤怒或其他热情激发你时,
用它来发泄吧。"(35)

这是被铁链缚住的,建造"巴别塔"的宁禄。他的命运是悲惨的,他是一位伟大的创造者。就是他建了那座通天塔,接着耶和华变乱了人的语言。耶和华协助宁禄对宇宙进行新的解释,解释的第一步便是变乱语言,让人进入原始混沌的古老境界,从那里面去发现宇宙的本质。这个本质是无比深奥的,因此宁禄描述本质的语言没人听得懂。但正是本质,使得世界上的方言全都在表达着同一个主题——关于人性的古老主题。

宁禄因为创造而永远被铁链所缚,他却是他自己的指控者——就如此地的每一个罪犯一样。他们是敢做敢当的巨人,即使在地狱的深渊,也仍然不惧说出深奥的真理。巨人们身上的镣铐是自然给他们的奖励——他们有了锁链镣铐,艺术活动从此有了保障。这是人类的幸运,自然的赐福。所以巨人的命运既幸运又悲惨。人类以巨人为骄傲,以他们的高贵作为人类整体的标志。

这一歌里面有一段关于"自然"的抒情议论。表面上好像说的是自然不赞成巨人们的产生,因为过于强大的欲望会带来人所无法掌控的邪恶。但结合后面的描述来看，那只是作者的幽默和反话。整个这一歌里头，巨人们始终是他所歌颂的英雄。这些伟大的人们是人类自我意识的象征。作者为什么会有如此强大的想象力？因为这些身缚锁链的巨人们隐居在他灵魂中黑暗的深处！

第三十二歌为读者描述了最冷酷的、坚冰一样的意志。这种剿灭一切欲望的、以死为前提的生，凸现出人性的高贵。如果一个人要做到心如坚冰而又并不麻木，那该是何等残酷的情境！然而就从这种境况的持续中，一种高超的艺术技巧被操练出来了。

▶ 而当他们抬起头来向着我时，他们那先前在
尘世中流泪的眼睛这时却从眼皮间涌出泪水，
严寒冻住了眼皮间的泪水，又使眼皮闭起。(36)

让热泪以冰的形式呈现，这是这种艺术中的奇景。需要什么样的意志，才能练出这种技巧来！一流艺术家们在他们心灵的最深处，也就是地狱的最底层，正在不懈地进行着这种操练。如此强大的逻各斯，所面对的是最为邪恶的、火一般的欲望。甚至世俗的"名声"在此地也暂时失去了效用。对待自己和同胞像冰一样冷酷的幽灵们，大言不惭地宣称他们就是最邪恶的，他们配受这种制裁。

▶ ……但你找不到一个更应该冻结在冰里的幽
魂……(37)

这个幽魂的语气里头透出幽默的自豪，因为他和他的同胞正在这种永劫之地显示人性的光辉。一切全是他们自己选择的方式，以恶制恶，因为邪恶，所以高贵，地狱的逻辑本身就是拯救的逻辑。可是这不是只有真正的艺术家才忍受得了的残酷逻辑吗？在那一切生命死灭

的处所,强大的原始的热力蕴藏在幽灵体内,与外部的坚冰共存。

▶ 他对我说道:"就是你把我的头发都拔掉,我也不告诉你我是谁;也不把头给你看,纵然你敲打我的头一千次。"(38)

自我惩罚到了这种地步,反省到了这种深度,世俗的名声也无所谓了。此处同以前的那些幽灵们的方式有了很大的区别。冰的世界里的意志更为强硬也更为彻底,幽灵们要用拒绝交流(显示为冰的形象)的方式来进行深层交流,用傲慢的沉默来进行另类的沟通。不懈的绝望的叩问因此得以传达到无边的自然。而答案,难道不是就在这叩问本身里头吗?我遵循浮吉尔的暗示主动投入艺术活动,同幽灵们一道进行终极的追求,使自己的自我意识得到了空前的加强。

▶ 如同人因饥饿而啃面包,那个在上面的头用牙齿啃进另一个的头脑和颈项相接的地方。(39)

如果咬啮同胞,那一定是要通过对方的反应来重温自身的痛苦——艺术中的自我意识曲里拐弯。于是世俗中最可怕的仇恨就以这种方式进入了第三十三歌中的艺术叙事。

这一歌的主题是体验人作为人类应具有的耐力的极限。这种极限的生存境界的内容是品尝艺术复仇情感的浓度,是通过咬啮仇人的肉体来获取关于自我意识的知识(重温难以设想的剧痛)。所以这是一出高度英雄主义的戏。

乌哥利诺伯爵,也就是那个吃人的愤怒者,向描述者叙述了他的梦。

▶ 那座因我而得到"饥饿的塔楼"的名称,而其他的人还要被关禁在里面的监牢,有一个狭窄的洞眼,我从那洞眼看见了几次月圆之后,我做了一个噩梦,它为我揭开了未来之幕……(40)

　　伯爵的梦是主动下地狱,主动自我折磨的艺术之梦。谁逼他重演噩梦了?没有谁,只有他内心深处的杀人机制——经历了那样的苦难之后,机制变得杀气腾腾,精神上再也得不到安宁。所以乌哥利诺梦中的寓言便成了他的命运。或者说,艺术家的命运都是由他的行动做出来的。

　　当人重演噩梦时,他不知不觉地就成了受难者,或者说,他就是为了重演而成为受难者的。而且他通过受难超越了痛苦,进入了本质体验,那就是:作为人,无论什么样的剧痛都可以忍受。这种忍受又和动物的出自本能的忍受全然不同,因为理性在人心中。只要是艺术境界的忍耐,哪怕痛到极点也不能发疯。当儿子说:"你给我们披上了这可悲的血肉,现在把它剥掉吧。"(41) 乌哥利诺没有动摇自己的意志。他是人,不是兽,他不能吃人。他唯一能做的事便是在剧痛中忍受自然死亡的到来。

▶ 我的父亲,你为什么不帮助我?(42)

　　这样的叩问相当于说:"乌哥利诺,你是人还是兽?"如此严峻的叩问如同天庭里的雷声。他是人,不能在世俗生活中吃人,只能在地狱中自啮其身(吃对手的表演相当于吃自己)。简单的几句叩问,使得乌哥利诺高贵的形象立于读者眼前。

▶ 除去我脸上的坚硬的面幕,好让我在眼泪没再冻结之前发泄一下那塞在我心头的悲伤。(43)

"我"没有听从邪恶的幽灵的要求，一直到最后都没帮助他。但恶灵的本意到底是什么呢？让眼泪在脸上冻结，不正是这些地狱臣民的特权体验吗，又怎么会想要中止？看来"我"的本能行为也是他的意愿，他用心怀叵测的敦促使"我"不知不觉成熟。

▶ 唉，热那亚人，丧尽了道德并充满着一切腐败
　的人们呀，为什么你们不从大地上消除？⁽⁴⁴⁾

　　这是"我"这个描述者发出的感叹。"我"已经快走到地狱的尽头，"我"大大成熟起来了，因而发出了这种幽默的感叹。为什么不能被消除？是因为他们要以艺术的方式在大地上生存啊。这种方式的特点就是残酷的分裂，卑劣的苟延，一切可以想得到的自虐和自戕。这样的人们不该灭亡，难道不是吗？大自然生出了他的儿女们，总会有办法令他们生存！

　　第三十四歌中，描述者"我"和浮吉尔终于来到了地狱的最底层，这里是魔鬼琉西斐所在的地方。面对他，这个人性的真实的象征，"我"发生了眩晕。

▶ 悲哀之国的"皇帝"，从半胸以上都露在冰
　的外面……⁽⁴⁵⁾

　　从前的野性的天使，如今被冰冻住的这个魔鬼是一个矛盾体。他的身上沸腾的活力与压制的机制同在。他虽无法动挪，但地狱里的一切生命活动都因他而发生。他存在的模式就是创造的模式。虽然传说是上帝罚他栽入地心，但从诗人但丁的描述看来，更像是琉西斐用冲

撞砸开大地,穿透地球,最后在此现身的。也就是说,地狱和炼狱都是因他而形成。但丁的魔鬼并不需要上帝。

实际上,向下的运动便意味着超升。天堂就在此刻,在我们的世俗生活中,也在我们的艺术操练中。琉西斐的坠落是伟大的冲撞,挑战上帝的小天使自己成了上帝——他要掌握自身的命运。他身上具有的矛盾结构就是自然本身的结构。他那巨大的翅膀充满了道德的力量,他扇出的冰风可以彻底冻结人世的情感。

▶ 在每只嘴里他用牙齿咀嚼一个罪人,像马嚼着马衔铁一样,他就这样使三个罪人受到酷刑。⁽⁴⁶⁾

伟大的勃鲁托斯和英勇的凯歇斯在魔鬼的其中两个嘴里受到咀嚼的折磨。但魔鬼的折磨正是这两个了不起的人所渴望的,因为受难就是获救,在琉西斐的镇压机制里二者同时发生。这便是地狱之谜,人性之谜。是从什么时候起,我们的诗人失去了琉西斐的这种气魄,这种向下、向内的能力,从而与人间隔绝,成了飘在半空的游魂的?某种优雅的怪癖和宗教的盲信毁掉了诗人们身上的创造力,使得千年的艺术方向发生了偏差,而今终于临近绝路。而七百多年前的诗人但丁又是如何样从冥冥之中悟出人性的真理来的,实在是不可思议。上便是下,地狱与天堂是一体,这就是地狱之谜的答案,两极永远相通。

诗人但丁的魔鬼虽然无法动挪也不开口,但他已经具有了《浮士德》中的魔鬼的雏形,伟大的艺术传统便是这样传承下来的。

注：

（1）《神曲》朱维基译，上海译文出版社1995年版，第60页。
（2）同上，第54页。
（3）同上，第7页。
（4）同上，第49页。
（5）同上，第65页。
（6）同上，第69页。
（7）同上，第74页。
（8）同上，第78页。
（9）同上，第86页。
（10）同上，第110页。
（11）同上，第110页。
（12）同上，第114页。
（13）同上，第114页。
（14）同上，第118页。
（15）同上，第121页。
（16）同上，第124页。
（17）同上，第127页。
（18）同上，第132页。
（19）同上，第134页。
（20）同上，第137页。
（21）同上，第142页。
（22）同上，第144页。
（23）同上，第152页。
（24）同上，第160页。
（25）同上，第165页。
（26）同上，第172页。
（27）同上，第180—181页。
（28）同上，第183页。
（29）同上，第188—189页。
（30）同上，第189页。
（31）同上，第196页。
（32）同上，第201—202页。
（33）同上，第203页。
（34）同上，第206页。
（35）同上，第216页。
（36）同上，第223页。
（37）同上，第224页。
（38）同上，第226页。
（39）同上，第227页。
（40）同上，第230页。
（41）同上，第232页。
（42）同上，第232页。
（43）同上，第234页。
（44）同上，第236页。
（45）同上，第238页。
（46）同上，第239页。

此文为《神曲·地狱篇》读书笔记，写作时间为2010年4月，原名《重读但丁》。

《神曲》新解（2010年重读但丁）
——读《神曲·炼狱篇》

第一歌

从黑暗恶臭的地狱进入炼狱，也就是进入了一种纯精神性的生存方式。在此处，灵魂的痛苦取代了肉体的痛苦；人与人之间的搏斗转化为个体精神上的内斗；而精神的要素——理性、生命意识、自由的原则等等，全都以新的面目出现了，灵魂的法庭则从初级升到了高级。理性之光太强烈，令人无法忍受。那么在此地，人应该如何样生存？如何样发挥自由？

▶ 我转身向那右方，把我的心神贯注在另外一极
　　上，我看到了只有最初的人见过的四颗星。⁽¹⁾

人性是深渊，你不断探索，就不断有崭新的、从未见过的风景显现。描述者和浮吉尔已经经历了地狱，同自己身上的兽性搏斗过了，现在，他们要去辨认那更深处所的人性结构。而这种行动需要的是彻底的主动性，因为自由之旅只听从心的召唤。就这样，两位旅人遵循必然性同自由通道的看守伽图相遇了。浮吉尔同伽图之间充满辩证精神的对话将那个结构的微妙之处凸现出来。

▶ 我们并没有违犯永恒的法则，因他还活着，
　　我不受迈诺斯的约束，我却居住在你的玛喜

亚所在的那一环里,她那双贞洁的眼睛,神圣的心啊,还在求你承认她:为了她的爱,请你垂怜我们吧。⁽²⁾——浮吉尔

▶ 如今她既住在那恶流的彼岸,按我离开那里时定的法律,她就不再能打动我的心胸。但是,如你说的,假使一位夫人感动你又指示你,就不用谄媚:你用她的名义向我请求就够了。⁽³⁾——伽图

炼狱的新原则从表面看好像杀死了一切人间之爱,但浮吉尔并非不懂得这其中的奥妙而来自取其辱。所以他在申述自由之行的理由时,既提到天国中的俾德丽采的请求,也提到伽图的妻子玛喜亚的爱。这两种爱其实是一种,可以相互不断转化;正如人的理性也是可以转化的一样。爱、理性,都是矛盾物,这就是奥秘所在。所以原则其实是为了让勇敢者来冲破它而设的,它等待一位有足够的爱的激情的人的到来。浮吉尔理直气壮,因为他忠于自由,忠于自己心底的冲动。伽图的转变则显得出乎人的意料。

于是原则化为了行动的指南,伽图用水中的灯芯草来比喻人应当具有的理性——一种既不缺少灵活性,又无比强韧的草,那种具有神性的草会帮助他们走向太阳升起的山坡。就是在这时,描述者目睹了灯芯草的奇迹。这奇迹意味着:你越运用你的理性,理性就越多;你越发挥生命力,生命就越强。经历了绝望之旅的人现在获得了追求自由的特权。

第二歌

同地狱中那些凶神恶煞的小逻各斯形成对照,炼狱中的逻各斯庄

严，清明，总是浑身披着炫目的光辉，让人难以面对。比如这位天使的形象就是如此。他站在船尾，给出航行的方向。他的骄傲的翅膀可以带着船只飞离大海的水面。向着理念冲刺的罪人们在小舟里获得了爱的力量，争先恐后地跳上海岸。这时问题就出现了：往哪里走？没人知道。因为逻各斯的义务只是指明方向。

就在这时，罪人们同浮吉尔和描述者相遇了。又一轮关于自由的讨论更为深入地开始了。描述者遇见了他的友人音乐家，他激动地要拥抱友人，但却抱了个空——友人没有肉体。于是友人请描述者同他保持一定的距离，站在原地不动。这便是炼狱之爱，一种失去了肉体的激情。因为失去了肉体而更为纯净。

▶ 我并没有受到委屈，虽然那能随心所欲把人带走的他，有好几次不给我到这里来的方便；他的意志由一个公正意志造成。(4)——卡塞拉

这就回答了以上的问题。在创造中，当逻各斯给予了方向时，一切行动仍要依仗人体内的冲动。如果冲动还不够，天使就不会让你上船，你还需积攒力量，等待。而"我"在此地同卡塞拉的这场讨论，其实也就是在积攒力量。因为我们一起在表达相互的爱，以及共同的对真理的爱。这场讨论的高潮到来时，我和全体罪人一道全神贯注地倾听了音乐家唱出的爱情之歌。

▶ 我们大家正在全神贯注地倾听他的歌声，那可敬的老人猛然说道："你们这些懒鬼，这算是什么啊？看你们荒疏拖延到了什么地步……"(5)

这就是冲动，这就是灵感。灵感如在人背后追杀的死神，也像

超级的义务。罪人们在义务感的追逼下凭本能四处冲刺,又凭本能冲到了正确的道路上。爱的音乐——责骂——行动,艺术的逻辑在这个场景里就这样自然而然地呈现出来。灵感是什么的问题又一次得到解答:灵感是生存的意识,是逃避死亡的冲动。你不可能通过常规的思维获得灵感,因为炫目的理性使你无法冷静地运用思维,你必须走一条岔路,也就是挑起情感的冲动。

第三歌

炼狱生存的另一特点是自觉革命。既然同地狱的原始冲动相反,逻各斯已经住在了人的头脑中,那么一切意义都得依赖于自己对自己的纯精神的惩罚;自己如何主动同世俗交合;以及如何进行那种反思性的思索了。炼狱中的每一步都是绝望中的希望,即,出路是没有的,你想后退也是不行的,你必须冲动起来。而在冲动之前,你必须主动地、充满绝望和痛苦地等待。你因为看不透命运和理念而悲哀。

> ▶ 人类啊,你们以事实为满足吧!假使你们能够看到宇宙万物,那么马利亚就无需生育了;你们见过作无用的想望的哲人,他们的想望不然会得到满足,如今却成为他们永远痛苦的原因。我指的是亚里士多德和柏拉图……(6)

创造就是这种不确定性的焦虑煎熬。你看不到终极目标,你能看到的,仅仅是你的"看"。当然这个"看",也就是我们视觉同物本身交合的行动。反思性的思维便是这样一个模式。在这个纯精神王国里,就连痛苦的欲望也变得如此干燥,纯形式的、没有内容的欲望寻找着生命之水。这里是情感的沙漠,等待是为着当灵感从世俗中来临时,人能进行表演,表演是为着将内容注入情感的形式,以缩短等待的时间。每个幽灵都必须高度警醒,因为有事情要"发生"。

灵魂深处将要发生什么?仅仅是反思性思索的执着会给人带来希望。对于幽灵们来说,希望就是世俗之爱。那是他们灵感的源头。描述者就是那源头。他们急不可耐地同他谈论世俗,他们枯燥的思索需要爱来激活。内心严酷的自审机制原来是为爱而设的,唯有爱,能推动他们创造的进程。就这样,像羊群一样温顺的一队幽灵向这两人靠近了。起先,他们踌躇,试探,他们这些无影人看到了我投在地上的影子。其中一个高贵的幽灵走过来,露出他胸前的伤疤进行了一场倾诉。

▶ 如今在那国境之外,弗特河边,他吹灭了烛,把骨头迁到那里,任它们受到雨的冲洗,风的吹打。

▶ ……若是在人世没有善良的人们替他们作祷告来缩短这个刑期,他们在这滨岸之外彷徨的时间,须三十倍于他们在傲慢中度过的年月。(7)

自审严酷得没法忍受,精神必须从世俗中吸取力量,否则必死无疑。无论这一位做过多么可怕的事,他依然想要回归到爱,只有爱才带来希望。在表面希望死灭的地方,幽灵就用他的倾诉来制造事件,而这种倾诉又是由描述者带给他的世俗刺激所激活的想象。

纯而又纯的境界确实比地狱更难忍受,因为每分每秒你都得焦虑,内心的和平永远不属于你。只有无望的渴求,只有近乎虚无的坚持。而那阴森的魔鬼,早就将你身上的世俗瓜葛彻底斩断,你将如何样坚持?只有相信爱的奇迹了。令人难以置信的奇迹就应时发生。

第四歌

  这一歌主要描述了理性的功能。一开篇就指出了理性的统觉能力是最为优越的,是超出其他一切人的能力的。人之所以能成为人,就是因为人有理性。这种能力能够使人的感觉集中于一个方向,发挥最大的力量。炼狱就是理性机制。你如何样运用它的力量来创造?首先是挤压欲望——浮吉尔和"我"从那狭窄的崖壁缝隙间挤过去。接着他又逼"我"进行了野兽般的拼死搏斗的攀爬。终于我们坐下来了。

> 我先把眼光投向下面的海岸;然后抬起头来望那一轮太阳,惊异阳光从左射在我们身上。那圣哲的诗人清楚地看出了我对那光辉的巨轮完全感到惊讶,它那时正处在我们和北方之间。[8]

  创造中,原有的方位感完全失效了,"我"获得了新的方位感。这时艺术中的矛盾和秘密呈现在"我"的眼前:南就是北;对立与统一;生命力和理性。一个行动,两种对立的意义。"我"的境界大大地扩展了,"我"将生与死联结成一个整体,内心敞亮起来。但"我"还是看不到这座山的顶点,"我"心中仍有疑惑。
  浮吉尔对"我"解释了我们刚才的过程。他说开端是最困难也最重要的,进入机制之后就会获得动力。而越到后来,人就会越感到自由的喜悦。顶点不可真正抵达,过程便是一切。浮吉尔同"我"断断续续地赶路,我们看到了岩石后面那位悲哀的等待者。

> 老兄,上去又有什么用呢?因为坐在门边的

上帝的天使，不肯让我进去经受那些磨难。
我先得在门外让天体绕着我转，我在世时它
转多久，现在也转多久……(9)

等是炼狱的永恒姿态。火候还没到，奇迹还没显现，你必须等。以高昂的精神，清晰的思维，虔诚地去等；以黑色的忧郁，绝望的悲痛，横下心来等。然而这姿态丝毫不意味着放弃，它出自决绝的自由意志，没有任何事能使这种意志动摇。此外，等便是一个人的救赎本身，等理性天使的准入，等世俗情感经验的援助。

却原来这种看似消极的等待本身就是自由的体验。难怪炼狱中到处都是焦急等待的幽灵，难怪他们如此专心于自己的行动，难怪他们如此地盼望心中的意志同世俗生活相联，通过世俗生活得以实现。人人都盼望获得拯救，这种奇特的自救就是、也只能是这种难以理解的等待。这到底是痛感还是快感？是松散的无奈的行动，还是坚定的自由选择？没有经历过艺术审美活动的人很难进入这位幽灵的境界，因为他对自身的反思已经发生了本质的嬗变，他已将世俗中的消极再造成了彻底的主动精神。

第五歌

这一歌将描述奇迹发生的瞬间，以及炼狱中的人们如何净化他们自己（用爱、用哀伤的忏悔、原谅、伤感自怜等等）。同地狱相比这都是新元素。肉体的暴力不再出现，代之以无边无底的哀伤。

▶ 他们一看到我的身体竟然不让太阳的光线通过的时候，他们变吟咏为一声粗长的"哦"！(10)

▶ "这群逼近我们的人数目众多，他们走来恳

求你,"那诗人说道,"但你还是往前走,边走边听吧。"⁽¹¹⁾——浮吉尔

描述者的身体里有世俗的沉渣,不像这些透明的幽灵。这是真正的奇迹的瞬间——一个活人来到了幽灵们所属的炼狱。对于相遇的双方来说,这也是创造的瞬间。对幽灵们来说,唯有世俗情感能让他们净化自身,洗去罪恶。而描述者则借此领略了他们的创造表演(叙说对世俗的爱和留恋),自己的心灵也随之净化。

浮吉尔的话则总是听上去很矛盾,起先他要"我"聚精会神地行路,奇迹发生之际却又要"我""边走边听"。他的两个指示似乎各有所指,却是同一个含义,即,只倾听内心的声音,只遵循本能。炼狱是灵魂,这些幽灵是"我"心里头的居民。"我"不用停下脚步,因为对心灵的认识只能在过程中实现,旅途的终点是看不见的。就这样,纯精神(幽灵)同世俗("我")的交合发生了,激情的表演激活了双方,人性得到了提升。

▶ 但是,我在俄赖珂被袭击的时候,我若是向拉密拉那个方向逃走,我现在还活在人们所在的人间。⁽¹²⁾——幽灵

纵然炼狱的境界如此崇高,幽灵最最留恋、最最热爱的仍是那充满了阴谋和凶杀的世俗生活。并且只有讲述那悲惨的世俗,只有无穷无尽的痛惜与忏悔,才能维持炼狱的格调,使之不至于被玷污。而描述者和浮吉尔从一界走到一界,竟然是为了追求内心的安宁!那么这就是意味着,唯有回忆世俗中的可怕情景,重演那些阴惨的情节,人才能净化自身,获得幸福与安宁。这是多么不可思议的癖好!当然,讲述者的态度是完全改变了。这里不再有恶意,不再有复仇,唯有温

柔的情感。世俗的记忆变得无比珍贵，悲哀的死亡也成了高贵的描述。不论是描述者"我"，还是那幽灵，双方都深深体会到：天堂虽好，世俗的生活却是最好。而最最迷人的，则是这饱含激情的表演。难道不是这些温柔圣洁的讲述者，维系着两界的生命，并将活力源源不断地输向炼狱？

▶ 你务必要记起我，我就是拉比亚；我在西挨那出生，我在马累玛身亡；先同我订婚，结婚时又为我戴上宝石戒指的他，却要了我的命。⁽¹³⁾

多么高贵温柔的女性！永远以梦一般的柔情怀念上界的人生！

第六歌

　　这一歌描述了爱是唯一的通往天堂之路，而爱又是以自我审判作为前提的。灵魂的法庭无比严厉，但人心中的爱始终不渝，在每次审判中幽灵们都要求更多的爱，自己也显示出更多的爱。索取得越多，产生得就越多，这就是炼狱的爱的特殊属性。追求理想的历程是漫长的历程，希望只存活在人的祈祷之中。而追求，就是解决矛盾。人心中的矛盾有一个结构。

　　结构是这样的：你真诚地向神恳求拯救，神不回答你；你一轮又一轮地祷告请求，神还是沉默。最后，是你的叩问请求构成了你的获救的形式和内容。这便是炼狱的根本结构。人面对的永远是无路之路，只能聆听着心的搏动去发现自己的路。神的拯救其实也是自己救自己。绝对的拒绝与绝对的追求一同构成了高深的认识论。"我"心中那个将由俾德丽采来解答的疑问就是指的这个结构。

▶ 来看看你的罗马吧，她是多么孤苦伶仃，流

着泪,在日夜叫号:"我的凯撒啊,你为什么不陪着我?"⁽¹⁴⁾

描述者在此处站出来直接抒情。他表达了两种相互矛盾的爱:对意大利的阴郁之爱和对佛罗伦萨的激情的理性之爱。意大利代表欲望。人是不可能消灭自己的欲望的,只能用理性去范导,但即使是范导,欲望也往往要将理性冲破,趋向野蛮。那么,是否因此就放弃理性?描述者对欲望造成的苦难的抒情做出了回答:"至上的虬夫啊,你是否准许我问,你公正的眼是转向别处去了呢?抑或是你在深思熟虑之中,为了某一个我们完全看不到的仁慈的目的,在做什么准备?"⁽¹⁵⁾也就是说,人只要不放弃,那么欲望的一切表演都将成为理性的狡计。有两个关键:一是不能放弃反思,二是欲望的发挥也得持续,因为欲望就是自由。

▶ 你必将看到自己像一个病妇,在柔软的床上
怎样都不能睡去,只是翻来覆去以减少她的
痛苦。⁽¹⁶⁾

以上说的是对"我"所赞扬的佛罗伦萨的形象的描绘。佛罗伦萨理智清明,是作者心中的理想之城。逻各斯始终控制着她。但这种控制的机制仍然是那个复杂的创造机制,即她的理想的风范只能存在于痛苦的、折磨人的欲望实践当中。欲望即分裂,分裂即自由,心灵中不会有长久的和平,和平只存在于分裂运动之中,是一种努力达成的平衡。倘若绝对的和平降临,精神也就消失了。所以佛罗伦萨"像一个病妇",在痛苦中创新,不断地改变和更新自身,以维持自身的活力。而且她敢于承担义务,大胆追求幸福,永远是欲望在前,理性在其中。这种痛苦的幸福就是艺术家所追求的幸福——将意大利与佛

罗伦萨包容为一体的幸福。

第七歌

　　这一歌描述的是精神机制的严酷度。它体现为忏悔的绝望程度——面对死亡一般的无可挽回的往事，所有的努力都已无法补救，太晚了，但还要残酷地、一遍一遍地回忆，将其悟透。这样一种不可思议的癖好就是属于艺术的。初看之下也许这种机制太不符合人性了，仔细读进去才会领悟到这正是唯一的那条通向人性解放之路。

▶ 于是那善良的索得罗用手指在地上划了一下，说道："看吧，日落后这条线你也不能越过；阻碍你往上走去的是夜的黑暗，而不是因为另外的什么东西：这使意志因缺乏力量而困惑。确然，在夜间你可以回到下边，在地平线把日光隐起的时间内，彷徨着，绕着这座山坡来回踯躅。"(17)

　　"我"和浮吉尔必须在夜晚下沉，沉入那昏暗中的美丽的幽谷。只有在那种地方，"我"才能看清人心的深处到底有些什么，原始的自由之力又是如何样发挥作用的。我们沿着诡秘莫测的曲径往里走。

　　我们同伟大的帝王们相遇了。他们坐在那幽谷的底部一动不动，无尽的悲哀与痛悔浸透了他们的全身心。但每个人都明白，对于自己在世俗中的恶行的忏悔并不能使事情得到丝毫改变。忏悔就是忏悔，人必须对忏悔本身专心致志，使你的忏悔达到一种致命的深度。在这个山间的空洞而虚幻的处所，帝王们在等待灵感的降临。"我"和浮吉尔就是他们的灵感,因为"我"能给他们带来人间的消息,让那虚幻的忏悔注入内容。

当"我"一个一个地将这些帝王们辨认清楚时,"我"也逐渐感到了那死一般的绝望的深度。往事历历在目,他们必须在无望中度过每一分钟,那残酷的机制是他们自己为自己所设计的。他们的存活方式就是绝望,尽管如此,仍要一直在头脑中描述那绝望直到最后,永不放弃。这是因为他们只有这唯一的一种机制,他们只能紧紧抓住不放。到头来,每个人都发觉自己爱上了这种机制,同它再也不能分离。这也是为什么他们要一动不动地坐在黑暗里聆听的原因。他们的身体不动,思维在焦虑中运动,这种运动创造了一个神奇的乐园。

那花园,那美丽的植物,像赤金,像白银,像翡翠……谁养育了这些奇花异草?难道不是帝王们的高贵的反思给这人间天堂输送着营养?似真似幻的,从未有过的非理性之美不正是来自这些伟大的理性者?是反思,那无穷无尽的反思,将尘世的苦难变成了天堂般的美景。

▶ 人类的廉洁难得从血统的分支中往下流传:
上帝的意志就是如此,为的是我们可以向
他求这恩赐。(18)

人性本恶,廉洁却来自认识,这种结构从来如此,不可改变。但爱也是人的本性。要让爱得到实现,人便建立起这残酷的审美机制,使得自己日日可以去实践,去追求爱的理想。迄今为止,还未发现比这更为完美的机制。这些帝王,这些真正的哲人、艺术家,当然深通其间的奥秘。否则的话,内心充满焦虑的他们为什么坐在那里一动不动?

第八歌

　　心灵中那个永恒的矛盾在第八歌中得到了展示，它体现为蛇和天使这个历史性的结构。这个精神结构在艺术上有什么特点？艺术家的创造是如何样演示这种运动的？在这个方面，很少有人像但丁那样精妙地发挥，出奇制胜。

　　人性一分为二，但人性的发展又要利用体内的兽性冲动，让这兽性为自身的创新服务。这个矛盾的尴尬使得一个文明人永远只能有"抑制着的冲动"，即自由冲动。也使得那把制裁之剑的刃口永远是卷曲的。天使们待在天空的高处，蛇在草中潜行，一旦蛇有所行动，天使们就一头扎下来制裁。这样一个能动的机制又有点游戏的成分，因为天使们的剑不可能杀死蛇，只能起到一个威慑的作用。久而久之，蛇便心领神会，玩起了这个危险的游戏。蛇知道天使其实离不了它，便公然挑衅，灵活地避开制裁。对立的两方所推动的是一个机制。一方成了忠诚的卫士，一方成了冒险的精灵。哪一方更为必不可少？

▶ "哦，"我对他说，"我今天早上来自那悲惨
　之境，我还在第一个生命中，我虽以这次旅
　行争取另一个生命。"(19)

　　诗人就是在两个生命之间来回奔波的人。他既不是彻底世俗的，也不是纯精神，而是不断使二者交合的媒介。所以诗歌与诗人都是奇迹。这些伟大的幽灵们期盼的奇迹就是描述者"我"和浮吉尔。那望眼欲穿的从未有过的奇迹降临到了这山谷，幽灵们心中的爱就像得到了雨露的滋润一样充盈起来。他们开始讲述这爱，这悲惨的遭遇，这永恒的事件。而"我"，在内心深深地应和着他们，又一次领略了自

然结构的完美，人性的优越。人只能如此表达爱，自由的意志也由此而生。

> 但愿照引你登上天国的蜡烛，不会使你的意志缺少应有的蜡，好让你到达那上着釉彩的峰顶。[20]

蜡就是自由意志所需要的爱，只有这爱才能维系真正的自由意志。而这个意志本身，就是人性的动力。意志每突破一次，前进一步，爱就必须跟进。人天生为认识的动物，人也天生为道德的动物。伟大的自然通过我们的意志来实现着她自身的意志。所以歌中的幽灵说："上帝把他的本意深深隐起，没有浅滩通向那里。"[21]却原来这个本意就是人自身的自由意志，向内冥思的个体才有可能悟到这个结构。诗人但丁毫无疑问是艺术家中的先驱，了不起的超越性的哲学家。他不仅超越了狭义的人性，也远远地超越了近代哲学家，其探索的深度令人叹为观止。人所制定的神圣法规是为了爱，也是为了探索奇迹，二者相辅相成，缺一构不成人性。

第九歌

这一歌描述了庄严的灵魂拷问，美德和爆发的生命力之间的关系，自由的内幕，以及美的历程。

> 在那个时辰，将近破晓的时候，燕子说不定想起她以往的悲痛，正在凄凄切切地开始她的啁啾；……我做了一个梦，仿佛看到一只鹰生着金色的羽毛，停在空中不动，张开了双翼，准备猛扑下来。[22]

燕子的歌是灵魂的哀歌，永远是苦难，永远是悲哀。悲哀的灵魂需要飞翔的力量，所以梦里总是有一只鹰。人必须通过梦想来摆脱肉体，那种严厉的审判的梦想。法律高悬于天庭，无人能逃脱鹰的惩罚。死神降临一般的惩罚对于描述者来说意味着审判的开始。一切进入到程序里头，炼狱的法律开始起作用，描述者于是在生与死之间挣扎，经历那炼狱之火的洗礼。灵魂就在这恐怖的洗礼之后重生了。

随后描述者的眼睛转向生命和自由之海，浮吉尔告诉他说他已经到达炼狱。现在是时候了，描述者必须自由地发挥自己的生命力。浮吉尔还告诉描述者说，他是在梦中由代表美德的仙女琉喜霞将他送到这儿来的。这意味着他走在正确的道路上。因为美德就是整个炼狱机制的基础，人只能通过美德来发挥生命力。鹰就是仙女，她迫使灵魂产生裂变的力量，展现出严酷之美——既同死亡接轨，又达到生命力的极限。这种灵魂运动升华的层次越高，人获得的自我意识就越强。这便是自由的内幕。琉喜霞将"我"推上了自由旅程。自由的大门前有三级阶梯。

▶ 我们就往那里走去，踏上了第一级，那是一块光可鉴人的白云石，我一走上去它就映出我的身影。第二级的颜色比蓝灰深一些，也是石头，高低不平，烧成石灰，它的横里和它的直里都巴坼裂。那横在上面的一大块是第三级；似乎用斑岩砌成，发出红的火光，就像从血管里喷出的血一样。(23)

第一级意味着自审，冷静的反思；第二级意味着强硬的决心，永不动摇的意志，历经沧桑，死而后生；第三级意味着可怕的自我制裁，严酷到自戕的程度。经历了这三重考验之后，人就能得到打开自由大门的钥匙了。

那钥匙是一金一银，分别代表美德和生命中的智慧。使用这两把钥匙需要巨大的勇气，需要勇往直前，即使是犯错误也比停滞不前要好。在这里，冒险精神和灵活的智慧是最大的美德，任何迟疑不决者都是背叛。

当天使为"我"打开大门之际，千年的仇恨和邪魔便被从门里释放出来了。粗暴的咆哮震撼着天地。接着美妙的音乐就响起来了，这音乐声其实是从"我"灵魂深处发出来的召唤，是美丽的灵感在歌唱。谁追求自由，谁就必须聚精会神地倾听。将整个事情综合起来思考便会得出结论：仇恨、邪魔、美妙的音乐等都是出自同一个心灵。这一幕的剧情是对于最高自由的演绎——哪里有严酷的镇压，哪里就有拼死的突破，美就在那里诞生。

第十歌

这一歌用几个寓言故事向读者演示了：自由是人的选择。人选择自由就是选择在沉重的罪感中受苦。

▶ 我们从一块裂开的岩石里攀登，这块岩石向这边又向那边移动，像一片忽而退去忽而涌来的波浪。我的导师开始说："我们这里必须有一点儿灵巧，要时而向这边时而向那边紧靠凹进去的山岩。"(24)

一个人的自由意志是最难追随的，一切都只能在"做"的当中去领略。唯一的尺度和原则是人的本能。但本能变化莫测，看不见摸不着,你如何去追随?于是事情变成了这样:如果一个人想追随自由意志,他的历程就会变成一连串的冒险活动,他将永远面临真空的威胁和危险的袭击。人会发现他不是处在"茫茫太空的边缘"[25]就是处在"向上直耸的危危崖壁的底脚"[26]。

自由人除了承受这种自设障碍的恐怖之外,还要不停地制裁惩罚自我。这种自我制裁被称为天使的"和平法令",也就是诗歌里描述的被流泪执行的法令。这法象征着爱,也象征着真正的人类灵魂的和平。

▶ 走在上帝的约柜前面的是那谦卑的诗篇作者,他束起了腰,跳着舞;那样子更像也更不像皇帝。刻在他正对面的是他的妻子米甲,她靠在一座巨宫的窗边观望着,像一个心怀轻蔑和悲哀的妇人。[27]

以上是以色列王大卫的故事。大卫是觉醒了之后去勇敢地做自由人的典范。他通过事实的教训深深地领悟了自由的含义,渗透了人生中的"契约"的真实价值。于是他克服世俗的障碍,勇敢地追求起自己的理想来。而他的妻子米甲还处在蜕变的过程之中,所以很不理解丈夫的行为。这个圣经故事描写得很隐晦,但只要追溯但丁的思路便会知道他的用意。很显然,诗人所关心的是寓言中关于自由和承担这个核心意思的描绘。你要做一个"人",你就必须承担义务和风险,并签订某种灵魂的契约,按照这个契约规定的去努力履行。

▶ 那个可怜人儿就在这一切中间,仿佛在说:
"王呀,替我的被害的儿子,报仇吧,为了他我的心儿也碎了。"他回答她道:"你暂且等一下吧,待我回来后再说。"她好像忧急得不知怎样才好,接着说道:"王呀,你若不回来呢?"他说:"接我位的人会替你办这件事。"她道:"你若忘了自己行善,人家行善于你又有何益?"⁽²⁸⁾

这名寡妇是在请求图拉真皇帝做一个具有美德的人,美德和义务永远是属于人的内心的事物,同别人无关,是人之为人的根本。这幅图也演示了炼狱中的法:人必须亲自行善才能拯救自己。这是一个道德的寓言,也是一个有关自我意识的寓言。美德是导向自由的,而自由又意味着艰难的选择。图拉真皇帝选择了承担义务,做一个真正的人。这种古代的不朽的寓言意义深远,永远不会过时,因为它出自人的本性,有着高贵的血缘。

第十一歌

这一歌的主题是虚荣与爱这一对矛盾,以及艺术家应如何处理这件同他的艺术生死攸关的事。对于创造者来说,爱意味着博爱。博爱是什么?博爱就是因自我意识而生出的情感,也是艺术家心灵中的理性渴望。而虚荣却有两重含义。虚荣来自人的原始欲望,一方面它是空的,无意义的;另一方面它又有积极的意义,因为它往往代表了生命力的喷发(如果它具有某种程度的自我意识的话)。热爱生活的人必然会在世俗中追逐荣誉,但荣誉本身总难免有几分虚荣在里头,于是追求者就会产生罪感。那么,到底要不要追求荣誉?追求到什么程度为好?

这里面蕴含了古老的智慧,也暗示着艺术家的命运,即,追求虚荣,认识虚荣;再追求,再认识。也就是,在世俗中热爱荣誉,在写作中认识虚荣的危害。这是一种永久的循环。如果一个人一点都不爱虚荣，他也将无法从世俗中去汲取创造的力量，至少他的创造难以为继。艺术家只好在两极之间挣扎，即，在生活中犯罪，在作品中净化，在炼狱中升华。维系这个矛盾的一方便是对世俗，对民众的爱，爱是创造力得以持续的核心动力。

只有更多的作品能够加强"我"的认识和爱。但在生活中，"我"无法先认识再行动；正如在创造中"我"不能观念先行。从炼狱的角度看，最大的敌人是虚荣；从矛盾构成的角度看，虚荣却有很重要的意义。因为无论在生活中还是在创造中，人只能做了之后再认识，虚荣了之后再博爱。不犯罪就难有作品。即使"我"是一个像萨尔凡尼那样的罪人，"我"心中暗藏的爱和英勇精神也将使"我"突破障碍得到升华。

▶ 契马菩想在绘画上立于不败之地，可是现在得到采声的是乔托，因此那另一个的名声默默无闻了。一位归多就像这样从另一位归多夺取了我们文坛的光荣；说不定已生下一人，要把两人从巢里赶走。人世的盛名不过是一阵风而已，一会儿向这里吹来，一会儿向那里吹去，因为变换方向也就变换名字。(29)

但谁又能逃得脱虚荣的诱惑？这个艺术生活中的永恒的矛盾，只能被人们永恒地演绎下去。作为兽和作为人，艺术家的气质在这两方面同样强大，因而特殊的灵魂争斗也永无休止。《神曲》的作者显然是这方面的高手，所以他在本歌的开头便提到了博爱，和平，还有安宁。这些属于美德的概念。作为艺术家，"我"爱自己身上的原始兽性，但"我"又渴望成为一个真正的有美德的人。"我"不能杀死自己里头的兽性，它是创造的源头。"我"只能加强美德，一轮又一轮地同"我"的兽性搏斗。可是这种搏斗不正是对于兽性的最好的促进吗？被击败的兽性将卷土重来，更隐蔽，更黑暗阴险——兽性在战斗中已经人性化了。这是仅仅属于人类的高超游戏，不论在生活中还是在创造中都如此。

第十二歌

这一歌描绘了灵魂中的战争景象，以及在血腥和战争中，升华是如何样不知不觉地在灵魂中发生的。

▶ 他却对我说道："把眼睛往下看：为了让你
沿途能够得到安慰，看看你双足踏上的地
面会有好处。"(30)

以上浮吉尔的话是用黑色幽默来宣告血淋淋的战争表演开始。怂恿"我"投入塑造自我的审美活动。于是"我"看到了那些吓人的历史画。战争、硝烟、创伤、屠杀、剧痛等等。仿佛是为检验他的忍耐力和理性的强度，狰狞的画面叩问着他的灵魂："你是否是合格的艺术家？艺术的真实到底是什么？""我"投入了灵魂的战争。

▶ 你曾经渴望鲜血，我就用鲜血止你的渴！(31)

对于那些真正的艺术家来说，对生命极致体验的渴求达到了嗜血的程度，生命中野性的沸腾逼迫他们去取胜。也是他们，依仗这体内的野性不断地为人性的发展开辟自由的通道。野性总是邪恶的，人却有天使在保护着他不被野性所压倒。

▶ 那位神采奕奕的天使向我们走来，穿着白色

的衣袍，他的颜容就像一颗在晨空中颤动的星。(32)

这位逻各斯的化身从天上降临，用翅膀给了"我"更多的理性，使"我"在这危险的旅途中获得了某种安全保障。于是险坡上出现了用来攀登的石级，这如同古希腊的智慧一般的石级，相当于艺术中的规则与方法。与此同时，奇迹降临了。奇迹就是那甜蜜的圣歌，它从远处飘到这个最危险的处所，这个炼狱的入口，使"我"全身的力量倍增。天使带来安全，石级提供方法，自由的升华自然而然地产生了。

▶ 他回答道："等到几乎看不见地依然留在你脸上的那些 P 字，像这一个一般全部抹去的时候，你的双足是将服从善良的意志，不但不会感到走路是一种辛苦，而且被驱策向上会变为一种愉快。"(33)

什么是艺术中的轻灵？轻灵只能来自于艺术家心中那沉重的罪感。灵魂是在自戕与杀戮中升华的。血腥的体验成为飞升的动力。这个在远古原始时代诞生的矛盾发展到今天，已变异得多么离奇难解。但这不正是人性的真相吗？谁有能耐承担罪恶，战胜野蛮，然后又让野蛮战胜自己，谁就有资格做一名艺术工作者。"我"在那流淌的鲜血中用舌尖尝出了生命的变迁，"我"的灵魂为此而起舞。

第十三歌

第十三歌将妒忌和爱紧紧地联在了一起。这是为什么？在这个伤心绝望之地，作者向我们揭示了这两种情感其实是人性的两个层次。

你是人，但你是从兽而来的，你的爱也是从兽性转化而来。然而这种几乎不可能的转化奇迹是多么的暗无天日！天使在高处歌唱，给人的黑暗灵魂带来光；人为了看见这光，不得不缝上自己的眼皮让自己成为盲人，再也不看世俗之物。将眼皮缝上了的幽灵沐浴着天堂之光，并见到了这光。

▶ 这一环鞭笞忌妒的罪恶，因此那鞭子的绳索
 从爱里引出。(34)

　　这就是真相。如果你想变成人，你就要经历转化的煎熬、鞭笞的剧痛。正如缝上眼皮为见天堂之光的残忍举动一样，鞭打是出于爱。具有真正爱心的人才会在这类阴沉的行为艺术中体会到幸福。人性中的鸿沟已变得如此危险致命，只要人迈出一步，天罚就劈头盖脸地降临，但你只能迎难而上。因为你已经无法退回为兽了。
　　此处最好地凸现了地狱与炼狱的区别：地狱是挣扎求生；炼狱是内视，是冥想中的升华。

▶ 为了你不至于认为我在欺骗你，听我对你讲
 的事，看我是否疯了。在我的盛年开始衰落
 的时候，我的同乡们在科雷的附近跟他们的
 敌人进行着酣战，我却向上帝祈求他早已命
 定的事。(35)

　　以上描述的是当妇人闭上眼在炼狱中彻底排除了世俗生活的入侵之际，她脑海中那个自我的形象是何等的清晰！她看见了自己的疯狂与无耻，历历在目，如同刚刚发生。但如今在炼狱中，她想要恢复心灵的和平！她如何样才能得到平衡？在此地，只有一种平衡，那就

是刀锋上的表演。于是她,还有这些幽灵们,就一直醉心于这种危险的表演了。这就是,在冥想中返回过去,一遍遍地表演从前的事。这种表演终于使她获得了先知般的视力,于是她看见了未来将要发生的事,并加以冷静的评价。

▶ 假如你再踏上多斯加纳的土地,务必在我族
人中恢复我的声誉。你会看到他们在虚荣的
人民中间,这些人民寄希望于泰拉蒙港上,
这会比探寻狄安娜河失望更多;但那些海军
将官在那里损失最大。(36)

世俗一片黑暗,人心无可救药,未来更绝望,人该怎么办?

作者不动声色地演示着人性中的层次,将答案留给了读者。我们是谁?我们就是我们将自己描述出来的那种样子,答案就在描述当中。哪里有深渊,哪里就生出深渊里的救赎。转化越艰难,蜕变越残酷,罪犯的自我意识就越清晰,原始之力的支撑就越强大。这跨世纪的伟大创造,显示着精神不灭的奇迹。

第十四歌

人性的出路在何方?这一歌表演了血淋淋的人欲的悲剧。

▶ 你这灵魂呀,你带着你的肉体走向天国时,
还慈悲地安慰我们,告诉我们你来自什么地
方,又是什么人,你使我们对你的蒙恩大为
惊异,像从未有过的事必然使人惊异。(37)

幽灵们羡慕描述者的肉体,那是他们已经失去了的东西。带着肉

体下炼狱的人除了诗人还能是什么人？诗人就是蒙恩的人，这样的恩惠每一次都像是从未有过的第一次。

相形之下，描述者的表现十分暧昧。他不告诉他们自己的真实名字，说到家乡的河流时也是躲躲闪闪。他为什么如此心事重重？有什么重大隐情在他心中？却原来是因为羞愧。啊，生活中发生过的一切都是那么的无可挽回，就好像他的肉体从未给他带来过有价值的事物，只除了无穷无尽的阴沉，还有那些黑暗的纠结。但人怎能摆脱自己的肉体呢？描述者感到彻底的茫然。兽性在肉体中占了上风，人性的奋起只能从零开始。

在描述者犹疑之际，一个幽灵开始了抒情：

▶ 大家把美德当作一个仇人，甚至当作一条毒蛇逐出，不是因为地方的不幸，就是因为恶习的煽惑；因此这悲惨的流域里的居民，他们的本性已改变得面目全非，仿佛女巫瑟西给他们吃了草似的。⁽³⁸⁾

你如何处理你的灵魂事务？灵魂附丽于肉体之上，而肉体已被兽性占领。你的肉体是你的命运，你逃不脱。那么唯一的活法是用创造来摒弃一切，从零开始，零是伸向未来的。将兽性变成原始的冲力，突出去吧。

不然的话，未来将更令人发指，猪狗似的动物性的生活将使人进入永劫的深渊，再也无法返回。这种事一定要说，说到底，因为唯有真相的揭示才能带来心灵的和平，炼狱的规律就是如此，出路在人的内心。

幽灵的抒情仿佛在发问：也许人类的悲哀的历史是自然的狡计？也许正是自然要展示欲望，让人从中找到发挥原始之力的方法？

▶ 他对我说:"那是苦味的衔铁,应该使人守住自己的本分。但是你们却咬上那有饵的钩子,那个古老的大敌把你们引去,缰辔或诱鹰物对你们就无大用。诸天向你们号召,绕着你们运转,向你们展露它们永恒的光辉,但你们把眼睛只是望着地上;因此洞见一切的上帝折磨你们。"(39)

以上这段话很隐晦,它描述的是人性的结构。这个永恒的模式,这千年的循环,这英雄的赞歌!堕落,奋起,再堕落,再奋起……没完没了。你能忍受吗,读者?

第十五歌

人类追求自由的机制是由人所制定的道德,以及善行和爱构成的。人要追求自由,他就得去爱,爱得越多,自由越多。

▶ 我说道:"亲爱的父亲,那是什么啊,使我不能有效地遮住我的眼睛,又似乎在向我们移动过来的?"(40)

那是天使到来之际发射的自由之光,无比严厉的从天堂带来的白色炫目的光。这光在我的眼睛上发出反射。对于人的灵魂来说,天堂之光永远是反射的,令人无法凝视。描述者不得不用手去遮挡,他不能适应。但这种反光却是自然为人类安排的接受自由的方式,即,你必须承受它,因为它就代表着你心中的爱。只有当你忍受住了反光的煎熬之后,炼狱的自由机制才会在你灵魂中起作用,你才会主动地摆脱肉体的制约,去寻求那令你欢乐的东西。

▶ 那个从罗曼亚来的精灵提到又是"无法"又
是"同享"是什么意思?⁽⁴¹⁾

这个问题是关于人类之爱的性质,以及这种爱如何样通过道德来实现的。爱就是美德之体现;爱个人与爱人类应统一起来;而无限的博爱就通向无限的自由。这是炼狱与自由的共同机制,因为炼狱就意味着自由选择,而地狱却是本能的突进。这个问题是同艺术家的创作直接相关的。艺术家终究不得不去爱人类,爱世俗生活,尽管他也许对人、对生活充满了怨毒情绪,但自然早已将他体内冲动的发挥固定在那个领域里了。如果他执意违反这种先验的安排,艺术之源就会枯竭。因为艺术的本质就是自由,没有肉体,没有世俗,自由就被架空了。

这个无路之路的自由机制,迫使人转向内面去寻找爱的源头。描述者找到了三种伟大的爱,这三种爱却同世俗紧密相联。耶稣之爱是悲伤的爱;庇士特拉妥的爱是伟大的爱;司提反的爱则是永恒的博爱。可是这些爱是何等的难以达到!浮吉尔问他:

▶ 你有什么病痛使你控制不住自己,走了一英
里半多的路,一直闭住了你的眼睛,双腿不
住地摇摇摆摆,就像酩酊大醉或昏昏欲睡
的人?⁽⁴²⁾

描述者心中的迷惑和沮丧来自对那越来越困难的爱的畏惧。如果人的爱的举动仅仅只能换来侮辱,甚至因此失去生命,那该是多么暗淡的前景啊。自由的事业又将如何进行下去?心明眼亮的浮吉尔看出

了他的怀疑和动摇,怂恿他打开心泉,坚定信念。因为他熟悉这其中的奥秘,那就是,道德与善的结果不能由人来掌握,尽管如此,人仍然可以行善到底,热爱人类。人之所以是自然的灵长,就因为人懂得爱。爱是一种内心的事业,它不取决于外在的世俗因果,却有可能对那种因果产生影响。这种实践是已经为前人多次证实过了的。

幽默的浮吉尔解开了"我"的心结,"我"在越来越困难的处境中隐隐约约地看到了藏匿于内心深处的那条出路。这时可怕的黑烟涌过来罩住了我们,这黑烟犹如"我"那遮蔽视野的肉体。

第十六歌

上一歌以黑烟涌来为结尾。那么黑烟是起什么作用的?却原来黑烟是选择自由的必要条件。人在黑烟的挟裹中视力消失,人使用听觉代替了视觉(从外部感官向内转)。你必须超越肉体,你必须扩展你的眼界。自由意志意味着先天的责任,它更意味着出自本性的发挥,每一阶段都不得不做出的选择。所以黑烟属于幽灵们,它是他们的选择,他们的生存状况。他们要在黑烟里头倾听奇迹的声音,他们不停地叩问体内的原始之力:你要干什么?然后是选择接着选择,不让人有喘息的空隙。

▶ ……正如你的话在我听起来那样,人世的确
完全抛弃了一切美德,而且遍地都充满着沉
重的罪孽;但是我求你向我指出那原因来,
好让我看到,而且指给人家看;因有的归之
于天,有的归之于地。[43]

这里提出的是最大的人性之谜。"我"因不能确定邪恶的原因而陷入困惑。幽灵马可向"我"解释说,人性的结构就是如此,人必须

承担。自然已经给予了你行动的能力，你天生就是独立的，所以你应能正确地发挥你体内的原始之力。人的处境令他不得不发挥体内的自由冲动，但人又并不是想自由就可以自由的，往往总是事与愿违。自由意志是双刃剑，人类制定了法律，有了统治者，但结果是堕落和野蛮。物质越多，自由越少，人的天性趋向于感官享受，自由却遥遥无期。这是人类历史最大的尴尬。

马可举出了三位古典英雄的事例，用古典情怀来对比当今的腐败。他尖锐地指出了人性中灵与肉的矛盾结构，他的言下之意也许是，自由意味着在灵魂中发动革命，意味着将原始之力逼向一种艺术性的发挥，即，既要制裁又要冲动的发挥。制裁是为了使冲动达到高峰。他没有直接回答，但他的形象比喻已给出了答案。

▶ 我说道："我的马可啊，你说的话异常英明，
如今我清楚看出，利末人的后代为何不可
有产业。"(44)

描述者明白了，那答案是最难说清的，因为它是辩证的。首先，灵与肉必须分开，各行其道。但是二者又是一个事物的两个方面。有世俗之爱才有心灵自由的升华。然而世俗之爱是一个很难分辨的东西。你的出发点是爱，却导致了深仇大恨，你的追求受阻，事业一败涂地。该不该放弃？一个生活中的失败者会是一个心灵里有美德的人吗？我们不能用世俗因果来衡量美德。那么，一个人在生活中无所作为却又要受谴责？正是这样。一个有美德的人就是一个敢于迎难而上的人，一颗自由的心永远不会害怕世俗的玷污，因为世俗就是我们生命力的源头。你不爱世俗，你的生命力便很快消失。当然，这种爱又是受到严格制约的。爱的目的不是满足一时的欲望，而是精神的自由。

事情对于一名艺术家来说往往是这样：你一卷入世俗，你身上的

邪恶原素便牵着你的鼻子滑向深渊,所以你总得处于"要不要生活"的拷问之中。自由意志就在这种拷问中实现。所以艺术家要保持创造的活力,就得不管不顾地勇敢地生活,并经受炼狱的拷问。

第十七歌

这一歌继续深入文学和哲学中的核心问题:什么是真正的自由意志?爱是什么?

人性中有两种爱,两股力量,这就是爱好(或嗜好),和所谓自然之爱。推动爱好或嗜好的是原始之力,自然之爱里头却包含着理性之力的作用。

▶ 想象啊……若感官不把东西献给你,谁来推动你?一种在天体中成形的光明推动你……(45)

光即理性,光的责任是推动想象,而爱就是最高的想象。二者构成炼狱的根本结构。此处的一切生命活动都内在化了。最邪恶的情感转化为最优美的鸟儿的歌唱;反思性的严厉审判在眼前上演;而皇后的例子则将病态选择的后果令人惊心动魄地揭示。这就是残酷的灵魂法庭。

那么,自由意志将如何运作?此处描述道:

▶ 它使我生出了欲望,要看一下那说话的究竟是谁,在我没见他前,这个热望绝不会休止。但是,如同太阳使我们不能逼视,由于光芒过度强烈隐起它的形状,我的力量也像那样变成无用。(46)

自由意志是这样发挥的：光可以指路，但光不会直接参与创造，正如"我"不能直面逻各斯。但"我"知道是谁在控制全局。关键是第一步，只要你跨出了第一步，你就建立了同天堂的关系。因为爱是行动，是追求，是生死攸关的紧张感。只有在"做"的当中，升华才会发生。原始之力在这样一种紧迫的运动中当然是分分秒秒都离不开光的照耀，推动想象的光也间接地推动着爱。而其实，光就是从原初的爱欲当中产生的。是原始的爱生出了光，因为爱自己渴望成为宇宙间的至上的运动。但光一旦生出，便从爱那里获得巨大的力量，能够使爱按照它的定力成形。

按照诗人的描述，自然之爱没有错误，爱好或嗜好却总是犯错，因为每个人的内心都有邪恶的种子。如果理性要在爱欲中发挥作用的话，人还要不要介入生活？如果介入，不就等于要杀死爱欲吗？或者并不杀死，只是温和地运用理性来调节一下情感？

这一歌里诗人没有给出问题的答案。这一歌只是揭示出生存处境的真实，让人看见那种种的绝境和险境，通过人对于自身缺陷的无奈反衬出人的决心。这是一种可怕的决心，即，既要"杀死"爱欲，制裁到底，又要在血腥的杀戮当中去体会制裁者的崇高和爱欲的升华。也就是自相矛盾，将矛盾演绎到底的决心。这种决心是在下一歌里面才得到明确显示的。

这里的自然之"爱"并不是顺其自然就可以达到的。正好相反，自然之爱来自自然的本质，却需要理性的强力介入，因为理性就是自然的本质。只有二者兼备的爱才是出自自由意志，这样的世俗中的爱才是真正顺其自然的爱欲。

第十八歌

此处给出的关于自由意志问题的答案是：投入生活，在搏斗中去尽你的全力平衡两股力量。这两股力相对来说，原欲更基本，是第一性的；逻各斯更重要，没有它原欲就发挥不了。没有它，主体甚至不可能知晓自己具有多大的原欲。当然，理性的任务不是限制而是推动原欲，它要让原欲能够持续，能够有形，能够发挥到极致。而理性对原欲的规范，也是原欲自己对自己的规范，是原欲将将自己异化来对自身进行规范。从这个意义上说，一切都是为了原欲的发挥。人只有先独立，才可能有选择，有规范。忘记这一点就成了本末倒置了。

▶ ……因此我请示你，我亲爱的父啊，把爱解
释给我听，你把所有的善的行为和恶的行为
都归于爱。(47)

　　浮吉尔揭示了真相，但真相依然是不确定之物，所以描述者感到困惑。于是浮吉尔再次解释这个人性与自然本身的深奥的结构。他要让描述者领悟到：他必须将生活内在化，然后表演出来，这是推动矛盾演绎的唯一的方式。人性结构是一个活的结构，如果你不行动，自由意志就不可能发生，发生的只会是不自由或自由层次很低的爱好活动。所谓行动，就是精神上的"动"，即自我意识的参与。原欲只是善或恶的种子，它要依仗自己的运动来规定自己。它一发动便有种向善的倾向，因为有理性包含在它里头。但是如果人不去发动它，而是放任自流，它往往就滑向恶的深渊。所以此处的区别就在于这种含有自我意识的"发动"。每一次主动的发动，都是爱的一次提升。这样的爱就是出自意愿。

　　接下去描述者就听到了马利亚和凯撒的信息。前者是爱的寓言，后者是邪恶之力滥用的暗示性的想象。原来是大群的幽灵们来到了他和浮吉尔的跟前。这些觉醒的幽灵们急于要向那至善超升。

▶ 精灵啊，如今你们内心的无比热忱，说不定

已经抵消了你们生前对行善所表示的疏忽和
迁延,这个还活着的人(当然我不说谎!)
希望上山,只要太阳再照耀我们:因此告诉
我们最近便的路在哪里。[48]

浮吉尔表面是问路,实际上却是要求幽灵们为"我"表演。于是这些幽灵就先后向"我"暗示性地给出了邪恶地发挥欲望,以及懒惰地放任自流的例子。一个例子是味罗那修道院院长的例子,另两个例子指向以色列人和脱洛埃人的懒惰。我明白了幽灵们,进入到他们的崇高意境,"我"体内的创造念头因此变得空前活跃,爱欲因此在极度悲哀之中找到了出路。

▶ 俾德丽采把这个崇高的力量称为"自由意志",
若是她向你谈起你务必把这一点记在心里。[49]

浮吉尔说这些话时,描述者虽然还未见到俾德丽采,但他通过浮吉尔的暗示,以及在此地亲身经历的追求至善的活动,对于这个"自由意志"之谜已经有了具体生动的感受。当然,这种深奥的理念不是一两次体验就可以把握到的,毋宁说,理念永远触及不到,只能在奋力拼搏中去接近,而人的拼搏的历程就是理念的实现。

第十九歌

这一歌的主题仍然是自由。揭示自由的真相,为如何发挥自由意愿做示范表演。将欲望与理性的尖锐对立推到前台,向读者展现高超的平衡技巧。

▶ 那时我梦到了一个口讷的女人,她的双目斜

视,她的双足弯曲,她的两手残废,她的脸色
蜡黄。⁽⁵⁰⁾

海妖被囚禁于炼狱,丧失了所有的活力,变得丑陋不堪了。然而当描述者给她带来人间的气息,她立刻又变得可爱了。她谈到她往日那无人能抵挡的魅力,爱情生活的美好。这时天上的夫人到来,向浮吉尔狠狠斥责女妖。一向那么文雅的浮吉尔居然粗鲁地撕破女妖的衣服,使她的前胸袒露,让描述者看她那发出臭气的肚子。这是夫人与浮吉尔为描述者合演的一出戏,考验他的智慧和灵活性。他们的潜台词是:最美的最有魅力的,就是最臭的、最空的。这种辩证的转换给心灵带来最可怕的压力。

描述者被夫人和浮吉尔的粗暴弄得措手不及,陷入了困惑之中。在尖锐的矛盾中,指路的天使降临了。天使带领描述者去寻找答案。浮吉尔在路上告诉他:人是可以摆脱盲目的欲望的,因为人更需要的是那在前方召唤着他的精神食粮。灵魂要获得永恒就不得不追求精神食粮。

▶ 我一登上第五层豁然开朗的地方,就看到在那
里四周流泪的鬼魂,他们都是脸朝下扑倒在
地上。⁽⁵¹⁾

这就是人追求精神食粮的形象。这种艺术表演叩问着描述者的心灵,问他到底选择什么?是选择甜蜜的爱情,还是选择酷烈的炼狱的惩罚?这使我们读者想象出作者那在两界之间奔忙的样子。这位描述者已透露出信息:诗人两者都要,都绝不放弃。

接下去描述者就见到了那位教皇的示范表演:在世俗中罪恶滔天,在炼狱中绝望到底。

▶ 但是等到我被选为罗马的教皇时,我就发现了人生就像一场梦幻。我看到了心儿在那里无法安宁,在那个生命中人也不能登得更高;因此我心中就渴慕这里的生命。直到那一瞬间,我是一个卑鄙的灵魂,离开了上帝,完全是贪婪成性。现在你看到我在此为这个而受罚。⁽⁵²⁾

浮吉尔和"我"都非常敬重这个人。而"我"已经渐渐看清了,邪恶是人的本性,权越大,罪恶越大。在世俗中,大家屈服于欲望,都在做同样的恶事。但作为人我们还有更高的本性,所以我们主动建立了炼狱。在这里,一切曾在世俗中做过的都得到重复,人们表演从前的邪恶,聚精会神地进行心灵忏悔,甚至都已经断了由别人来帮助自己尽快得救的念头,将忏悔和歌颂本身当作唯一的精神生活,沉浸在里头不愿自拔。当然世俗之爱仍未死灭,所以教皇在离开前提到他在人世间唯一的侄女。一个人,如果世俗之爱全部死灭,那么灵魂求生的动力也会减弱。

第二十歌

这一歌又是自由机制的描写。

▶ 愿你受到诅咒,你古代的母狼;由于你的饥饿深得不能见底,你比所有其他的畜生吃人更多!⁽⁵³⁾

此处重新提到炼狱篇开头出现的母狼,这吞噬一切的欲望之兽。人是不能灭掉自己的欲望的,但人不得不同它战斗。也就是用驱赶的方法使它回到它该待的地方。交战中人往往是失败者。世俗中的失败耻辱要到炼狱中来复仇。于是人选择了用羞愧的眼泪化掉邪恶，选择了歌颂神圣的博爱。描述者因此听到了长长的叙事诗。

▶ 我是一棵恶树的根株，这棵树把黑影笼罩着所
有基督教国家，因此难得从上面采下美好的
果实。(54)

这是一位国王对自己和家族的评价。他接下去进行了长长的倾诉，说出那些可怕的事实。那些事可以说要多邪恶有多邪恶。人是无法进行二次选择的，但在这个地方却可以。在炼狱中，所有的事都会发生两次，一次在世俗中，一次在此地的表演中。世俗中的选择是盲目的，充满了兽性的贪婪；此地的选择却是充满自我意识的自由表演，甚至都不求得救，只执着于表演本身对灵魂的解放。幽灵不知疲倦地讲述，讲述。不知不觉地，时间在起变化，他的过去正渐渐地变成了他的未来，他成了寓言家。清晰的分裂，充满主动的激活，就像身临其境……

▶ 我们已经从他那里离开了，正在尽我们的
力量能及到的，循着那条路奋勇往上攀登，
那时候我猛然感到全山在震动，仿佛要塌
陷下来似的；一阵寒粟袭上我身，就像袭上
一个临终的人。(55)

这场伟大的地震是由灵魂的剧痛引起的，撕裂之痛同时又是幽灵们的节日。在极限体验中，精神与肉体之间的巨大张力得到了显示。国王所倾诉的，正是灵魂的自由机制。即，人类是从兽类转化而来

的，所以在世俗中总是有几分像兽。人不能斩断兽性，唯一的出路是在一种严厉的机制中发挥自己。自由是人的本性，这个本性是由缰绳来驾驭的，不是用屠刀来对付的；不是要杀死，只是要掌控。理性也是人的本性，它生于欲望之母，儿子怎么会去杀死母亲？此结构为大自然所赐。人的欲望是人的选择的保证，人要追求自由就必须能够选择。即使是恶的欲望也是必要的，人逃不开恶，但人能够反思，能够将恶的世俗生活转化成精神生活的力量。

结尾是转折，"我"由这场表演生出了更大的好奇心。而好奇心是自由运动的核心动力。

第二十一歌

这一歌仍然是演示自由机制，演示原始之力是如何发挥的。

描述者经历了那场地震之后，急于要进入谜中之谜，心中的求知欲望像火一样燃烧。他的领路人也看穿了他的心思。正在这时，将要来解答他心中之谜的伟大的幽灵就及时出现了。幽灵将他们俩的出现看作奇迹，浮吉尔也将幽灵看作对付描述者最合适的人。于是他提出了核心问题。

▶ 但是，你若知道，请告诉我们为什么这座山先前那样震动，为什么直到浪打的山坳，人人都同声叫喊。[56]——浮吉尔

▶ 那个幽灵开始说道："这座山的神圣规则绝不容许独断独行的，或是超出惯例以外的任何东西。"……

▶ 这座山在下面说不定有点震动但在这上面从

来没有由于隐在地球里的风而震动，若是一
个灵魂感到自己已经洗净了罪孽，可以动身
往高处攀登；紧随着，将响起一片欢呼。(57)
——史泰喜

这就是最大的谜中之谜的谜底。山的规律就是自由意志的规律。这个规律独立，永恒，不可撼动，自在自为。它仅仅只服从那伟大的意志。但意志的根源却又是一股原始之力。所以这规律就是矛盾钳制中的律动——任何外部因素都不能影响到它，它的一切运动仅仅遵循内部那钢铁机制，那遏制不了的岩浆喷发。最奇怪的是这种钢铁机制居然又是自由选择的机制，它的操作方式是这样的：灵魂上升的冲动为对苦行的渴慕所阻止，从苦行中感受升华是上帝的安排。这一升一抑形成猛烈的律动，律动持续了五百年之后突然发生了质变，巨大的爆发终于产生了，那是因为史泰喜在虔诚的苦行中使得自己的境界上了一个台阶。但爆发并不等于就脱离了山的钳制，规律依然如旧，只不过使永久的苦行者感到了幸福。这种地震的幸福不是每个人都承受得起的。这就是自古以来灵魂的生存之道，自由意志在宇宙间造成的壮观。

接下去史泰喜就介绍了自己。他是一位真正的诗人，浮吉尔是他的先驱。伟大的灵魂必然在炼狱中相遇，这种在世俗看来的奇迹在此地却很平常。其实真正的艺术家总是那种能够使先驱复活的人，史泰喜在此也说出了浮吉尔心中想说的话。

在这一歌的结尾，两位艺术家表演了神圣的精神之爱和世俗之爱在艺术中的矛盾结构，他们的表演意味深长。

▶ 他已弯身去抱我导师的双足了；但他慌忙说：
"兄弟，不必如此，你是个阴魂，你看到的

也是个阴魂。"于是他站起身来道:"如今你能够理解到,我心中对你怀着的爱是多么炽热,我甚至忘了我们是幽灵,把阴魂当作实体的东西看待了。"(58)

那么,艺术之魂究竟是纯精神呢还是精神里头交杂着世俗的元素?如果没有世俗情感的根基,表演,无论多么高超空灵的表演还能持续下去吗?结论是一目了然的。这也是那个谜的谜底:自由意志的基础是世俗的情感,生命的日常体验,原始冲动就来自世俗生活——这每日常新的、永不枯竭的源泉。

第二十二歌

这一歌描述的是如何样将贪婪转化为精神上的渴求。

描述者由史泰喜和浮吉尔协助,登上了更高的境界,他额头上代表世俗之罪的"P"字也被天使擦去了一个。在浮吉尔的询问下,史泰喜开始叙述自己的艺术历程。从他的叙述可以看出,他对于自己无比严厉,他将自己的挥霍罪看成与贪婪同样严重的、同根源的罪,主动地在炼狱中狠狠地处罚自己,反省自己,一刻也不松懈。

▶ 我改正是由于注意到你几句诗,你仿佛对人性感到激愤,在那里叫道:"对黄金的可恶的渴慕啊,你为什么不限制人类的贪欲呢?"(59)

此处的"渴慕"应和着开头的"渴"。渴即欲求,是艺术创造中的关键词,但它也是世俗追求中的关键词。当这种欲望被异化时,就会导致灾难。在世俗生活中,异化可说是普遍规律,因为人性中恶的成分占上风。实际上,限制欲望几乎是不可能的,唯一的希望是将欲望转化到精神事物上面来,这便是艺术家的事业。浮吉尔是这个方面的典范。

▶ 你好像是一个夜间行路的人,把灯提在背后,不使自己受益,却使追随他的人们变得聪明……(60)

这是史泰喜形容浮吉尔的话。

艺术家照亮了追求精神事物的人们的心,他的动力是渴求,他的工作却是给予,他在满足自己的同时更多的是满足了别人。但是创造者的命运规定了他的工作是半蒙昧中的忍耐,昏暗中的拼搏。他无法在创造之际清晰地看到自己的成果。一般说来,如果他不具有坚强的意志和超人的韧性,这种工作是很难长期坚持下来的。当然关键的关键还是那个"渴"字,维持一种纯精神的欲望是需要世俗的支持的,只有那些对生活有兴趣的人才能持续地创造。

接下去便是那棵渴望之树的描述。

▶ 在那绿荫中有一个声音叫道:"这种食物不是给你们吃的。"然后又说道:"马利亚想到怎样使娶亲的筵席体面完备,甚于想到如今在替你们说话的自己的口。"(61)

这棵圣树是规则的象征,纯精神的象征。谁渴慕它,谁就进入了精神追求者的行列,他将一直保持这种饥渴感,像人渴望食物一样渴望美好的事物。浮吉尔描述的这棵树给了史泰喜极大的动力,使得他在后来的日子里更为严肃地反省自己,并决心将"黄金时代"的具有美德的人们作为榜样,过一种有尊严的生活。

第二十三歌

这一歌的主题仍是转化的机制。诗中描述了饕餮是如何样转化为纯精神的渴求的。实际上世俗中的贪婪与灵界的饥渴同根。从本性上说,艺术家都是一些饕餮者,有的还穷凶极恶。但现在为了他们的艺术,这些人将自己的精神当食物,用绝食来追求艺术理想。

▶ 我相信,受神罚的挨利雪克同对饥饿感到莫大恐惧的时候,也不会饿得像那样地只剩一张皮。那时候我心中细细思量道:"看看在耶路撒冷沦亡时候的那些人民吧,玛丽吃了自己的孩子。"(62)

他们身体的能量来自果子的清香和泉水的甘洌,而现在这些能量全部输进了那艺术的美的境界。艺术家专心致志于这一转化工作,这类似于绝食般的忍耐使他们一个个变成了骷髅。如果你从事艺术,你将失去世俗的面貌,你将"吃掉"你自己的身体,变成一个幽灵。但幽灵们并不后悔,反而为他们的外貌自豪,因为这是神圣的炼狱的印记。描述者不懂其中的奥秘,大大地为他们感到悲哀。

这时描述者的生前好友走过来为他揭示机制的转化方式。

▶ ……我们循着这条路绕行的时候,我们赎罪的痛苦不止重复一次,我说痛苦,其实我还应该说安慰;因为引我们到那株树去的欲望,就是在基督流血为我们赎罪时,使他欣然说出"我的上帝"的欲望。(63)

痛苦是为失去的世俗的物质享受，安慰是为所得到的精神享受。两相权衡，后者显然更为巨大和持久。上帝为艺术家安排此种特殊的机制，反复地锤炼他的意志，当然是出于某种高深的计谋。这是一条光明之路，追求者感到的痛苦越大，渴求越强烈，他的事业就越有希望。绝食是手段，永恒的意志给人力量。

接下去福累斯就叙述了他的精神历程。他自己本是一有罪的饕餮者，是他那具有美德的妻子帮助他走上正路，洗清了他的罪恶。不然的话，他也会像他家乡那些纵欲的妇女一样，受到可怕的刑罚。

▶ 但这些无耻的东西只要知道行动迅速的上天
给她们准备的刑罚，她们早已要张开口嚎啕
大哭了；因为我的预见若在这上面没有错，
不等到如今以催眠曲哄得入睡的人两颊上长
出了汗毛，她们就要伤心。[64]

以上福累斯批评家乡妇女的这些话很调侃和幽默。他一定深知艺术机制的秘密，因为他就是这样活过来的。这个秘密就是，先要生活，犯罪，然后才能反省，产生美德。在世俗中禁欲的人是没法搞艺术的，艺术的规律是将世俗的欲望转化成精神的动力。首先要有世俗的欲望，要犯罪，才会有精神的动力，艺术作品中的张力才会强大。这两种实践少了哪一种都成不了好的艺术。福累斯自己就同那些妇女一样是"无耻的东西"，他的这些话是自我幽默，他必定知道某些出自人性深处的恶习是改不了的。

第二十四歌

▶ 在这里互相指名道姓不受禁止，因为食欲的

节制使我们面目全非。⁽⁶⁵⁾

每个幽灵都在渴望的煎熬中吃光了自己身体上的肉，每个人都呈现出自己的本质。创造中的共性就是这样显露出来的。

上帝（或自然）的狡计就是将贪婪本性赋予艺术家。越贪婪，艺术的能量越大。渴望带来天堂意象，你越渴，产生的作品越多，于是你就更渴，你的忏悔甚至可以净化蚂蟥。这是艺术规律，也是善的规律。幽灵们之所以如此消瘦，就是这个规律所致。

▶ 什么时候我才能再见到你呢？⁽⁶⁶⁾——福累斯

▶ 我不知道我能活多久，可是无论我归来得怎样早，我的心总会在我之前达到此岸：因为我被放在那里生活的地方，是一天一天更加鲜廉寡耻了，似乎命定要遭受悲痛灭亡的劫运。⁽⁶⁷⁾——描述者

福累斯的提问是非常严峻的，他逼问描述者打算如何安排自己的余生。"我"的回答却显出某种软弱，"我"似乎愿意摆脱尘世中的苦难。于是福累斯婉转地对"我"说，"我"的人生价值只能在世俗之中，他鼓励"我"，要"我"加强耐心，用幽默的眼光去看待恶人的得逞。因为历史总会是公平的，人不应该抱怨上帝（或自然），人应该尽量发挥善的能量，更好地创造历史。

▶ 你们孤零三人为何这样默默而行？"有一声突然说；我吃了一惊，就像怯懦的野兽受了惊以后一样。⁽⁶⁸⁾

作为理性象征的天使对人十分严厉,他的光芒令"我"不能逼视。但一旦"我"的行为符合了他的旨意,"我"的身体便会感到无比舒畅,"我"继而被"和风"与"仙香"所缭绕。这就是理性的规律,它其实是出自内心深处的、作为人的本能。人必须经历过与它的对抗之后,才会体会得到它的美妙。

注:

(1)《神曲》朱维基译,上海译文出版社1995年版,第246页。
(2) 同上,第249页。
(3) 同上,第249—250页。
(4) 同上,第256页。
(5) 同上,第257页。
(6) 同上,第261页。
(7) 同上,第265—266页。
(8) 同上,第269—270页。
(9) 同上,第273页。
(10) 同上,第275页。
(11) 同上,第276页。
(12) 同上,第277页。
(13) 同上,第281页。
(14) 同上,第288页。
(15) 同上,第28页。
(16) 同上,第289页。
(17) 同上,第293页。
(18) 同上,第296页。
(19) 同上,第301页。
(20) 同上,第303页。
(21) 同上,第301页。
(22) 同上,第306页。
(23) 同上,第309页。
(24) 同上,第312页。
(25) 同上,第313页。
(26) 同上,第313页。
(27) 同上,第315页。
(28) 同上,第316页。
(29) 同上,第323—324页。
(30) 同上,第326页。
(31) 同上,第328页。
(32) 同上,第330页。
(33) 同上,第332页。
(34) 同上,第335页。
(35) 同上,第338页。
(36) 同上,第339—340页。
(37) 同上,第341—342页。
(38) 同上,第342—343页。

（39）同上，第 348 页。
（40）同上，第 350 页。
（41）同上，第 351 页。
（42）同上，第 354 页。
（43）同上，第 358—359 页。
（44）同上，第 362 页。
（45）同上，第 363—364 页。
（46）同上，第 365 页。
（47）同上，第 370 页。
（48）同上，第 375 页。
（49）同上，第 373 页。
（50）同上，第 378 页。
（51）同上，第 381 页。
（52）同上，第 383 页。
（53）同上，第 385 页。
（54）同上，第 387 页。
（55）同上，第 392 页。
（56）同上，第 396 页。
（57）同上，第 397 页。
（58）同上，第 400 页。
（59）同上，第 403 页。
（60）同上，第 404 页。
（61）同上，第 408 页。
（62）同上，第 410 页。
（63）同上，第 412 页。
（64）同上，第 414 页。
（65）同上，第 417 页。
（66）同上，第 420 页。
（67）同上，第 420 页。
（68）同上，第 423 页。

此文为《神曲·炼狱篇》读书笔记，写作时间为 2010 年。

关于残雪

▲ 20世纪80年代,残雪被认为是中国"先锋小说"的开创者之一。

▲ 20世纪90年代后,当先锋作家们纷纷"转向"或者放弃,或者停止"先锋"探索的时候,残雪则独守"先锋",高扬"先锋"旗帜前行。

▲ 在当代中国作家中,残雪的作品被翻译、出版最多;作品入选外国高校教材最多;在国外,有为数众多的专门研究残雪的机构。

▲ 残雪的作品曾被日本、美国、意大利、法国、德国等十余家知名出版社翻译出版过。日、美两国文学界称残雪为"作家和文学批评家"。

▲ 残雪的小说早已收入美国哈佛、康奈尔、哥伦比亚等大学及日本东京中央大学、日本大学、日本国学院的文学教材,残雪是为数不多的入选的中国作家之一。

▲ 许多国家成立了专门研究残雪的机构,如日本的"残雪研究会",在2009年就出版了《残雪研究》杂志。

▲ 残雪是中国唯一有作品入选享有盛誉的日本河出书房新社《世界文学全集》的作家,其作品被美国和日本等国多次收入世界优秀小说选集。她的三个中篇(《暗夜》《痕》等)四个短篇(《归途》《世外桃源》等)被收入《世界文学全集》。同时入选的作家还有卡夫卡(奥地利)、卡尔维诺(意大利)、福克纳(美国)、米兰·昆德拉(捷克)、玛格丽特·杜拉斯(法国)、布尔加科夫(俄罗斯)、克里斯塔·沃尔夫(德国)、杰克·凯鲁亚克(美国)、包宁(越南)、阿尔伯特·莫拉维

▲ 亚（意大利）、伊萨克·迪内森（丹麦）等人。
▲ 2008年日本《读卖新闻》推介残雪的书，把她的头像与米兰·昆德拉（捷克）、略萨（秘鲁）并置同框。
▲ 西方学者评价残雪时说："毫无疑问，就中国文学水平来看，残雪是一种革命；就任何文学水平来看，她是多年来出现在西方读者面前的最有趣、最有创造性的中国作家之一。"
▲ 美国家喻户晓的明星作家苏珊·桑塔格非常欣赏残雪，她说："毫无疑问，残雪是中国最优秀的小说家。"
▲ 残雪的长篇小说《最后的情人》获2015年美国最佳翻译图书奖。此前，残雪还获得了英国《独立报》外国小说奖的提名。历来没有哪位作家在同一年度同时获得这两个文学大奖的提名，残雪是唯一同时得到这两个奖入围提名的作家。
▲ 残雪入围美国2016年纽斯塔特国际文学奖。作为一个文学终身成就奖，它提名的唯一标准是"杰出与持续的文学成就"。至今已有二十七位得主、候选人和评委获得了诺贝尔文学奖，因此纽斯塔特国际文学奖被视为诺贝尔文学奖的摇篮。

图书在版编目（CIP）数据

永生的操练——但丁《神曲》解析/残雪 著. -- 北京：作家出版社，2019.1（2019.11重印）

（大家读经典文丛）

ISBN 978-7-5063-9619-6

Ⅰ.①永… Ⅱ.①残… Ⅲ.①诗歌研究-意大利-中世纪 Ⅳ.①I546.072

中国版本图书馆CIP数据核字（2017）第187994号

永生的操练——但丁《神曲》解析

作　　　者：残　雪
统筹、策划编辑：汉　睿
特约策划：朱　燕
责任编辑：翟婧婧
装帧设计：合和工作室·蒋艳
出版发行：作家出版社
社　　址：北京农展馆南里10号　　邮　　编：100125
电话传真：86-10-65067186（发行中心及邮购部）
　　　　　86-10-65004079（总编室）
E-mail:zuojia@zuojia.net.cn
http://www.haozuojia.com（作家在线）
印　　刷：北京尚唐印刷包装有限公司
成品尺寸：142×210
字　　数：230千
印　　张：8.125
版　　次：2019年1月第1版
印　　次：2019年11月第3次印刷
ISBN 978-7-5063-9619-6
定　　价：58.00元

作家版图书，版权所有，侵权必究。
作家版图书，印装错误可随时退换。

大家读经典文丛

(残雪六卷读书笔记)

灵魂的城堡——理解卡夫卡

建构新型宇宙——博尔赫斯短篇解析

辉煌的裂变——卡尔维诺的艺术生存

地狱中的独行者——解析莎士比亚悲剧与歌德的《浮士德》

永生的操练——但丁《神曲》解析

沙漏与青铜——残雪评论汇集